KB055326

오타 요코
大田洋子

오타 요코

大田洋子

오타 요코 지음
오성숙 옮김

어문학사

오타 요코(大田洋子)

본 간행 사업은, 고려대학교 글로벌 일본연구원 〈일본 근현대 여성문학연구회〉가 2018년 일본만국박람회기념기금사업(日本万国博覧会記念基金事業)의 지원을 받아 기획한 것이다.

EXPO'70 FUND
(公財) 関西·大阪21世紀協会

차례

시체의 거리

귀기 서린 가을

1

혼돈과 악몽에 갇힌 날들이 밝았다가 저문다.

청명한 가을 한낮조차 깊은 황혼의 밑바닥에라도 가라앉은 듯 혼미하고 울적한 기분에서 헤어나올 수가 없다. 같은 처지인 사람들이 매일 주위에서 죽어가고 있다.

서쪽 집에서도 동쪽 집에서도 장례식 준비를 하고 있다. 어제는 사나흘 전 의사 집에서 봤던 사람이 검붉은 피를 토해냈다고, 오늘은 이삼일 전 길에서 만난 예쁜 처녀의 머리카락이 빠져버리고 남보랏빛 반점투성이로 죽음을 기다리고 있다고 들었다.

죽음은 언제 내게도 닥칠지 모른다. 나는 하루에도 몇 번이고 머리카락을 잡아당겨 보고, 빠진 머리카락의 수를 센다. 언제 불쑥 생길지 모르는 반점이 두려워 몇십 번씩 눈을 가늘게 뜨고 팔다리를 조사한다. 모기에 쏘인 빨간 작은 점을 잉크로 표시해두고 시간이 흘러 빨간 흔적이 옅어지면 반점이 아니었음에 안심한다.

의식만은 또렷해서 아무리 참혹한 증상이 나타나도 아픔도 마비도 없다는 원자폭탄증의 백치 같은 이상 증상은 이재민에게 새로운 지옥의 발견이다.

이해할 수 없는 죽음의 유혹에 대한 두려움과 전쟁 자체에 대한(패전의 의미가 아닌) 분노는 뱀처럼 똬리를 틀고 아무리 나른한 날에도 사그라지지 않는다.

오랜 시간 동경해 온 전원의 가을에 나는 지금 이상한 모습으로 있다. 자연스럽게 옮겨진 바람직한 여행이 아니다. 지금은 폭격으로 인해 자취도 없이 붕괴되어 도시라 할 수 없는 도시의 절대적인 연약함이나 안타까움 때문에 예전의 그리운 꿈은 길을 잃었다.

소녀시절 여름에서 가을로 넘어가는 깊은 산속 전원의 아름다운 추억은 나에게 살아있을 힘을 북돋아 주었다. 엷은 물빛 하늘이 날마다 색을 진하게 물들이고 늦가을에는 짙은 갈색으로 변해가는 색채의 기막힌 광경과 멀리 또 가까이 물결치는 산맥의 황혼, 겹쳐둔 연보랏빛 수정을 통해 보이는 산들의 즐거움, 엷은 노란색과 갈색에서 점차 암갈색으로 시들고 은회색과 억샛빛으로 변해가는 산비탈과 들판들.

그리고 부드러운 선부터 시시각각 물들고 결국에는 황금색으로 물결치는 바다 같은 논. 흐느낌과도 같은 시냇물 소리, 고요히 소리를 울리며 흐르는 달밤의 강 소리.

겨울 근처까지 풍경처럼 끊임없이 울리는 가을벌레. 산속에서 살며시 쉬고 있는 선명한 색채의 산새, 아름다운 날개를 지닌 수꿩의 모습들.

이러한 풍경에 대한 추억은 도쿄에서의 상처받기 쉬운 생활 속에서 나를 새롭게 소생시키는 데 도움을 주었다. 언젠가 나는 그 추억으로 들어가 느긋하게 쉬어야지. 나는 도쿄에서 자주 그렇게 생각했다.

그리고 나는 그렇게 좋아했던 고향 시골로 마침내 왔다. 전쟁의 잔혹함에 지친 심신을 누이기 위해서였다. 엷은 보랏빛 산도, 맑은 푸른 하늘도 바라보고, 밤에는 달빛을 보거나 강 소리를 듣기도 했지만 이들에 내 마음을 빼앗기지는 않았다.

지금 나는 거지꼴이 되어 내 집도 없는 이 고향 마을로 돌아온 날의 일을 떠올린다. 입은 것은 속옷부터 오비帯[1] 까지 피와 땀, 먼지로 더러워지고, 얼굴도 손도 붓고 말라버린 피딱지가 몇 줄이 되어 들러붙어 있다.

그날 아침 입고 잤던 옷, 명주 잠옷과 가는 오비, 그 아래 다테마키伊達巻[2] 와 무명 속옷은 등 쪽을 맞추어 날카로운 칼로 찢은 것처럼 한 치 정도 예리하게 잘려, 귀와 등의 상처가 욱신욱신 쑤셨다.

구름은 회색빛으로
땅은 골수까지 축축하고
가을은 문 앞에 선다.
우리는 집 없이 버려지고

1 일본 전통복 기모노의 허리에 매어 고정시키는 넓은 끈 모양의 장신구.

2 오비 밑에 두르는 좁은 속띠.

옷은 갈기갈기 찢겼다.

—고리키[3] 가 「세 사람」에서 파슈카에게 읊게 했던 시 중에서—

히로시마시市에 원자폭탄 공습이 있었던 건 8월 6일 아침이었다. 이튿날인 7일 무렵부터 아직 한창 불타고 있는 화염의 도시를 서둘러 빠져나와, 이 시골로 들어오기 시작한 사람들은 모두 같은 모습을 하고 있었다. 파슈카가 읊은 시보다도 훨씬 굴욕적이었다.

하루에 한 번 나오는 승합차가 무슨 일이 생겨 쉬는 날에는 기차가 도착하는 하쓰카이치廿日市 마을에서 시골까지 6리 길을 걸어오는 중상자의 행렬이 계속된다. 화상으로 전신이 짓무른 사람들이 흰 천으로 동여매고 눈만 반짝이며 비탈진 고개의 지름길을 내려왔다.

지금은 그 사람들이 마을 전체에 360명가량 되었고, 9월이 저물어가는 지금도 여전히 매일 누군가가 죽음의 그림자를 드리우며 돌아온다. 어느 날 원자폭탄으로 양친을 잃은 소녀가 휘청거리며 고개 정상까지 돌아와서 산골짜기의 시냇물에 입을 댄 채 죽었다는 이야기도 들었다.

2

3 막심 고리키(Maxim Gorky, 1868~1936) 러시아의 작가.

그날로부터 한 달이 지난 9월 6일은 계속 내리던 비가 그치고 활짝 개어 반짝이는 날이었다.

햇살 속을 근처 소학교小学校[4]에서 돌아온 어린 소녀 한 무리가 재잘거리며 지나갔다. 나는 이층에서 마을 소녀들을 바라보고 있었다.

열한 두 살의 일 바지를 입은 소녀는 갑자기 멈추어 생각난 듯 강한 태양을 우러러보았다. 그리고 이마로 내리쬐는 빛을 손으로 가리면서 말했다.

"아아, 너무 무서워, 하늘에 데다니! 원자폭탄—."

다른 소녀들도 일제히 하늘을 향해, 태양을 쳐다보고 무서운 듯 양손으로 머리를 가리고 얼굴을 감쌌다. 하늘에 덴다는 아이들의 표현이 재미있다. 그날의 푸른 섬광은 이 시골까지 물들였다. —히로시마시에서 시골까지 직선으로 6리里—. 그날 아침 산 위에서 풀을 베던 마을 사람들은 불빛에 이어 폭발로 옆으로 휘청거렸다.

소녀들은 하늘에 덴다, 하늘에 덴다고 노래처럼 외치면서 걸어갔다. 아이들의 집에서는 어느 집이나 대개 한두 사람의 다친 친척이나 연고가 있는 사람이 와 비참하게 죽어가거나, 죽기 직전이거나 했다.

---

4 지금의 초등학교.

어린아이들의 감각도 변했다고 생각된다. 나는 이층에 와서 놀고 있다. 1층의 8살이 되는 여자아이에게 물었다.

"그 푸른빛을 너도 보았니?"

"봤어요, 봤어. 분명히 봤어. 우리 할아버지는 밭을 갈았더니 밭이 번쩍였대요. 밭 속에 불이 났다고 생각해서 땅을 파봤대요."

나와 소녀는 함께 웃음을 터뜨렸다.

"너는 어디에 있었어? 무서웠지?"

"무섭다고 해도 무슨 일인지 모르니 무서울 것도 없었어요. 학교에 갔는데, 선생님이 전원 출석을 불렀거든요. 마쓰이 시게오松井重夫를 불렀을 때 번쩍하고 빛났어요."

귀여운 목소리로 잘 재잘대던 여자아이는 양손을 갑자기 크게 힘껏 펼쳐 보였다.

소녀가 펼친 손바닥 사이에서 새파란 불꽃이 진짜 튀어나올 것 같았다.

"그때 마쓰이 시게오는 활동사진인 줄 알고 교실을 두리번거렸어요."

나는 호기심으로 눈이 휘둥그레지지 않을 수 없었다. 소학교 1학년 남자아이가 히로시마 시가지에서 산을 넘어 퍼져 온 원자병기의 푸른빛 섬광을 본 순간, 어리둥절하며 활동사진이 시작된 줄 알고 들떠있던 모습이 애달프다.

"다른 아이들도 와, 활동사진이 시작한다, 시작해, 라며 손뼉을 쳤어요. 선생님이 혼내서 시시했지만."

아이들은 방공호에 들어가서 오랫동안 쭈그리고 있었다고 한다.

이런 이야기를 소녀에게 듣고 있을 때, 기념일을 의미하는지 P51 6대가 폭음을 내면서 서쪽 산 너머에서 나타나 동쪽으로 날기 시작했다.

마침 그곳에 마쓰이 시게오의 친구일지 모르는 어린 남자아이 열두세 명도 함께 학교에서 돌아왔다. 아이들은 비행기를 발견했다. 발견한 순간 우왕좌왕 흩어지거나 하나로 뭉치거나 하더니, 흥분한 나머지 말을 더듬으며 외치기 시작했다.

"야, 야, 미국, 미국! 저게 번쩍하고 빛나고, 쾅 하고 울린 번쩍 쾅이야."

"야! 번쩍 쾅! 번쩍 쾅. 29다, 29다, 29야."

제대로 말을 못하고 당황할 뿐이다. 발이 땅에서 떨어질 만큼 발돋움하여 비행기를 보니까 작은 몸은 비틀거렸다. 한 아이가 되도록 힘을 주어 다리를 크게 벌렸다. 소년은 힘찬 기세로 쭉 올린 오른손을 일직선 옆으로 휘두르며 말했다.

"야, 야, 내가 똑똑히 봤어. B하고는 달라. 29도 아니야. 저건 말이야, 이렇게 있잖아, 가로로 선을 그은 것처럼 뭐라고 쓰여 있었어."

다른 소년이 힘없이 말했다.

"그래도 일본 비행기일지 몰라. 미국이 어떻게 여기 구지마玖島로 오는 길을 알겠어?"

"무슨 바보 같은 소리야, 하늘에는 길이 없어. 길이 없으니까 어디까지 와도 헤매지 않아. 그래서 몇 번이고 와."

그 아이는 힘주어 말했다. 아이들은 이상하게 생각하지 않아도 된다. 일본 항공기는 하늘을 나는 자유를 잃은 지 한 달이 넘었다.

3

또.

9월도 저물어가는 어느 비 오는 날. 임시 거처인 별채 이층에서 내려가려고 계단의 중간까지 왔을 때, 나는 무심코 아래를 봤다. 눈앞이 아찔했다.

거기 다다미방 툇마루에 한눈에도 원자폭탄증으로 보이는 안색을 한 청년이 앉아 있었다. 청년은 양손을 젖은 툇마루에 힘없이 대고 겨우 몸을 지탱하고 있었다.

이삼일 전에 마을로 돌아왔을 때 있던 이 집의 먼 친척 청년 긴銀이라는 사람이 아닌가 하고 생각했다. 그 사람이라면 머리가 빠지고 이는 치조농루 증상처럼 어근버근하게 망가지고 게다가 말라버린 썩은 나무 같다고 들었다. 내가 눈앞이 아찔했던 것은 형언할 수 없는 섬뜩한 피부색 탓이었다. 온몸의 피부는 폐결핵 말기인 사람과 같은 혈색에 한층 절망적인 태운 가지처럼 불투명한 색깔로 칠해져 있었다.

눈 주위는 푸른 잉크를 물들인 것 같았고, 입술은 회색으로 말라 있었다. 머리카락은 80세 노인처럼 드문드문 회색으로 변해 있었다. 피부 위에는 곳곳에 팥알만 한 반점이 연푸른색, 보라색, 남색을 띠고 올라와 있었다.

이러한 증상은 의사에게도 들었고, 신문에서도 읽었다. 그렇게 되고 나면 2, 3일, 길어도 5일밖에 못 산다고 들었다. 그러한 사람은 이미 의사에게도 보일 수 없었다. 처음으로 직접 본 그 증상이 두려워 기겁한 내게

"일전에 돌아온 긴銀입니다."

라고 집주인이 말했다. 나는 곁으로 다가가 물었다.

"나도 그때 하쿠시마白島에 있었어요. 조금 다쳤을 뿐이지만. 당신은 어디에 있었어요?"

"히라쓰카平塚였어요."

청년은 언짢은 듯이 답했다.

"히라쓰카 마을은 폭심지에서 어느 정도 떨어져 있나요?"

"1km 이내예요. 반경이요."

반경 2km 이내에 있는 사람은 많든 적든 강렬한 열선 방사를 쬐게 된다고 한다. 그러면 아무런 고통도 느끼지 못한 채 잠시동안은 건강하지만, 급작스레 전형적인 증상이 나타나게 된다.

전형적인 증상이란 연구에 참여한 학자에 의해 히로시마 주고쿠中国신문에 다음과 같이 발표되었다.

발열

탈력脫力

식욕부진

무표정한 얼굴

탈모(잡아 뜯은 듯 모근이 붙어있지 않다)

출혈(피부점상출혈, 코피, 혈담, 각혈, 토혈, 혈뇨 등)

구내염(특히 출혈성 치은염)

편도선염(특히 괴저성 편도선염)

설사(특히 점혈변)

등.

이러한 외부적 증상이 나타났을 때는 이미 혈구, 특히 백혈구에 엄청난 변화가 생긴 것이다. 도쿄대의 쓰즈키都筑 박사의 진찰을 받은 신극 여배우로, 마루야마 사다오丸山定夫 등과 함께 히로시마에 와 있었던 나카 미도리仲みどり가 도쿄대 외과에서 숨을 거두기 전 백혈구는 500~600 정도밖에 없었다고 발표되었다. 적혈구는 300만 정도였다.

보통 상태의 백혈구는 6천에서 8천으로 적혈구는 450만 정도라고 한다. 또한, 규슈대의 사와다沢田박사는 혈액 1㎤ 중 백혈구가 겨우 200에서 300이라는, 평소라면 도저히 생각할 수 없는 사실을 발표했다. 나는 이러한 쓰즈키 박사나 다른 과학자들의 임상학적 연구 발표를 이재민 편에서 주의 깊게 읽어서 정리해 적어 둘 생각이지만, 지금은 일단 나중으로 미뤄두고자 한다.

원자폭탄의 살상성은 이런 식으로 특이해서, 사람에게 안겨주는 고통은 육체가 직접 아픔을 느끼게 하지 않으며, 게다가 증상을 오래가게 두지도 않았다.

긴은 9월 2일까지 건강을 잃지 않았다. 다리의 화상도 나았는데, 3일이 되자 머리카락이 빠지기 시작했고 잇몸에서 피가 나고 반점이 생겼다고 한다.

"이제 끝이에요. 죽어도 좋아. 의사 세 명이 다 그렇게 말하니까요."

청년은 그렇게 중얼거렸다.

"평온하게 쉬고 있어요. 늦게 발병한 사람은 회복한다고 하니까. 어떻게든 살겠다는 생각으로 힘을 내요."

나는 이 지경이 된 청년이 만약 삶을 이어갈 수 있다면 아직 발병하지 않은 나 또한 살아갈 수 있으리라는 복잡한 심경으로 청년에게 말했다.

"자다가 담배가 피고 싶어 참을 수 없어서 얻으러 온 거예요."

죽어도 좋다면서 사는 데 필요한 궐련 파이프니 수첩이니 이쑤시개 등을 가족에게 부탁해서 받고 있다. 맨살에 바로 얇은 방한복을 입은 청년은 팔짱을 끼고 가을 빗속으로 걸어갔다.

"원래 긴은 새까맣게 치렁치렁한 머리를 하고 있었어요. 그걸 자랑으로 여겼죠."

나중에 가족에게 들었다. 아무리 봐도 노인과 젊은이 사이로 보이는 긴의 나이는 스물넷이었다. 전쟁이 격렬했던 시기에는 배를 타고 남쪽 바다로도 북쪽 바다로도 나갔다. 패전이 가까워지자 탈 배도 잃어 최근에는 히로시마까지 와서 가고시마 여자와 함께 생활했는데, 본디 그는 불량한 청년이었다. 사람들은 부모나 울리는 그런 불량한 자식놈은 죽는 게 낫다고 했다.

그러나 청년의 가슴에는 구슬픈 소금小琴이 연주되고 있는 것일까. 3살 때 어딘가에서 데려온 아이로 어릴 때부터 비뚤어질 만큼 비뚤어져 손을 댈 수 없는 불량아였다.

히로시마에서는 그날 아침 히라쓰카 마을의 셋방살이 집에서 여자와 함께 자고 있었다. 긴은 폭삭 무너진 집에 깔린 여자를 기와 더미 속에서 끌어냈다. 하지만 그녀는 까까머리 중처럼 머리가 빠지고 이질 같은 혈변투성이가 되어, 긴이 발병하기 전에 죽고 말았다고 한다.

긴은 여자의 뼈를 안고서, 피난을 위해 전부터 마을에 와있던 양부모가 세 들어 사는 집을 더듬더듬 찾아온 것이었다. 마을 이발소를 도우러 간 백발의 양아버지는 항상 누렇게 뜬 창백한 얼굴을 하고 있다. 나이든 그 남자는 재생불량성 빈혈로 다리가 좋지 않아 절뚝거리며, 가끔 내가 머무르고 있는 집을 방문하곤 했다.

집에 오면 노인은 넓은 뜰에 심어진 나무를 바라보고 천천히 걷거나 연못을 들여다보고 오랫동안 검정과 비단, 흰 잉어를 보고 있었다. 노인은 정말로 이런저런 것들을 보고 있는지, 아니면 그런 척하고 무슨 생각에 잠겨 있는 듯 보였다.

이러한 양아버지와 긴의 몸 어느 뼈를 연주한들 행복한 음은 되돌아오지 않을 것 같았다.

4

또.

마을에는 의원 한 곳밖에 없다. 늙은 S 의사는 돌아가신 내 아버지와 친구였다. 내가 어렸을 때 집에도 자주 오는 사람이어서, 십몇 년 만에 마을로 돌아온 나는 치료차 가면 아버지와 대화하듯 그때그때 여러 이야기를 나눈다.

S 씨는 어느 날 이런 이야기를 나에게 들려주었다.

그 처녀는 처음 유리 파편을 가득 뒤집어쓴 지저분한 머리로 찾아왔다. S 씨가 산산조각난 유리를 모두 털어내고 엉긴 피를 닦아 보니 상처는 두 군데 정도, 그것도 젓가락 끝으로 찔린 정도의 작은 것이 있을 뿐이었다.

처녀는 안심했다. 그런데 15, 6일이나 지나 상처 치료가 끝나갈 때쯤, 처녀의 팔에 엷은 흑점이 생겼다.

"뭐가 생겼네. 이게 뭐지?"

S 씨는 무심코 뱉고 처녀의 손을 유심히 살펴보았다. 처녀는 으악 하고 소리쳤다.

그리고 S 씨의 가슴 쪽으로 우당탕 쓰러졌다.

"난 언제 죽어요? 선생님, 언제 난 죽어요?"

처녀는 필사적으로 물었다.

“맥이 끊어지는 것과 심장이 멎는 것 중 어느 쪽이 먼저일까요?”

“난 당신이 죽는다고 말한 기억이 없어요. 이게 생겼다고 해서 죽지 않아요. 걱정하지 않는 게 좋아요. 죽지 않아요.”

“그래도 사람은 모두 죽는 걸요. 그날 히로시마에 있었던 사람은 한 사람도 남지 않고 모두 죽는다잖아요. 이르든 늦든 한 사람도 남김없이 모두 죽어요.”

이 처녀는 일주일 안에 죽었다. 각혈을 했고, 패혈증과 비슷한 증상이었다. 전반적으로 이번 출혈은 붉지 않고 검으며 질척질척하게 부패했다.

어느 날 이런 이야기를 S 씨가 했다. 이 남자는 나도 가끔 S 씨의 병원에서 봤다.

33, 4세로 왜소한 몸집이었지만 패전 이야기를 하며 분하다는 듯 주먹을 휘두르고는 병원 대기실에 있는 부상자들에게 말을 걸었다. 그는 양다리에 두 세 군데 상처를 입은 모습이었다. 안경을 쓴 이목구비가 뚜렷한 아내가 항상 곁에 있었다. 그 남자는 쾌활한 큰 목소리로 말을 한다. 많은 환자가 기다리고 있는 대기실에서 자기 순서가 와도 화상이 심한 사람을 모두 먼저 들여보내고 자기 순서는 가장 나중으로 돌리기도 했다.

S 씨는 이 남자보다도 아내 쪽을 오히려 주목하고 있었다.

“여자가 죽겠군.”

처음부터 그렇게 생각했다. 가슴에 작은 찰과상이 있을 뿐이지만 안색에 형언할 수 없는 이상한 빛이 감돌았다.

그러나 처음 와서 20일이나 지난 아침, 여느 때와 같이 아내와 함께 온 남자는 굉장히 피곤하다며 침대 위에 누워 엎드려 말을 꺼냈다.

"나는 배에서 요리사로 일해서, 육지에 올라올 때마다 살바르산 주사를 맞았는데 오늘까지 한 260번은 맞았지. 지금도 피곤할 때 맞으면 몸 상태가 좋아져요. 이번 거는 어떨지 모르지만 하나 해주지 않으실라우?"

S 씨는 손을 저었다.

"그런 거 요즘은 안 하오. 위험해."

"이미 어느 쪽이든 나는 가망이 없소. 당신은 의사잖아? 시험삼아 써보면 좋지 않아요? 손해 볼 것 없잖소."

"주삿바늘 자국이 썩어들어갈 거요."

"그러니까 어떻게 될지 해 봐요. 응? 살바르산을 놓아 주오."

의사는 해주겠다고 했다. 완전한 건 안 된다. 삼분의 일 정도 정제수에 녹여서 주사를 놓는다. 그러면 괜찮겠지. S 씨는 남자 쪽으로 등을 돌려 투덜대지 못하도록 자신의 몸으로 숨겨 준비하고 있었다. 그러자 뒤에서 밝은 목소리가 났다.

"아이코, 조금 줄여 주지 않겠나?"

"정제수만으로 해주길 바라오?"

"아니, 물만 넣으면 안되지. 약도 조금 넣어야지"

그 남자는 처음부터 흥분하지도 않고 허세도 아닌, 담담하니 물 같은 미소를 띠고 있었다.

주사를 놓자 반응은 곧 나타났다. 남자는 부들부들 떨며 잠자코 있었다고 한다. 경련이 멈추자 핏빛이 뺨으로 올라왔다.

"뜨거! 뜨거! 뜨거워, 선생. 이거 재보면 50도는 될 거요."

남자는 역시 웃으면서 곁에 서 있는 아내 손을 이마에 갖다 댔다.

"40도는 아니지. 엄살이 심하군. 이 주사는 3명에 1명은 이렇다네. 항상 자네는 이런가?"

"항상 이 정도는 아니오."

S 씨가 열을 보니 41도로 이것도 요번 원자폭탄증의 전형적인 증상이었다.

남자의 말대로 살을 만진 느낌은 41도보다 더 강렬한 열이었다.

"오늘 밤은 이 침대에서 자고 가게나. 이불을 가져오고, 죽을 쒀서 주는데 어떻소?"

"아니, 여기보다 집사람이 으스대도 집사람 고향이 낫소."

남자는 대기실에서 나간 아내의 뒷모습을 바라보고 나서 S 씨에게 물었다.

"그런데 집사람은 언제 죽어요?"

"일주일 정도려나."

"그렇다면 나랑 비슷하네. 전쟁도 드디어 부부 두 사람을 같이 죽이기 시작했네. 나는 뭐 괜찮지만 저래도 여자거든. 불쌍하네. 하지만 서로 저세상까지 길동무라는 건 어지간한 인연일세."

다음날 온 남자는 혀끝에 세 개, 겨드랑이 밑에 네 개의 붉은 반점이 올라와 있었다. 그러나 남자도 그것을 말하지 않고 S 씨도 입 밖으로 꺼내지 않았다. 이에 대한 언급을 피하고,

"어제는 피곤했지요?"

"그렇죠. 1리 길을 3시간 걸려 돌아갔다오. 거기까지 1시간 안 걸리고 왔는데."

"내일부터는 안 와도 된다네. 왕진을 하러 가겠소. 그런데 보리밥을 먹는가?"

"맞아요."

"위장을 망쳐 좋지 않으니 쌀밥을 먹는 게 어떻소?"

"그렇게 하지요. 정말로."

다음날은 아내 고향 사람이 S 씨를 마중하러 왔다. S 씨가 도착하자 남자는 잠자리에서 일어나서

"신세를 또 지네요."

라고 머리를 숙였다. 하지만 역시 미소를 띠고 말한다.

"엊저녁부터 흰 쌀밥을 듬뿍 먹고 있소. 하지만 뭐 맛있지는 않아. 의사는 죽음 선고를 참 잘한다고 생각했어. 내 혀와 겨드랑이에 붉은색과 보라색 녀석들이 오톨도톨 나 있더군. 그래서 백미를 먹으라고 일러준 거지."

"알고 있었소?"

"내 몸이잖아. 살아있는 동안에 뭐든 알지. 하지만 S 선생, 나 하나 이상한 점이 있어요. 전쟁은 일본이 대패하고 끝났잖아? 아무튼, 전쟁은 요근래 끝났잖소. 그런데 우리는 전쟁 때문에 죽어간다오. 전쟁이 끝나도 아직 전쟁 때문에 지금 이렇게 죽어가네. 그게 이상해."

그로부터 사흘 뒤, S 씨는 그 남자의 사망진단서를 써야 했다. 아내는 이틀 뒤에 조용히 숨졌다.

무표정한 얼굴

5

전쟁 상대국이 끝나갈 무렵 원자폭탄을 사용한 것에 대해 일반 대중은 원망스럽게 해석하는 듯하다. 이성적이라기보다는 반발심으로 그렇게 말하는 것 같다. 이건 안일한 몸부림이다. 소련이 전쟁 종지부를 바라고 개입해서 반반 무승부로 해준 것이라고 한다, 어수룩한 몽상과도 같은 철저하지 못한 사고방식이라고 생각한다.

근대전쟁을 10년이나 15년씩 걸려서 옛 무사처럼 예의 바르게, 느긋하게 치르려는 것은 이상하다. '전화戰禍의 비참'을 우리는 단지 그 때문에만 한탄하는 것이 아니다. 한탄하는 것은 전화의 비참 '이전'이다.

전쟁은 반드시 냉혹하고 잔인하기 마련이고 독을 뒤집어쓴 듯한 고통, 전파電波로 도시를 엉망으로 태우고 집 한채 찾아볼 수 없을 만큼 파괴해 버리는 방식은 근대전쟁에서 당연하다. 그 이외의 어떤 전쟁도 이젠 기대할 바가 없다.

침략전쟁의 한탄은 그것이 승리하더라도, 실패하더라도 거의 동일하다. 전쟁을 해야 했던 것이야말로 무지와 타락의 결과였다.

히로시마 시가지가 원자폭탄 공습과 폭격을 받았을 때, 이미 전쟁이 아니었다. 파시스트나 나치 동맹군은 이미 완전히 패배했고, 일본은 고립되어 전 세계에 대항하고 있었다. 객관적으로 승패가 결정된 전쟁은 이미 전쟁이 아니었다. 군국주의자들이 자포자기한 채 발버둥을 치지 않았다면 전쟁은 정말 끝나 있었을 것이다. 원자폭탄은 그것이 히로시마든 어디든 결국 끝난 전쟁 후의 끔찍한 여운이라고밖에 여기지 않는다. 전쟁은 이오지마硫黄島에서 오키나와로 오는 파도 위에서 이미 끝났다. 그렇기에 나의 마음에는 삐뚤어진 마음씨가 있다. 원자폭탄을 우리들 머리 위에 떨어뜨린 것은 미국임과 동시에 일본의 군벌정치가들이라고 생각한다.

6

그때부터 피로해진 일본의 국력이 눈에 띄었다. 맥이 빠진 민중의 피로는 히로시마시의 그날, 죽음의 숙명을 더욱 깊게 파내려 시체를 넘치게 쌓았다.

일본 곳곳의 도시가 잇달은 공습으로 숨이 막힐 듯한 말기적 공포에 휩싸였을 때, 히로시마는 8월 6일 새벽까지 덩그러니 남겨져 있었다. 왜 그렇게 되었는지 아무도 몰랐다. 사람들은 이상해하면서도 망연히 있었다. 일본 지도상으로 교토와 히로시마만 남은 것이 점점 눈에 띄었다. 7월부터 8월 초에 걸쳐 다음과 같은 추정 의견이 시민들 사이에서 퍼졌다.

미국의 폭격기가 히로시마현 북쪽 산속에 있는 큰 강둑을 무너뜨릴 것이라는 소문이다. 그 댐은 거대해서 둑을 무너뜨리면 십리 거리의 마을부터 세토나이카이瀬戸内海로 휩쓸려간다.

그리고 사람들이 서둘러 높은 산 속으로 달아나더라도, 모여있는 곳을 모조리 폭격한다. 살아남은 사람도 물에 휩쓸려 파멸한 현 부근의 농촌에서 어떤 농산물도 구하지 못하고 굶어 죽을 것이다.

이 풍문이 퍼지기 시작했을 무렵, 시 어딘가의 자치회町内会에서 대나무로 만든 튜브를 도나리구미隣組[5]에 배포했다. 전 시민 대상은 아니었기 때문에 나는 그것을 보지 못했지만, 밤의 파상공격으로 시가지 주변이 화재의 고리로 변해 그 안의 민중들이 도피처를 잃은 경우, 시 전체에 흐르는 일곱 줄기의 강으로 그 튜브를 안고 뛰어들면 자연스럽게 흘러가 바다에서 기다리던 군대의 배가 구조한다는 계획이었다고 한다.

히로시마의 신문은 사설에서 군의 호의로 배포된 대나무 튜브가 잘못된 뜬소문을 낳은 것이라고 내용은 쓰지 않고 시민을 나무랐다.

그렇지만 댐을 무너뜨린다는 이야기를 내가 들었을 때는 이미 어떻게 손을 쓸 수 없는 역부족 상태로 시 전체에 그 소문이 퍼져 있었다. 그렇다면 서구西欧 전쟁에서도 비슷한 예가 있었는지, 뭔가

5 제2차 세계 대전 당시, 국민을 통제하기 위해서 만들어진 최말단의 지역 조직.

근거가 있는지를 묻자 그러한 예는 없다고 한다. 그런데도 항간에서는 경솔한 연구가 진행되고 있었다.

산간의 댐이 파괴되고 히로시마 시가지에 물이 들어오기까지는 8시간 걸린다. 아니, 바다의 만조와 뒤얽혀 파괴되기 때문에 2시간 반 만에 침수된다. 하지만 그만큼의 강물이 히로시마시로 들어오면 평균 지상에 4치四寸의 물밖에 고이지 않는다. 아니, 4척四尺이다. 하지만 B29가 댐을 무너뜨릴 거라고는 하나, 폭탄을 쿵쿵 떨어뜨리기만 한다고 무너지지는 않는다. 일본 특공대처럼 폭탄을 품고 돌격해 와서 자폭하지 않는 이상 그 댐은 무너지지 않는다. 이런 뜬소문이 히로시마 전체에 퍼져 있었다.

언젠가는 무슨 일이 일어날 거라고 막연하게 각오하면서, 폭격당하지 않은 의미를 좀 더 깊이 추궁하려고는 하지 않았다. 시민들은 더 애처로운 공상도 했다.

히로시마는 물의 도시라 불리는 일곱 강이 시내를 가로질러 흐르는 아름다운 삼각주 지대로, 미국이 이곳을 별장지로 삼고자 한다는 식이다.

이와 비슷한 공상은 나 자신도 품고 있었다. 히로시마는 딱히 아름다운 도시도 아니어서 외국인에게 매혹적일 것이라고 생각하지도 않았지만, 어디든지 모두 파괴해 버리면 일본에 상륙했을 때, 당장은 곤란할 것이었다.

"히로시마는 동과 서의 한가운데니까 상륙했을 때 짐을 두는 곳으로 남겨두었을지도 모르지."

엄마와 여동생과 비밀이야기를 할 때, 나는 그런 이야기도 했다. 농반진반으로.

사람들은 어느 틈엔가 질 거라고 생각했다. 한켠에서는 미군이 상륙하면 일본인 한 사람 한 사람이 각자 10명과 전쟁을 치르고 "끝까지 싸우겠다"라고 생각하면서.

7월 중순부터 말에 걸쳐 동쪽은 오카야마岡山까지 불타고 남쪽은 구레시呉市가 형태도 없이 불타버렸다. 서쪽은 야마구치山口현의 자그마한 주요 도시가 차례로 모조리 폭격당했고, 남겨진 근처의 거리는 숨이 끊긴 듯했다.

히로시마는 그 봄에 한 번, 몇백이라는 적의 함재기艦載를 맞았지만, 그때도 현 내 섬 부근에서 사소한 공중전투나 피해가 있었을 뿐이었다. 히로시마 시내의 사람들은 제대로 적기를 볼 수도 없었고 큰맘 먹고 돌아다니지 않고서는 적탄이 떨어진 흔적조차 볼 수 없었다.

4월 초 B29 한 대가 지나가는 길에 한두 개의 폭탄을 시 한가운데인 오테마치大手町에 투하했을 뿐이다. 그때도 아침이었다. 그러나 7시도 되기 전인 너무 이른 시간이었다. 시청이나 은행, 회사의 큰 건물은 인기척 없이 텅 비어서, 그 주위 동네에도 그다지 죽은 사람은 없었다.

그 후 오키나와가 함락될 때까지 히로시마의 하늘은 다른 도시에 비해 무사했다. 오카야마나 구레, 야마구치가 격렬한 공습을 받고 나서 히로시마의 하늘 높이 동쪽에서 서쪽으로 그리고 남쪽에서 북쪽으로, 어제도 오늘도 어디를 태우러 가는지도 모르는 채 B29 편대가 지나갔다. 엄청난 함재기와 함께하는 날도 있었다. 어느 날은 오늘이야말로 히로시마구나 하고 생각되는 날도 있었다. 늘 지나가고, 남겨졌다. 어쩐지 불안했다.

시민들은 또 말하기 시작했다. 왜 교토와 히로시마를 소중하게 남겨두느냐고. 교토는 화려한 꽃의 도시, 그리고 히로시마는 물의 도시니까 미국의 별장지로 삼기 위한 것이라고.

게다가 또 묘한 말을 하기 시작했다. 히로시마는 예로부터 외지인이 많았고, 전통적인 미국 이민은 어디보다도 히로시마현이 가장 많다. 그 2세들이 이번 전쟁에서는 미국 측 전선前線에 서서 일하고 있다. 히로시마를 폭격하지 않은 것은 이에 대한 의리라고.

어이없이 신흥종교에 빠지는 지식인들이 있듯이, 조금은 식견을 갖춘 지식인마저도 이러한 논리를 남에게 정색하며 전하고는 했다.

한편 전쟁의 책임자들은 상대방의 공습에 전략폭격, 전술폭격으로 구별해서 신문에 쓰도록 했다. 그런 판정으로 투하될 정도였다면, 전쟁책임자들은 정통한 전문적인, 전술적인 두뇌로 왜 '홀로 남겨질 거대한 도시'를 그런 이유로 끝까지 추궁해 미리 알아내지 못했는가.

근세의 과학병기는 이제 성급히 꺼내게 되는 시기가 도래했다. 이쪽이 안 꺼내면 어딘가가 꺼낸다. 그것은 학대이자, 당연히 지독한 것이 분명하다.

그런 예감과 최후에 남겨진 도시의 지형과 환경, 거리를 연관 지었더라면 전쟁책임자의 최고두뇌에는 어떠한 결론이 분명 떠올랐을 것이다.

그 추리가 지성적으로 처리되었다면 히로시마의 시가지에, 그리고 현 내 마을에 저만치 시체를 쌓지 않아도 되었을 것이다.

누구나가 전쟁으로 말미암아 지쳐버리고 망연자실한 모습을 불행하게 여긴다. 전쟁의 끝이 임박했던 당시의 일본이야말로 원자폭탄 이전에, 이미 정신적으로 무표정한 얼굴에 빠져있었다.

7

나는 주위에 있는 신문의 재료에서 원자폭탄으로 인한 듯 보이는 피해의 성격을 뒷날을 위해 적어두고자 한다. ―왜냐하면, 그런 이유가 아니고서는 히로시마시의 그날 아침의 사건을 적어둘 마음이 생기지 않기 때문이다.―

사망자	
남	2만 1천 125명
여	2만 1천 277명
성별 불명	3천 7백 73명
계	4만 6천 1백 85명

행방불명

남	8천 5백 54명
여	8천 8백 75명
계	1만 7천 4백 29명

중상자

남	9천 8백 57명
여	9천 8백 34명
계	1만 9천 6백 91명

경상자

남	2만 1천 9백 47명
여	2만 3천 32명
계	4만 4천 9백 79명

재해자

남	10만 3천 6백 49명
여	13만 2천 8명
계	23만 5천 6백 57명

아주 적게 대충 어림잡은 듯한 이 숫자는 8월 25일에 정리한 통계로 이 정도일 리가 없다. 행방불명이나 부상자를 사망으로 처리

해 사망자가 12만 명을 넘는 상황이라고 9월 15일의 신문이 보도했다. 그렇지만 타박상 정도의 경상자나 찰과상과 화상도 빠졌고, 멀쩡하게 있다가 연이어 죽음을 맞이한 사람은 8월 24일이 지나고부터다. 내가 머무는 작은 방에서조차 매일 서너 명씩 쓰러졌다. 8월 6일 당일 히로시마에 없었던 사람으로 나중에 시신을 처리하는 등 노동 작업에 나간 사람들까지도 죽는다고들 말했다.

이 죽음의 공포는 원자폭탄이 투하된 날의 모호한 공포에 비해 훨씬 두려운 것으로 거의 한 달간 계속되었다.

9월 20일을 지나고 나서 이제야 겨우 죽지 않을지도 모르는 소수의 사람이 남아있음을 알았다.

8

나중에 히로시마에 간 사람들이 머지않아 원자폭탄증에 걸려 차츰 쓰러졌다는 미지의 세계에 대해 히로시마 문리과 대학 후지와라藤原 교수가 중간보고를 했다. 교수는 X선 전공으로 이학박사이다.

“8월 20일 시외 이주자가 히로시마시의 니시데라쵸西寺町에 나가 반나절 동안 묘지를 파냈는데 귀가 후 머지않아 원자폭탄증에 걸렸다.

×당일 폭심권외 2km 지점吉島本町에 있던 사람으로 부상이 없음에도 불구하고 곧 사망했다.

×미도리마치翠町관사 길 동부(폭심지에서 2km)에서는 그날 무수히 많은 불덩어리가 떨어졌다.

×같은 지요다초 히로시마공전千代田町広島工専에서는 광선 다발이 화살처럼 쏟아졌다.

×교외 야가마치矢賀町의 어떤 사람은 얼굴에 강한 광선을 느꼈지만, 그 후 본인에게는 어떠한 증상도 없었다.

×나 자신(후지와라 교수)의 체험으로 집翠町 지붕에 불덩이가 떨어져 옆집의 부인이 불을 끌 생각으로 물을 가져왔을 때, 이미 아무런 이상도 보이지 않았다.

×히바군比婆郡 쇼바라초庄原町에서 일본적십자병원 와타나베渡辺 박사가 진찰한 환자(당일 미도리마치의 자택에 있던)는 백혈구검사 결과 2천 미만이었다."

후지와라 박사는 계속해서 꼼꼼하게 이야기했다.

"이 외 이례적인 사례를 왕왕 들을 때마다 방사성 물질은 날려 흩어지면 진해지거나 엷어지는 것이 아닐까. 전쟁 재해 후에도 아직 상당히 강력한 방사능이 잠재해 있는 것이 아닌가 하는 의구심을 가졌다. 그래서 당일 불덩어리가 쏟아졌다는 미도리시마 관사 길 동부의 현장에 나가 방사능 측정을 한 바, 상당한 농도를 함유하고 있음을 알게 되었다.

또한, 히로시마공전에서는 정류 진공관의 양극 일부분이 낙하해 있었다. 또 집의 벽장 안에 돌조각, 거실에 상당한 고온에 타버린 전기다리미가 뒹굴었고, 이것들은 모두 폭심권에서 날아온 것이라고 여겨진다. 정류 진공관, 돌, 다리미 3개 다 방사능 반응은 인정되지 않았지만, 이같은 사실을 통해 추정하기를 폭탄 주체(우라늄)의 원자핵 파괴와 함께 발생하는 중성자, 감마선, 전자, X선, 자외선, 광선, 열선 등이 사방으로 흩어지면서 강력한 폭풍을 유도함에 따라 파괴된 폭심 지대의 물질이 사방으로 흩어졌다고 생각한다."

박사의 열정적인 보고는 계속되었다.

"이 점을 우리가 등한시한 경향이 있다. 폭탄을 2개 사용했다고 추정해보면, 처음 한 개가 고도 6천 미터에서 터지고 2탄은 그 폭발로 유발된 것으로, 제2탄의 폭발은 첫 폭발보다도 저공이었고, 더구나 완전하지 못했다. 이렇게 생각하면 폭심지대의 물질 외에 원자탄이 파괴한 것도 동일하게 흩어졌다고 생각된다. 사방으로 흩어진 물질은 고온으로 뜨거워져 있었고 그것은 단순한 외열이거나 고주파전기로高周波電気炉 방식의 가열이다.

또한, 이러한 것에는 파괴 폭탄 주체가 다량으로 부착된 것, 또한 부착되어 있지 않은 것도 있을 것이다. 앞서 말한 관사 길 동부에는 방사능물질이 다량으로 묻은 것이 날아왔고, 집에는 단순한 작열灼熱만으로 방사능물질을 포함하지 않은 돌이나 금속 덩어리가 날아왔다."

이러한 전제 뒤에 후지와라 교수는 결론을 내렸다.

"이렇게 생각하면 폭심권에서 훨씬 떨어진 거리에 있던 사람인데도 화상을 입었거나, 원자폭탄증을 보인다는 점을 수긍할 수 있지 않은가. 일전에 쓰즈키都築 박사가 신문에 발표한 "방사능물질은 비교적 균등하게 분포한다."라는 견해에 나는 날려 흩어진 물건을 인정한 지점을 특이점이라고 본다.

바로 지금, 이 특이점 부근에 얼마만큼 방사능물질이 남았는지 조사를 진행하고 있다. 쓰즈키 박사의 조사보고에도 있듯이 폭심권의 방사능물질도 이제는 인체에 해를 끼치지 않을 정도로 소량 남은 듯하다. 그러나 폭발 후 2, 3일간의 중심지점에는 상당한 방사능이 잔존한다고 아사다浅田 박사도 말했다. 그러므로 니시연병장西練兵場에서 일주일간 시체 정리 작업에 종사했던 병사가 돌연 사망한 일 등은 당시의 건강상태나 주변 여건이 좋지 않았기 때문이리라. 건강한 상태에서는 아무 이상이 없어도 과로나 영양부족에 따라 원자폭탄증이 현저하게 나타나는 것은 당연하다."

이상으로 후지와라 박사의 잔존 방사능 조사보고는 일단 끝을 맺었다.

꼼꼼했지만, 우리에게 아직 모호함이 남았다.

9

그렇다면 해부학의 일인자 도쿄대 쓰즈키 박사는 어떻게 말하고 있는가.

"폭격이 있고 나서 4주가 되는 지금 상태에서는 오염도에 악영향을 미칠 정도의 것은 남아있지 않다고 생각하는 것이 지당하다.

그래서 8월 6일 아침의 폭발 지점에는 어느 정도의 열력熱力이 발생했을까 라는 문제이다. 이것을 평소 알고 있는 무엇과 비교할 수 없을까해서 물리학 쪽 사람과 의논한 결과, 이렇게 말씀드리면 이해가 쉽지 않을까 생각한다. 우라늄의 열력은 지상 5백 미터에 1억 톤의 라듐이 있을 때는 알파선의 열력과 같다는 것이다. 도대체 라듐을 1억 톤 가져오면 어떤 일이 벌어지는가? 우리가 보통 밀리라는 단위로 부르는 라듐을 1억 톤이라는 숫자로 부르는 순간 대충 예측은 된다. 다이라 기요모리平清盛가 태양을 불러들였다는 전설이 있는데, 이게 반드시 불가능한 일은 아니다. 그렇다면 어떤 힘이 하늘에서 떨어지느냐는 문제, 이것은 보통 4개의 위력원이 하늘에서 내려온다. 그 하나는 빛과 열의 위력이 일정한 방향을 이동하고 또한 반사에 의해 강한 힘을 일으킨다. 제2는 기계적인 폭발 위력으로 집이 파괴되거나 사람을 튕겨나가게 하는 힘. 제3은 미지의 위력으로 방사능성 물질에 의한 힘. 제4는 미지의 위력이라고 말할 뿐으로 여전히 현재에 이르기까지 미지이다."

나 자신은 이 '미지'라는 말에 강하게 끌린다. 그 담화를 자세하게 적은 이유는 이 관념적 매력 때문이라고 생각한다.

"그 방사능성 물질이란 과연 어떠한 것인가? 만약 이 원자폭탄이 수년 동안 미국에서 연구해온 우라늄을 사용한 것이라면 열력 안에 가장 중대한 부분을 차지하는 것이 중성자이고, 그것은 굉장히 빠른 속력으로 이동하는 미립자이다. 끊임없이 우주를 떠돌고 있는 중성자는 인체에 상해를 주지 않는다고 알려졌지만, 상해를 줄 수 있다."

더욱이

"오늘까지 이과학理科学연구소에서 채취한 방공호 토지의 독소는 굉장한 기세로 줄어들고 있다. 인燐은 동물의 뼈에 있는 것으로 가장 잘 알려져 있으나, 이전(8월 6일 당시인가–오타大田)에 왔을 때, 아이오이바시相生橋 부근에 동물 뼈가 있었다. 손뼈가 아닌가 하고 예상했지만, 그것을 가져와 연구하니 방사능 물질이 나왔다. 8월 6일 폭발 당시 그 동물의 뼈 안에 약 200배의 방사능이 있었을 것이다. 더욱이 폭심지 근처에서 화장된 사람들의 뼈를 조사해 보니 약 90배였다. 그저께(9월 2일) 또한 그 부근에서 인간의 뼈를 주워 재보니 90배에 달했다.

인체에는 천 배 이상이 아니면 영향이 없다. 이것은 뼈의 인燐에만 해당하는 이야기로 폭격 직후 히로시마시로 들어온 사람은 십분의 일 이하의 상해를 입었다. 하지만 이외의 철이니 동이니, 그 외의 것도 며칠이면 거의 없어졌기 때문에 폭격 후 수일간은 별개로 하고 그 이후는 우선 해가 없다는 결론을 얻었다."

또한

"제4의 미지의 위력은 지금은 알 수 없다. 어떤 특별한 것이라고만 생각할 수 있다."

중량 500파운드, 길이 30~36인치, 지름 18~20인치인 222kg 폭탄과 같은 정도 안에 독극물을 가득 채우고 와도 이 정도로 많은 사람이 중독되리라고는 생각하지 않는다. 알 수 있는 것은 폭격의 순간에 나온 중성자 및 라듐의 감마선과 동등한 것으로 파장이 짧은 엑스레이 선이 한꺼번에 확 방사되면서 노출된 부분이 먼저 빛을 받는다. 중성자가 어느 정도에 인간을 상해하냐면 평생 취급하는 것과 비교하면 라듐 감마선의 약 2배 성능을 갖는다고 생각하면 되는데, 폭격의 순간에는 상상 이상의 열력이지만 그 후의 열력은 보통 실험실에서 측정할 수 있는 정도보다 훨씬 적다.

전부 합쳐도 인체에 상해를 주는 일은 한 달이 지난 오늘에서는 아마 없을 거라고 생각된다. 이 문제를 병리해부학적 변화로 말하자면 현재 끊임없이 진행성을 갖고 있다고는 말하기 어렵다.

처음 중성자가 우리 인체에 확 닿았다고 치면 소량의 라듐을 몸 전체에 안고 있는 것이므로 한 달 동안에는 그것이 계속해서 방출될 것이라 생각하며, 병리해부학 상으로는 더 자세한 사항을 도쿄에서 세세하게 살펴봐야 하겠으나 지금으로서는 진행 중이 아니라고 생각한다."

더 나아가.

"우라늄 발견자인 퀴리 부인은 제1의 방사로 죽었으니, 이 순간을 넘긴 사람은 치료 여하에 따라서 나을 수 있지 않을까 생각한다."

다음으로.

8월 29일 나가사키시에 들어간 규슈대 의학부 사와다沢田반은 재해 현장이나 구호병원에서 활동했는데, 우라늄이 인체에 미치는 영향을 다음과 같이 말하고 있다.

"원자폭탄이 인체에 미치는 문제는 3단계에 이른다. 제1기는 즉사이고 제2기는 유사 이질赤痢 환자와 같이 이질 증상을 일으키고 죽는 경우, 제3기는 현재 보호소에 있는 피부 면에서는 크지 않은 부상, 즉 화상 없이 사망하는 경우이다.

이 제3기 환자의 주 증상은 잇몸에서 피가 나고 빈혈 증상을 보이고 탈모가 일어나고 인후부가 궤양을 일으킨다. 어떤 환자는 객혈, 토혈, 혈뇨, 혈변이 되고 피부 면에 점상 출혈이 일어나며, 혈액은 1㎤ 중 백혈구 수가 200~300이 된다. 이를 임상학적으로 연구해 보면 상당한 정도로 골수를 파괴하고 있다고 할 수 있다. 골수는 적혈구 과립세포 결정판(혈액응고 작용을 한다)을 제조하는 곳으로, 이 골수 기능이 폐쇄되면 제일 먼저 빈혈을 일으키고 과립세포 감소증은 고열, 후두통, 편도선염 등을 일으킨다. 디프테리아 증상이다.

여성이라면 종궤양腫潰瘍이 발생하며, 혈장판 응착 때문에 출혈이 멈추지 않게 되는 결과를 낳는다. 백혈구 문제로는 보통 급성 백혈병이라는 것이 있다. 이는 거꾸로 백혈구가 증가하고 비장이 부어 죽는데, 이 급성백혈병 안에 급성백혈청(미에로제)[6] 이라는 것이 있다.

즉, 원자폭탄의 경우에서 볼 수 있는 백혈구의 급격한 감소와

6 myeloische.

흡사하다. 우리로서는 이러한 문제들에 대해 향후 골수의 조직학적 변화에 주목표를 두고 진행하고 싶다."

좀 더 전문적인 사항이나 치료에 관한 의견 등이 이렇게 한쪽으로 치우쳐 누구 할 것 없이 설명하고 있다. 그래서 우리도 떠도는 생각을 누그러뜨릴 수 없었다. 떠도는 생각이란 많은 심리적인 문제를 말한다. 피해자들은 객관과 주관의 사이를 표류하고 끊임없이 죽음에 질질 끌려다닌다고 느껴야 했다.

그 모든 것이 첫 경험이었기에 일어났다. 원자폭탄 피해의 특질은 앞으로 몇 년 지나지 않고서는 진실이 파악될 것 같지도 않은, 그 과도한 불안을 느끼게 만드는 데에 있다.

학문적으로 이상한 흥미는 우열을 가리기 어려우므로, 전문가들은 명예와 양심, 의분 그리고 호기심과 흥미를 위해 각자의 입장에 충실했다. 하지만 이재민의 심리에 대한 이해는 담백하게 느껴졌다.

이 일은 학자들의 책임이 아닐지 모른다. 중앙 당국의 관심은 그 무렵 모든 면에서 희박해 보였다. 형이하학은 그 경우 가장 필요했지만, 형이상학적인 위로도 더 필요했다.

치료방법이 명확해지고 나서도 치료할 약품도 주사약도 진료하는 곳조차도 금방 떨어져 시골에서는 혈구 검사조차 할 수 없었다. 영양이라고 해도 과일 하나 없고, 푸성귀도 없고 쌀조차도 하루에 보리 한 홉에 5작 현미로 1홉 5작 배부될 뿐이었다.

이곳에 만약 약품, 주사약 여러 가지 시험을 하는 설비, 영양식품을 실은 트럭이 왔더라면, 그 더없이 훌륭한 구호에 이재민의 상처받은 마음은 분명 되살아났을 것이다. 그러한 양심적인 트럭이 마을을 계속 방문해서 정신적 상처를 보듬어주길 얼마나 바랐는지 모른다.

마을에서 많은 산을 넘어와야 하는 산촌에야말로 많은 이재민이 죽음의 악몽 속에서 영혼조차 파리하게 하고 있었으니까.

운명의 도시·히로시마

10

한 번도 히로시마를 방문한 적이 없는 사람은 원자폭탄이 투하되기 전 히로시마가 도대체 어떠한 거리였는지 궁금할 것이다.

먼 옛날에는 히로시마로 부르지 않고 아시하라蘆原라고 불렀다. 일대가 갈대로 뒤덮인 넓은 삼각주였다. 지금부터 약 400년 전 전국시대에 그곳에 모리 모토나리森利元就가 성을 축조했다. 모토나리는 도쿠가와 이에야스에게 쫓겨, 야마구치의 하기萩로 피했다. 그 뒤에 후쿠시마 마사노리福島正則가 와서 성의 축조를 거들고 거기에 들어갔다.

하지만 후쿠시마도 1대에서 몰락했다. 다음 아사노浅野 집안은 13대까지 영화가 계속되고 근왕파勤王派의 아사노 나가코토浅野長勲를 마지막으로 메이지유신 혁명 속으로 그 영구했던 모습을 감추었다. 메이지유신 때의 히로시마는 가까운 야마구치처럼 화려하고 거대한 힘으로 부상하지는 못했다.

나가코토 후작侯爵은 위대하고 훌륭했지만, 휘하 사람들의 열정이 희박했기 때문이라고 전해진다. 이 사실은 근세 히로시마인의 인품을 생각해보면 이해 되지 않을 것도 없다.

인품은 어딘가 히로시마의 풍광과 마찬가지로 밝지만, 무책임하고 비사교적이다. 가볍게 입을 놀리는 듯한 사투리 소리는 도호쿠 사투리의 농후함과 정반대이다.

그렇지만 이쪽이 특별한 무언가를 생각하거나 깊숙이 관여만 하지 않는다면, 기후풍토가 좋고 밝은 도시로 물질도 풍요롭고 살기 좋은 곳이었다.

히로시마의 지형은 산악지대 북쪽에서 남쪽 세토나이카이瀨戶內海로 부채꼴 모양으로 펼쳐져 있고 그 삼각주로 된 거리마다 일곱 개의 하천이 유유히 흐르고 있다.

마을에서 마을로 흐르는 거대한 강에는 셀 수 없이 많은 다리가 걸쳐 있다. 어느 다리도 근대 풍으로 산뜻하며, 폭은 넓고 희고 길었다. 어느 강에도 환한 돛을 단 어선과 작은 여객선이 우지나宇品만에서 제법 깊숙한 상류까지 들어갔다. 상류 강에는 산 그림자가 뚜렷이 내려앉아 있었다.

히로시마의 강은 아름답다. 잠들게 되는 아름다움이다. 높낮이가 없는 넓은 토지에 잠들 듯 푸르게 드리워져 있고 확실한 흐름도 보이지 않고 기분 좋은 급류 소리도 들리지 않고 다정한 시냇물을 볼 수도 없었다. 눈 내리고 얼어붙을 듯한 겨울날에도 그 강을 보고 있으면 잠이 들 것 같았다.

대설이 내리는 히로시마 강을 나는 좋아했다. 거리가 눈으로 폐쇄되고 조용한 은빛 일색의 세상으로 변하는 사이에 일곱 개의 강은 변함없이 밑에 하얀 모래와 녹음이 걸린 조약돌을 비추며 유유히 흘렀다. 강펄의 자잘한 모래는 희고, 돌멩이도 하얀색이나 갈색, 차분한 푸른색, 가끔은 연붉게 물든 돌까지 있었다.

강 표면은 깊은 산의 호수를 닮은 옅은 남색의 차분한 빛을 발했다. 겨울의 강은 어찌 보면 푸르고 얇은 유리 아니면 납을 칠한 견직물을 편 듯이 보이고 그 위에 내리는 눈은 한 조각씩 우아하게 빨려 들어가 사라졌다.

히로시마가 지도상 서쪽으로 기운 것은 이러한 강펄의 모습과 남쪽으로 향한 부채꼴로 펼쳐져 있는 도시 때문이리라. 도시 주위는 남쪽 바다 쪽만 남기고 세 방향이 산으로 둘러싸여 있다. 낙타가 잠든 듯 산에서 산으로 이어지는 모습은 낮고 부드럽게 파도를 치고 있었다. 번화가의 거리 한가운데조차 어느 쪽을 향해도 산맥이 가깝게 보여 평소 히로시마에 살고 있지 않은 나를 놀라게 했다.

그리고 산과 산의 사이를 구분 짓는 대조로 솟아 있는 히로시마성城이 썩은 석벽과 함께 도시 어디서든 근거리에서 보였다. 백색과 흑색, 회색의 차분한 색조로 세워진 높은 고성은 평탄한 거리에 일종의 변화를 주고 있었다.

히로시마 처녀들은 산골 처녀답게 하얀 피부와 갸름한 얼굴이 아닌 까무잡잡한 피부를 갖고 있다. ―어떤 사람은 그것을 강에 그을린 것이라 말했다. 강에는 근처의 우지나만에서 직접 바닷물이 들어와서 하루에 몇 번인가 밀려오거나 빠져나가거나 하므로 강에 그을린다는 이야기가 맞을지도 모른다. ―

처녀들은 대개 자그마했다. 검은 머리나 하얀 치아는 젊어 보이지만 묘하게 한들한들 몸을 움직이며 걷거나, 뛰지 않아도 될 때 뛰거나 한다. 사람을 바보 취급하듯이 얼빠진 눈을 외면하기도 하고 차 안에서 입술을 다물지 않기도 한다.

이따금 키가 크고 갸름하니 아름다운 얼굴의 처녀를 보지만 앞서 기술했듯, 혀끝으로만 가볍게 재잘거리는 음정 낮은 말소리는 사람의 마음을 밀어내고 만다.

이러한 스스럼 없는 처녀들을 포함해 히로시마의 인구는 40만 명이라고 한다. 30만이라고도 하고, 50만이라고도 했다. 피난을 떠난 사람들로 인해 급격히 감소했다. 그 대신 군대가 사방에서 연이어 무리지어 들어와 있었다. 나는 8월 6일에 40만 전후가 있었다고 생각한다.

가구 수는 한 가구에 최소 4명 정도로 잡으면 10만 가구 정도이다. 8월 6일 공습 전, 거리의 집은 유서 깊은 건물까지 공습에 대비해 방화지대를 만들기 위한 건물 소개疎開[7]를 이유로 모두 무참하게 부쉈다. 하지만 그전에 일본적십자병원 4층 옥상에서 내가 바라본 시가지는 어디를 소개했는지 궁금할 정도로 혼잡하게 늘어선 집들이 가득 서로 무리지어 밀집해 있었다.

이러한 도시에 한여름 어느 아침, 생각지도 못한 이상한 푸른 빛이 갑자기 하늘에서 빛났다.

---

7 적의 공습이나 화재 등에 따른 피해를 최소화하기 위해 도시에 집중된 주민이나 건물을 지방으로 분산시키는 것을 말함.

11

나는 어머니와 여동생들이 사는 하쿠시마쿠켄쵸白島九軒町 집에 있었다. 하쿠시마는 북동쪽의 마을 끄트머리에 닿아 있는 예로부터 고풍스러운 주택지이다. 중류사회답게 군인과 직장인이 많이 살아서 낮 시간에는 현관문을 닫고 여인들만 조용히 지내는 마을이었다.

우리도 어머니와 여동생, 여동생의 갓난아기 딸, 이렇게 여자만 넷이서 살고 있었다. 여동생의 남편은 6월 말 두 번째로 소집된 후 어디에 있는지 알 수 없는 채였다.

도쿄로부터 설을 쇠러 돌아온 나는 3월까지 기다렸다가 누군가를 데리고 올라가 도쿄 집을 처분할 생각이었다. 밤낮을 땅속 방공호에 들어가 있어야 하는 도쿄에서는 조금 따스해지지 않으면 어찌할 도리가 없었기 때문이었다.

도쿄에서 최초의 공습, 10월 30일 비 오는 밤, 니혼바시 근처와 니시칸다西神田가 밤 11시부터 아침 5시 넘어서까지 폭탄과 소이탄의 연속폭격으로 불타고 있었다. 그리고 그다음 11월 2일에는 갑자기 폭격기 70여대가 내가 사는 네리마練馬 상공에 와서 이따금 무사시노 여기저기에 폭탄과 소이탄을 떨어뜨렸다. 200개의 폭탄이 한 동네 반 당 1개의 비율로 투하했다고 전해지고 내가 사는 주위에도 잘 아는 집들이 불타거나 부서지거나 했다.

도고 헤이하치로東郷平八郎의 "적은 설마 하는 상황에 쳐들어온다."는 말을 근처에 살던 여성 작가 친구와 나는 반복해서 말하고 재미있어 했다. 나는 밤낮이고 계속되는 폭격과 식량부족에 지쳐 도쿄에서 고향 히로시마로 돌아왔다.

히로시마가 전쟁 중 안심하고 살 수 있는 곳이라고는 생각하지 않았다. 하지만 맨손으로 시골에 들어갈 수도 없으니, 그대로 둔 도쿄의 짐을 가지러 갈 생각이었다. 3월이 돼도 4월이 돼도 도쿄에 가는 것은 어려워졌다. 일본의 동쪽은 이미 오사카와 고베까지 하루의 틈도 없이 처참한 공습에 처했다.

5월이 되자 나는 급성질환으로 적십자병원에 입원했다. 병원에 7월 26일까지 있었다. 이러한 일로 병원에 있는 동안 약속했던 시골집에 가는 일이 늦어졌다.

나는 8월 6일 아침 잘 자고 있었다. 전날 5일 밤은 야마구치현의 우베시宇部市가 한밤중에 파상공격을 받고 있다는 라디오 정보를 듣고 있으니 눈앞에 불타고 있는 산이 보이는 듯했다.

야마구치현은 히카리光, 구다마쓰下松, 우베宇部로 이어지며 불탔기 때문에 히로시마도 오늘 밤 불바다가 될지 몰랐다. 나중에 아나운서가 오보라고 취소했지만 5일 밤중에는 우베와는 달리 히로시마를 건너뛰고 후쿠야마시가 소이탄의 공격을 받았다고 방송했다.

히로시마에도 공습경보가 발령되고 지역조직 도나리구미로부터 언제라도 피난 갈 수 있도록 준비하라는 연락이 왔다. 그래서 5일 밤은 도저히 잠들 수 없었다.

새벽에 공습경보가 해제되고 7시 넘어서는 경계경보도 해제되었다. 그리고 나는 다시 잠들었다. 늦잠은 늘 있는 일이었고, 병원에서 퇴원한지 얼마 되지 않아 정오까지 자는 일이 많았기에 가족들도 그 광선이 새파랗게 빛날 때까지 나를 내버려 두었다.

나는 모기장 안에서 푹 잠들어 있었다. 8시 10분이다, 8시 30분이다, 의견이 분분한데, 그때 나는 바다 밑에서 번개 같은 푸른 빛에 휩싸인 꿈을 꾸었다. 그러자 바로 대지를 울리는 듯한 음향과 함께 산 위에서 거대한 바위라도 떨어진 듯 지붕이 맹렬한 기세로 무너졌다. 정신을 차렸더니 나는 산산조각 부서진 벽토의 먼지 속에 멍하니 멈춰서 있었다. 우두커니 바보처럼 서 있었다. 고통도 없이 놀람도 없이 어쩐지 태연하니 막연한 거품 같은 심정이었다. 아침 일찍 그렇게 빛나는 햇살은 사라지고 장마철의 해 질 녘처럼 어두웠다.

함박눈이 내리는 줄 알았다는 구레呉의 소이탄이 머리에 떠올라, 유리창도 벽도 곁방과의 옆 맹장지도 지붕도 모조리 무너져 날아가고 뼈만 남은 어두운 이층에서 나는 두리번거리며 소이탄을 눈으로 찾았다.

40이나 50이나 되는 소이탄이 머리 옆에 떨어졌다고 느꼈기 때문이다. 그런데 불길도 연기도 올라오지 않는다. 게다가 나는 살아있다. 어째서 살아있는 걸까. 이상하기도 하고, 어딘가에 죽은 내가 쓰러져 있지는 않을지 멍한 마음에서 주위를 둘러보기도 했다.

이층에는 아무것도 보이지 않았다. 단지 흙먼지 자욱한 흙더미와 산산이 부서진 유리창, 작은 기왓장 조각 더미가 있을 뿐 모기장과 이부자리마저 흔적도 없었다. 머리맡에 둔 방공복도 방공모도 시계도 책도 없다. 옆방에 쌓아둔 12개의 시골행 짐도 휩쓸고 간 듯이 형체도 없었다. 제부의 장서 3천 권이 들어있던 몇 개의 큰 책장도 어딘가로 날아갔는지 알 수 없었다.

집안에는 아무것도 보이지 않았지만, 밖은 평소에 보이지 않았던 곳까지 멀리 내다보였고, 산산이 무너진 집들이 보였다. 그것은 멀리 떨어진 동네들도 같은 상황이었다. 핫초보리八丁堀의 주고쿠신문사中国新聞社와 나가레카와초流川町의 방송국 등이 텅 빈 덧없는 모습으로 실루엣처럼 나의 눈에 비치고 있었다.

길을 사이에 둔 앞집에는 돌문만이 덩그러니 남고 집은 무참하게 무너져 있었다. 돌문의 한가운데에 젊은 처녀 하나가 얼빠진 듯이 멍하니 서 있었다. 처녀는 훤히 들여다보이는 이층의 나를 올려다보며

"앗"

이라고 말했다. 그리고

"빨리 아래로 내려오셔야 해요."

라고 침착한 목소리로 말했다. 나는 내려갈 수가 없었다. 겉과 안, 두 개가 붙은 계단은 끊기지 않고 남아 있지만, 가운데가 내 키보다 큰 판자나 기왓장, 대나무로 막혀 있다.

나는 앞집 처녀에게 부탁해 가족들을 부르게 했다. 그것을 부탁하면서 아무도 영원히 올라오지 않을 것 같은 기분도 들었다.

피투성이가 된 여동생이 완전히 괴물 같은 얼굴로 변해서 계단 중간까지 올라왔다. 흰옷은 염색이라도 한 듯 새빨갛게 물들었고, 흰 천으로 턱을 묶은 얼굴은 보라색 호박처럼 부어 있었다.

"엄마는 살아있어?"

나는 그렇게 처음 물었다.

"응, 괜찮아. 묘지墓地에서 언니를 보고 계셔. 아기(갓난쟁이)도 살아 있어요. 빨리 내려오세요."

"어떻게 내려가지? 도저히 못 내려갈 것 같아."

엄마가 살아있다고 듣고 나는 안심하고 힘이 빠졌다. 여동생은 계단의 장애물을 양손으로 치웠다. 그리고 눈을 감고 그 위에 쓰러질 듯했다. 나는 위에서 말했다.

"내려가. 곧 내가 내려갈 테니."

"언니가 나보다 상처가 깊지 않으니 어떻게든 빠져나와요."

여동생의 말을 듣고 비로소 나는 옷 소매가 피로 흠뻑 젖어 있는 것을 봤다. 피는 어깨에서 가슴 언저리로 방울방울 떨어지고 있었다. 방을 나올 때 다시 올라올 리 없는 몇 개월 동안 나를 생활하게 해 준 다다미 10조 크기의 방에 나는 이별의 눈인사를 했다. 거기에는 손수건 한 장 보이지 않고 이부자리가 있었다고 짐작하는 곳에 산산이 부서진 싱거 미싱이 뒹굴고 있음을 겨우 알아차렸다.

기어 나올 정도의 구멍으로 나는 장애물을 뚫고 아래층으로 내려왔다. 아래층은 이층만큼 엉망은 아니고 이틀 전에 막 짐을 꾸린 여동생의 피난을 위한 짐, 옷장이나 트렁크, 상자류가 거짓말처럼 쌓여 있었다. 뒤뜰에는 내 큰 트렁크와 엄마의 여행 보따리가 내팽개쳐진 듯 땅에 파묻혀 있었다. 전날 밤 이층의 콘크리트 노대露台 가장자리에 꺼내놓은 것이었다. 그 두 개를 우리는 소이탄을 맞기 시작하면 뒤 묘지에 내던질 작정이었다.

뜰의 판자로 둘러친 밖은 묘지였다. 판자 울타리에는 사립문이 있고 우리가 있는 곳에서는 그 넓은 묘지 끝에 방공호를 만들고 자그마한 채소밭도 일구고 있었다.

묘지의 다음은 바위산 낭떠러지여서 판자 울타리가 쳐져 있었는데 그 판자 울타리도 없어졌다. 통상 보이지 않던 돌계단이 잘 보이고 시동생義弟의 신사가 도리이[8] 만을 남기고 와르르 무너진 것을 볼 수 있었다.

12

나는 엄마와 여동생과 넓은 묘지에서 마주쳤다.

"신사를 겨냥한 거겠지."

엄마는 비밀을 말하듯 작은 소리로 나에게 속삭였다. 하지만 이 만큼 집이 붕괴됐는데 화재가 일어나지 않아 소이탄이라고는 생각하지 못했다. 폭탄이라고도 생각하지 못했다. 도쿄에서 본 그 무엇과도 다르고 무엇보다 공습경보도 뭐도 없었고 적기의 소리

8 일본 신사의 참배 입구에 세워 신의 영역을 나타내는 문.

도 들리지 않았다.

무엇때문에 우리 주변이 한순간에 그렇게 변해버렸는지 조금도 알지 못했다. 공습이 아닐지도 모른다. 더 다른 이유, 전쟁과 관계없는, 예를 들면 세계의 종말에 일어난다는 어렸을 때 읽은 책에 나온 지구의 붕괴일지 모른다. 나는 멍하니 그렇게 생각하기도 했다.

주위는 쥐죽은 듯 조용했다. (신문에서는 '한순간에 아비규환으로 변했다'라고 쓰고 있지만, 그것은 쓴 사람의 고정관념으로 실제는 사람도 초목도 한꺼번에 모두 죽었다고 생각될 만큼 소름 끼치는 정숙함이 엄습해왔다.)

"밑에서 꽤 불렀는데 들리지 않았어? 악 하고 외치는 소리가 났을 뿐, 아무리 불러도 소리가 없으니까 소용없다고 생각했어."

엄마가 말했다. 나는 소리치거나 한 기억이 없었다.

"묘지에서 보니 두리번거리며 서 있으니까 기뻤어."

"그래? 다행이다. 모두 살아서."

여동생은 묘비에 앉아 양손으로 얼굴을 감싸고 겨우 쓰러지지 않고 있었다. 엄마는 자는 아기를 나에게 건넸다. 엄마는 물을 긷기 위해 당장이라도 무너질 듯한 집 안으로 들어갔다. 엄마가 집과 앞집을 빠져나와 아득히 먼 데까지 걸어가는 모습이 작게 보였다.

이웃이나 근처의 친척들이 대부분은 맨발인 채로 그리고 누구나 다 피로 흠뻑 젖어 묘지에 모였다. 울창한 숲의 이 묘지는 느낌이 좋은 넓은 곳으로 이상하게도 묘지는 하나도 무너지지 않았다.

사람들 모두 묘하게 침착했다. 차분하고 무표정한 얼굴로 여느 때와 다름없는 말투로 "다들 빠져나오셨습니까?"라든가 "심한 부상이 아니어서 다행이네요."라고 주고받았다. 누구도 폭탄이나 소이탄이라고 말하지 않고 그런 일은 국민이 이러니저러니 말해서는 안 된다는 식으로 입을 다물고 있었다.

그 틈에 키가 큰 옆집 처녀가 외치기 시작했다.

"엄마, 엄마! 빨리 피해요. 불이에요. 욕심내서 집 안을 뒤지다가는 불타 죽어요. 어디나 죽은 사람은 그랬으니까요. 도망가요. 빨리요. 빨리!"

우리도 그 외침에 언제까지고 여기에 느긋하게 있으면 위험하다고 생각했다. 느긋이 있으니 엄마도 몇 번이나 집 안에 물건을 찾으러 간다. 엄마가 그렇게 하지 못하도록 빨리 어딘가로 가고자 했다.

폭삭 무너진 마을의 동쪽 언저리부터 땅을 기는 듯한 뿌연 연기가 피어오르기 시작했다. 나는 땅속으로 빨려 들어간 트렁크과 여행 보따리를 방공호에 넣어둘 생각으로 손을 넣었다. 하지만 손에는 힘이 없었다. 게다가 여동생에게 아기를 안겨 주자 아기는 피투성이가 되고 말았다. 나는 짐을 단념했다.

나는 가벼운 상처를 입은 엄마가 내준 일 바지를 입고 밭에 나갈 때 신는 낡아 바랜 짚신을 신고 등에 보자기를 맸다. 모두의 보자기는 매일 밤 현관에 내두어 현관의 물건만이 무사했다. 우리도 양동이를 한 개 들었다. 나는 노파처럼 짙은 푸른색 우산을 지팡이로 썼다. 그 우산대는 집과 마찬가지로 히라가나 구<자형으로 굽었다. 묘지까지 엄마가 던져준 2, 3켤레의 신발과 여름 코트 등, 달아날 때 보기는 봤지만 조금도 원하지 않는 사람처럼 가져오지 않았다.

짐을 포기했다기 보다도 그럴 마음을 잃어버렸다. 그래서 평소에는 욕심이 많은 사람들조차 갖고 있던 물건을 버리고 떠났다. 마비된 듯 얼이 빠진 그 후에도 오랫동안 30일이고 40일이고 지나서도 거의 변화는 없었다.

신사의 경내에서 동서를 언뜻 봤다. 무너진 집과 신사 사이를 동서는 서성이고 있었다. 시동생은 6월에 세 번째로 출정을 나갔고 히로시마시에 있는 제1부대에 있었기 때문에 젊은 아내는 혼자였다.

신사 앞길로 나가 보니, 길 맞은편 오른쪽에서 이미 불이 땅 위에 퍼지고 있었다. 우리도 왼편 가까이 보이는 둑 위 선로를 걷고 있는 대여섯 사람을 보았다. 그 사람들이 허둥대지 않는 모습을 보니 불은 아직 그리 심하지는 않아 보였다.

우리는 파멸된 마을을 걸어도 아직 어떤 느낌도 들지 않았다. 당연할 때 당연한 일이 일어난 듯 놀라지도 않고 울지도 않고 그래서 별로 서두르지도 않고 사람들의 뒤에서 근처의 둑에 올랐다. 그 둑의 한편은 국유지 주택가로 같은 하쿠시마白島에서도 구켄야보다도 훨씬 고급스럽고 아름다운 훌륭한 집들이 줄지어 있다. 어느 집이나 거대한 힘으로 뭉개버린 듯이 무너졌다. 오래된 친구 사에키 아야코佐伯綾子가 사는 집 역시 형태도 없이 파괴되어 있었다. 나는 사에키 아야코는 어떻게 되었는지 잠시 주위를 둘러봤지만, 여기도 쥐죽은 듯 조용하고 어디에도 인기척은 없었다.

둑의 아름다운 주택은 어느 집이든 뒤뜰에서 강펄로 내려가는 돌계단이 있어 거기에서 강펄로 내려가게 된다. 강펄의 물이 흐르지 않는 곳은 개간해서 채소밭이 되었다. 채소밭의 경계에는 생울타리가 있었다. 그런 강펄로 우리는 무너진 집 사이에서 내려갔다. —우리 집에서 강펄까지 세 마을 정도, 그리고 푸른 섬광을 쬐고 나서 묘지에서 허둥대고 모래밭에 왔을 때의 시간은 40분 정도였다. —그러나 이 시간도 훨씬 나중에야 겨우 생각났다.

13

하천은 조수가 빠진 후에야 하얀 모래벌판 저편에 푸른 물이 띠처럼 완만하게 흐르고 있었다. 하얀 모래벌판은 넓디넓어서 곳곳에 잡초가 모여 자라거나 밀물 때에 어디선가 흘러온 볏짚단이 있었다.

우리는 깔려 빠져나오지 못한 사람들에 비하면 일찍 빠져나왔지만, 아직 어디에도 불길은 일어나지 않았기 때문에 강펄에는 그 정도의 사람도 보이지 않았다. 사람들은 야외극이라도 보러 온 듯 어슬렁대며 자기가 앉을 장소를 찾았다. 저마다의 생각으로 생울타리가 번성한 밑 채소밭 사이에 서 있는 나무 곁이나 물이 흐르는 바로 근처에 거처를 만들었다. 우리는 무화과나무 아래 자리를 잡았다. 그곳은 사에키 아야코의 집 정원 끄트머리와 맞닿아 있다. 강물까지는 무척 멀었다.

피난민은 뒤따라 밀어닥쳤다. 이미 태양을 피할 나무 그늘 등 좋은 장소는 없어졌다. 모여드는 사람들은 누구든 다치지 않은 사람은 없었다. 강펄은 부상자만 오는 곳인가하고도 생각했다. 부상자들은 기모노 밖으로 빠져나와 있는 얼굴이나 손발을 왜 베었는지 알 수 없지만 다섯 곳이나 여섯 곳이나 되는 열상裂傷을 입어 피투성이였다.

피도 이미 말랐고 얼굴이나 손발에 핏덩어리 흉터가 몇 군데나 생긴 사람이나 아직 철철 흐르는 피로 얼굴도 손, 발도 흠뻑 젖은 사람도 있었다. 이미 누구의 얼굴도 알아볼 수 없게 변해 있었다. 강펄에 사람이 시시각각 늘어나고, 심한 화상을 입은 사람들은 눈에 띄었다. 처음에는 그것이 화상인지 알지 못했다. 불이 나지 않았는데 어디에서 그렇게 덴 것일까? 괴상한 그 모습은 무섭다기 보다 슬프고 비참하기 짝이 없었다. 센베를 굽는 장인이 철판으로 한 번에 똑같이 센베를 굽듯 누구 할 것 없이 완전히 똑같이 덴 모습이었다. 보통의 화상처럼 붉은 기와 하얀 곳이 있는 게 아니라 회색이었다. 데었다기보다는 불을 쬔 듯, 감자 껍질을 훽 깎은 듯 회색 피부가 살에 늘어졌다.

사람들 대부분 상반신이 알몸이었다. 누구나 다 바지도 너덜너덜하고 팬티 한 장 걸치지 않은 사람도 있었다. 사람들은 익사자처럼 부어 있었다. 얼굴은 퉁퉁 심하게 붓고, 눈은 부어 보이지 않고, 눈가는 연홍색으로 터져 있었다. 어느 사람이나 모두 게가 집게 달린 양손을 앞으로 굽힌 모습으로 퉁퉁하게 분 양손을 앞으로 굽혀 하늘로 엉거주춤 들고 있었다. 그리고 양팔에 누더기 조각처럼 회색 피부가 늘어져 있었다. 머리털은 사발을 쓴 모습에 전투모에서 삐져나온 검은 머리가 남아 귀 옆에서 후두부에 걸친 머리는 깎은 듯이 선명하게 경계를 지으며 사라져 있었다. 우리는 이렇게 똑같은 모습을 한 많은 사람이 두꺼운 가슴과 넓은 어깨를 한 체격 좋은 젊은 병사 집단임을 깨달았다. 이런 괴이한 부상을 당한 희생자들이 언젠가 태양에 달궈진 강펄의 뜨거운 모래 위를 뒹굴고 있었다. 눈이 보이지 않는 것이다. 그런데도 아비규환은 어디에서도 일어나지 않았다. 처참하다는 말도 적당하지 않았다. 그것은 누구나가 잠자코 있기 때문이었다. 병사들도 침묵하고 아프다고도 따갑다고도 하지 않고 무섭다고도 말하지 않았다. 순식간에 넓은 강펄은 부상자로 가득했다.

뜨거운 백사장 위에는 여기저기 사람들이 흩어져 앉고 서성이고 죽은 듯이 누워 있었다. 화상을 입은 사람들의 계속 토하는 소리에 신경이 거슬려 참기 힘들었다. 사에키 아야코네 셰퍼드가 강펄을 어슬렁거리고 있었다. 강펄의 군집은 한층 늘어나 쉴 새 없이 몰려왔다.

그리고 각자 작은 주거지를 재빨리 발견하여 거기에 자리 잡았다.

인간은 어떤 경우에도 자신이 앉을 자리를 성급하게 정한다고 생각했다. 노천이라도 남들과 뒤범벅되지 않고, 확실하게 좌석을 독점하고 싶은 거다. 드디어 시 전체에 화재의 화염이 맴돌기 시작했다. 사람들은 그 무렵까지만 해도 아직 히로시마 전체로 일시에 불이 번졌을 거라고는 생각하지 않았다. 서로 자신의 마을에만, 내 경우 하쿠시마만에 엄청난 사건이 일어났다고 생각하고 있었다.

14

우리 집이 있는 구켄초 방향으로 활활 타오르는 불기둥이 퍼지고 있었다. 그리고 제방 국유지의 호화로운 주택이 타기 시작했다. 강 건너편의 강변 위의 집이 타기 시작하고 그 맞은편의 흰 울타리를 간격으로 니키쓰饒津공원에 높은 불기둥이 솟았다. 화재 중 뭔가 폭발음이 쾅쾅 굉장한 소리를 냈다. 쉽게 화를 내는 나는 슬슬 화가 나 엄마와 여동생에게 말했다.

"어쩌자고 그렇게 사방에서 화재를 낸 걸까요. 불을 내면 끝이야. 불을 끄는 연습을 그렇게 하지 않았어요? 소이탄이 아니니까 불을 조심하지 않은 거예요. 불 정도 끄고 나가면 되는데."

엄마와 여동생은 어쩔 수 없다는 식으로 잠자코 있었다.

"이렇게 화재가 발생한 건 시민의 수치야. 나중에 다른 사람들이 비웃을 거예요. 이런 화재는 정말 너무하네요."

모든 것에 어쩔 수 없다는 태도가 싫은 나는 엄마와 여동생이 화내지 않는 것을 추궁하듯 계속 말했다. 하늘은 땅거미가 지고 어둠이 깔린 채였다. 어두운 하늘에는 좀 전부터 비행기의 폭음이 들렸고— 누구라 할 것도 없이 기총 소사가 있을지 모르니 주의하라고 입에서 입으로 전해졌다. 하얀 것과 빨간 것을 당황하여 숨긴다든가 울타리 안에 머리를 처박는다든가 물에 뛰어들려는 사람들은 강펄의 가장자리로 나갔다. 우리가 있는 무화과나무 근처는 둑에 늘어선 집들의 화재로 인한 열기와 불똥으로 가만히 있을 수 없었다. 우리는 모래벌판으로 나갔다.

태양의 더위와 불길의 열기로 어느 틈엔가 흐르는 물 쪽으로 나갔다. 그 근처에는 화상을 입은 병사들이 가득하니 뒤로 벌렁 나자빠져 있었다. 그 사람들은 몇 번이나 수건을 물에 적셔달라고 부탁했다. 흠뻑 적셔 말하는 대로 가슴에 펼쳐둔 수건은 금방 바싹 말랐다.

"어떻게 되신 겁니까?"

엄마가 병사에게 물었다.

"국민학교에서 모두 작업을 하고 있었어요. 뭔지 모르겠는데 굉장한 굉음이 났을 때는 이렇게 데어 있었어요."

분명 회색의 나병환자처럼 부어터진 그 얼굴은 위엄 있어 보이는 넓은 품의 가슴과 다부진 좋은 체격의 청춘과 비하면 너무나도 참담했다. 화재는 돌이킬 수 없을 기세로 맹렬하게 불길이 번지고 있었다. 오른편에서는 아직 먼 철교 한가운데에 서 있던 화물열차의 기관차도 불을 뿜어내기 시작했다. 검은 화물열차는 한 량씩 점차 불이 옮겨붙고 뒤쪽까지 가자 폭약이라도 꽉 차 있는 듯 불꽃을 퍼뜨리며 강한 화염을 내뿜었다. 불이 번지며 터널 입구에서 불에 녹아든 철이 흘러내리는 듯 보였다. 철교 밑 맞은편 아사노 번주藩主 별장의 산뜻한 공원의 물가가 보이지만, 그 물가에도 악마 같은 진홍색의 화염이 깔리고 드디어 강변이 타기 시작하고 사람들의 무리가 강을 건너 맞은편 물가로 가는 것이 보였다. 강은 활활 타오르고 있었다. 우리가 있는 강펄의 사람들은 상류 쪽으로 달아나려고 했다. B29의 폭음은 머리 위에서 쉴 새 없이 선회하며 윙윙대고 있다. 기총 소사나 소이탄, 폭탄은 언제 우리의 어두운 무리 위에 쏟아질지 모르는 상황이었다.

사람들은 두 번째 공격이 반드시 있을 것이라고 생각했다. 나는 마음 어딘가에서 이제 더는 그런 것을 일부러 더 떨어드릴 필요는 없다고 생각했다.

우리가 기총 소사를 당한다며 풀숲에 숨거나 물가에 쪼그리고 앉았을 때, 하늘에서는 사진을 찍고 있었다. 우리는 들판에 선 채 적막한 전 시가지와 함께 머리 위에서 사진이 찍혔다.

어딘가에 태풍 같은 바람이 일고 있다. 그 바람은 여파만 이쪽으로 흘러와 이윽고 큰 빗줄기가 내렸다. 오사카에서도 화재가 일어났을 때 바람이 일고 비가 내렸다. 그리고 대피할 때에는 햇살이 비쳐도 우산을 들고 나갔다고 들었기 때문에 나는 파란 우산을 폈다. 비는 옅은 검은색이었다. 그 속으로 엄청난 불똥이 튀어 들어왔다.

불똥이라면 작은 불똥으로 생각하겠지만 강풍에 휩쓸려온 그 불똥은 새빨갛게 타고 있는 누더기 조각이나 판자 끄트러기였다. 하늘은 한층 어두워져 밤이 되고 검은 구름 조각 속에서 태양의 붉은 원이 점점 아래쪽으로 내려오는 듯 보였다.

"언니, 저 높은 하늘에서 소이탄, 소이탄!"

여동생이 작은 목소리로 말하며 나에게 기댔다.

"뭘 말하는 거야. 태양이잖아?"

우리는 처음으로 살며시 웃음소리를 냈다. 하지만 그때는 이미 여동생도 나도 입이 잘 움직이지 않았다.

"내일이 돼도 밥을 먹을 수 있을지 어떨지 몰라. 지금이라도 강물을 마시든지 길어 두든지 하자."

나는 여동생에게 말하고 양동이에 물을 채웠다. 강에는 이제 시체가 떠오르기 시작할 거라 여겨졌다. 그런데도 저편 하늘에는 엷은 무지개가 걸려 있었다. 비가 금방 멈췄다. 저편 하늘에 걸린 담담한 무지개색은 어쩐지 섬뜩해 보였다.

"물을 줘, 물을 줘, 물을 마시게 해주세요."

화상 입은 병사들은 계속해서 물을 원했다.

"화상에 물을 마시게 하면 죽어. 마시게 하면 안 돼."

그렇게 말하며 말리는 사람들과 끊임없이 물을 달라는 사람들 사이에 죽음의 그림자가 이미 희미하게 보였다.

화재는 언덕처럼 부풀어 모두를 세차게 튕겨내며 시가지의 한 부분씩이 허물어져 갔다. 견디기 힘든 더위였다. 멀리 떨어진 마을에 불길이 퍼지는 것이 보이고 강렬한 폭발음은 어디부터라고 할 것도 없이 잇달아 들린다. 일본 비행기는 한 대도 하늘에 모습을 보이지 않았다.

우리는 이날의 사건을 전쟁이라고 생각할 수 없었다. 전쟁의 형태가 아닌 일방적인 강력한 힘으로 뭉개버렸다. 게다가 일본인끼리는 그다지 서로 힘을 주는 것도 아닌 서로 위로하는 것도 아닌, 뭐라고도 하지 않고 점잖게 있었다. 어디에서도 부상자를 처치하러 오지 않았고, 밤에는 어디에서 어떻게 지내라고 말해주는 사람도 없이 내버려두었다.

사에키 아야코네 셰퍼드는 아직 강펄의 부상자 무리 사이에서 한 번도 짖지 않고 어슬렁대고 있다. 그 개는 히로시마에서도 유명한 명견이라고 말들 하는데 꼬리를 내리고 울적할 적의 인간과 마찬가지로 저항력을 잃은 모습으로 왔다 갔다 하고 있었다. 사에키 아야코는 어디에도 없었다. 함께 사는 시어머니와 열여섯이 되는 외동딸 유리코를 나는 강펄에 온 때부터 슬며시 찾았다. 세 사람의 모습은 결국 해 질 녘이 되어도 발견할 수 없었다.

15

밤이 왔다. 밤은 언제 찾아왔는지 알 수 없었다. 낮도 어두웠기에 밤과의 경계가 확실하지 않았다. 단지 밤이 되면 화재가 반사되기 때문에 마을도 강펄도 시뻘게졌다. 낮에도 밤에도 식사하지 않았지만, 배가 고프다고는 느끼지 못했다. 낮 동안은 애써 괜찮은 거처를 지었더라도 불똥이나 비, 적기敵機 소리에 쫓겨 한곳에 잠자코 머물 수 없었다. 하지만 해 질 무렵부터 바닷물이 들어온다고 하니, 사람들은 채소밭의 안이나 그 끝의 강펄로 내려가는 도중의 나무숲 부근에 모였다. 우리도 강펄을 향한 울타리 앞에 몸을 뉠 장소를 만들었다.

잡초를 많이 뽑아 깔고 거기에 강펄로 흘러든 볏짚을 깔고 엄마가 아기를 등에 업고 온 포대기를 펴서 깔았다. 그 작은 관람석 같은 곳에 네 명이 앉았다. 포동포동한 8개월의 아기는 낮에도 내내 잤고, 밤에도 눈을 뜨지 않았다. 여동생과 나는 낮 동안 머리에서 얼굴을 싸맨 보자기를 벗었다. 우리는 화난 얼굴을 처음으로 절실히 바라보았지만 서로 미소짓지는 못했다.

자신의 얼굴이 어땠는지 스스로는 모르지만, 상대의 얼굴을 바라보고 짐작이 갔다. 여동생의 얼굴은 둥근 빵처럼 부었고, 크고 검고 섬뜩할 만큼 맑았던 평소의 눈은 실처럼 가늘어지고 눈 가장자리에는 검푸른 잉크를 뿌린 듯했다. 입술의 오른쪽 끝에서 볼을 향해 열십자로 찢긴 상처 때문에 입 전체가 일그러져 산 모양으로 변했으며, 보기 흉해서 오래 보고 있을 수 없었다. 머리카락은 피와 벽의 적토에서 이미 오랫동안 구걸이라도 해온 여인 같았다. 여동생도 나도 묘하게 상처를 붕대로 감고 있었다. 어디에 있었는지 기억나지 않지만 삼사일 전 엄마가 가을과 겨울에 걸쳐 준비한 진보라로 물들여 준 낡은 비단 깃으로 둘 다 턱을 싸고 머리 위로 묶고 있었다. 나는 왼쪽 귀에서 귀밑에 걸쳐 계곡처럼 찢겨 있었다.

상처 위에는 피가 엉겨 붙어 머리카락이 덮고 있었다. 여동생도 나도 상처 때문에 부어 생각처럼 입을 벌릴 수가 없었다. 아프다기보다는 풀로 붙인 듯 입에 자물쇠를 내건 느낌이었다.

"어제 아침 어떻게 있었어?"

나는 겨우 입술로 말을 했다.

"어제? 오늘 아침 일이야."

여동생은 피리를 부는 입매로 웃었다. 엄마는 생각해내고 유감인 듯 말했다.

"오늘 아침은 내가 전부터 맛을 내둔 소금절인 죽순을 찾아내어 내가 뒤뜰에서 키운 당근과 감자를 넣고 맛있는 조림을 했어. 그걸 곁들어 한 수저 밥을 떴을 때 번쩍 푸른 것이 빛났어."

"뭐라고 생각했어요? 폭탄이라고 생각했어요? 소이탄이라고?"

"뭐라고 생각할 틈도 없어 쾅 하고 거대한 음을 내고 찬장이 쓰러졌어. 나는 번쩍했을 때 엎드렸어. 게다가 찬장이 넘어졌을 때, 운 좋게 뒤의 장롱이 찬장을 지탱해서 책상 밑에서 웅크리고 있듯이 나는 구덩이 같은 곳에 웅크리고 있어서 아무 일도 없었어. 그때 요코 씨가 으악 하는 소리를 들었어."

여동생도 거실에서 엄마와 마주 앉아 역시 식사를 한 수저 떴을 때였다. 여동생은 빛을 봤을 때 옆 방의 아기가 있는 곳으로 뛰어갔다. 아침에도 모기가 있어서 아기는 모기장 안에다 재웠다. 잘 자고 있는 아기 위로 여동생은 자신의 몸을 엎드렸지만, 꽤 많은 소이탄이 거실에 떨어졌다고 생각하고 그 쪽을 뒤돌아보았다. 그러자 확 바람이 불었고, 바로 피가 흐르기 시작했다.

"푸른 빛도 순간이었지만 그 순간에 바로 처음 순간에 아기 있는 곳으로 뛰어들어갔던 것 같아. 하지만 모기장을 뚫고 나온 기억이 전혀 없어."

"오늘 아침 반찬은 아깝네."

엄마가 다시 말했다.

"그런데 뭘까? 오늘 아침의 그건. 어떻게 된 건지 전혀 모르겠어. 우산대는 어제까지 그렇게 굽어 있지 않았어."

내가 말했다. 여동생은 말해야 한다는 듯이 말했다.

"이페리트[9] 일지 몰라."

"이페리트가 뭐야?"

"부란성腐爛性 독가스."

"분명히 그거네. 그렇지만 집을 무너뜨린 건 독가스가 아니지."

"섞은 거지. 폭탄이랑 같이."

확실한 근거도 없이 우리는 넋나간 듯 말했다. 화재는 아직 먼 곳에서 하늘을 뚫고 엄청난 기세로 타고 있었다. 하쿠시마는 구켄

---

9 ypérite, 전투용 독가스.

초도 그 부근의 히가시마치東町, 나카마치中町, 기타마치北町도 둑의 집들도 완전히 타버려 밤중에 막연하게 회색으로 뿌옇게 보였다. 강 너머 강변에서는 두, 세 채의 집이 끈질기게도 아직 불을 진정시키지 못했다. 맹렬한 불은 커다란 뱀처럼 꽈리를 틀듯 몸부림치며 탔다. 우시타牛田 쪽은 점심때부터 타서 밤이 되자 낮은 물결이 치는 산맥 봉우리에서 봉우리로 불이 번지고 먼 동네의 등불처럼 보였다. 불덩어리가 봉우리에서 봉우리 사이를 유성처럼 날아가, 그곳이 새로운 불의 언덕으로 변하는 것이 보였다. 밤이 되고 나서는 먼 곳에서 신음소리가 들려왔다. 단조로운 신음은 낮게 가라앉아 여기저기에서 들린다.

그때 배급 식사가 있는 것을 알리러 온 사람이 있었다. 우리는 오늘 밤 먹을 거리는 생각하지 못했기에, 기쁨의 소리를 냈다.

"걸을 수 없는 사람 빼고는 다들 히가시연병장東練兵場으로 배급받으러 와 주세요."

병사로 보이는 사람이 우렁찬 목소리로 울타리에 늘어선 사람들에게 말을 걸며 지나갔다. 모두가 웅성거리기 시작하고 그림자처럼 강펄을 걷는 것이 인간 생활의 따스한 한 장면으로 보였다. 우리 쪽에서는 나도 여동생도 이미 몸의 통증으로 일어서는 것도 걷는 것도 할 수 없어서 엄마가 옆집에 있는 젊은 여성에 이끌려 갔다. 히가시연병장까지 열다섯 구역이나 걸린다. 엄마는 아직 온기가 남아있는 커다란 흰 주먹밥을 4개 받아서 보자기에 직접 싸가지고 왔다. 건빵도 네 봉지였다.

"풍부하네."

우리가 기뻐하며 주먹밥을 집어 들자 무겁게 느껴질 정도였다. 하지만 여동생과 나는 먹을 수 있을 정도로 도저히 입을 벌릴 수가 없었다. 왼손 엄지와 검지로 치과의사처럼 무리하게 저린 입을 아래위로 벌려 오른손으로 조금씩 흰밥을 밀어 넣었다.

"도키와바시常磐橋는 아직 있었어요?"

"양쪽 난간이 다 타버렸어. 중간이 불룩하게 남아 있어. 정말로 너무 심하게 어디나 모두 타지 않은 곳이 없어."

울타리 앞에 강펄을 향해 줄지어 앉아 있는 사람들의 이야기를 들어봐도 오늘 화재는 히로시마 전체에서 일어났으며, 살아남은 동네가 전혀 없다는 것을 알았다. 불은 시민들의 부주의 같은 그런 사사로운 것이 아니라 적의 비행기가 히로시마시를 향해 불씨를 뿌렸다는 것이다.

"불씨를 뿌렸구만. 어쩐지 온통 타버렸더라니. 폭탄도 백이고 이백, 오백이고 천이라고 말할 수는 없지. 그것도 떨어뜨린 것도 아니야. 디리 부은거지."

디리 붓는다는 건 폭탄 덩어리를 폭포처럼 뿌린다는 사투리다. 사람들은 단 하나의 웅덩이조차 어디에도 없는데 그것이 폭탄이 아니라는 사실은 알지 못했다. 그래서 사람들은 오늘의 일을 이러쿵 저러쿵 말하지 않았다. 우리는 엎드렸다. 산불과 강건너 불 때문에 밝고 따뜻했다. 울적한 악기의 음색을 듣 듯이 멀리서 가까이서 들리는 신음을 듣고 있자니 벌레 소리도 함께 귀에 들어온다.

무척 서글펐다.

슬픔과 고통으로 온몸이 마비된 듯 느꼈을 때, 내 머리에 어느 정도 확실한 이념이 풀리게 되었다. 마비된 느낌. 외부로부터의 충격으로 심하게 이상하게 마비된 느낌. 이것이 오늘 아침 푸른 이상한 빛과 강렬한 소리, 시가지의 붕괴가 하나 되어 일어난 순간에 받은 육체에 대한 단적인 울림이었다. 물리적인 작용 어디까지나 물리 과학적인 푸른 가스라고 해도 역하다든가 눈에 보인다든가 냄새가 있는 것이 아닌, 색도 냄새도 형태도 없는 게다가 무언가의 물체가 공기를 태운 것이 아닌가 나는 생각한다. 나는 그 무언가를 멈추고 싶다는 욕망으로 내 몸에 받은 감각으로부터 어떻게든 그것을 찾아보려고 했다.

나는 자연스럽게 순응하듯 원시적인 사고에 이끌렸다. 아이들처럼 나는 공기 중의 질소나 산소, 탄산가스 등을 생각해냈다. 그러한 인간의 눈에 보이지 않는 것에 적기는 초단파와 같은 전자電子를 보냈을지 모른다. 공기중의 전파가 소리도 냄새도 없이 색채도 보이지 않고 백색의 커다란 불길이 됐음이 틀림없다. 그러한 새로운 신비 세계를 마음에 그리는 것 말고는 너무나도 엄청난 이상한 화상 부상자를 생각할 수 없었다. 나는 내 생각, 사고보다도 관능적으로 받은 느낌에서 그러한 식으로 생각하는 것을 왠지 대단하다고 느끼고, 견디기 힘든 패배감으로 고통스러워했다.

"전쟁은 끝나."

나는 작은 소리로 나란히 서 있는 여동생 귀에 속삭였다.

"왜?"

여동생은 추궁하듯이 물었다.

"그러니까 이미 어쩔 수 없어. 이제 길어야 두 달이야."

나는 나지막한 소리로 말했다. 산불은 봉우리에서 봉우리로 퍼져 화려한 색으로 계속 불타고 있었다. 밤이 깊어도 부상자를 처치하러 그 어디에서도 오지 않았다. 사방에서 터져 나오는 나지막하고 무거운 인간의 신음을 뚫고 벌레 소리가 들렸다.

누더기 거적으로 덮인 시체의 거리

16

아침은 참담했다. 아침이라고 해도 밤이 희끔하게 밝기 시작했을 뿐이다. 바로 곁의 풀과 지푸라기 끝에 바싹 달라붙어 어젯밤부터 열대여섯 살 정도로 보이는 소년이 이따금 신음소리를 냈다.

"추워, 추워. 으악 추워서 견딜 수가 없어."

소년은 새벽녘까지 그렇게 말하고 부들부들 떨면서 손발을 와들와들 떨었다. 팬티 한 장의 벌거숭이로 얼굴도 손발도 가슴도 배도 타서 문드러졌다. 우리는 밤새 풀이나 지푸라기를 가져와서 덮어준다거나 물을 마시게 하든가 했다.

"왜 몽땅 알몸이 되었어?"

소년에게 물었다.

"정신 차렸을 때는 셔츠도 바지도 불이 붙어서 타고 있었어요. 벗어서 던졌지만, 너덜너덜 타서 저절로 떨어졌어요. 번쩍했을 때 발밑의 풀도 타고 있었던걸요."

소년의 말은 분명했다.

"풀이 타고 있었어? 집은 어디야?"

"미야지마宮島 예요."

"어디에 있었어?"

"소토쿠宗德중학교 기숙사에서 다케야초竹屋町로 근로봉사를 나갔었어요."

"물을 마시면 좋지 않으니까 아침까지 참으렴. 밤이 밝으면 구호반이 온다니까 가장 먼저 부탁해서 줄 테니까."

우리는 그렇게 말하고 소년의 신음을 가라앉히려 했다.

"저 죽을 것 같아요. 죽을지 몰라요. 괴로워."

"다들 죽을 것 같으니 참아야지. 내일이 되면 너희 집에서 데리러 올 거야."

밤사이 그렇게 말했던 소년은 새벽에 죽었다. 소년의 맞은편에서 이웃해있던 부인이

"아이참, 딱하지. 이 아이는 죽었어요."

라고 말했다.

나는 이 소년의 일로 마음이 약해졌다. 미야지마까지는 들었는데 왜 이름을 묻고 소년이 죽은 장소를 그 가족에게 알리지 않았을까 생각했다.

강펄 뒷골목의 연립주택, 즉 울타리를 따라 나란히 늘어선 한 채 한 채의 작은 좌석을 아침 태양이 비추기 시작했다. 고리키의 『밑바닥에서』를 옛날에 연극으로 봤는데, 마치 그 밑바닥 사회의 사람들처럼 러시아 작가의 어느 작품에나 나오는 거지, 불구자나 중병자들의 무리와 똑 닮은 사람들의 집단이 강펄을 전부 메워 강펄의 모래도 눈에 들어오지 않았다.

강펄은 또다시 썰물이 됐지만, 거기에서는 이미 서서히 죽음의 서막이 열리고 있었다. 엎드려 죽은 사람, 반듯이 죽은 사람, 풀 위에 앉은 채 죽은 사람 그리고 허둥지둥 넋을 잃고 걷는 사람은 넝마를 걸치고 푸석한 머리와 험악한 얼굴로 눈만 반짝반짝 빛을 내고 있었다.

여성은 추악한 모습으로 변했다. 아무것도 걸치지 않고 알몸으로 걷는 젊은 여성, 머리털 하나 없는 여자아이, 빠진 양팔을 대롱거리는 노파 등도 있었다. 가끔 상처도 화상도 없는 사람이 걸으면 사람들은 뒤돌아보고 신기한 듯이 바라보았다. 이미 어제처럼 위의 음식을 토하는 사람은 없었지만, 데리야키처럼 전신 화상의 몸에서—피부가 처져서—피가 배어나오거나 기름 같은 분비물이 흘러나오기도 했다. 모두 나체로 모래 위에 뒹굴고 자서 모래나 풀잎, 볏짚 부스러기 등이 썩은 듯 보이는 화상 부위에 달라붙어 있었다.

강펄에서 보이는 산은 아직 훨훨 타오르고 있었다. 맹렬한 화마에 탄 마을은 태양 아래서 보는 그림자도 없는 잔해를 드러냈다. 철교 위에는 탈 대로 타버려 화재 흔적을 지운 어제의 화물열차가 불타버린 하모니카처럼 그리고 뱀의 해골처럼 앙상한 뼈만 남아 검게 가늘고 길게 누워 있었다.

강 맞은편 물가에는 아직 콘크리트 집이 두 채 이어져 뭉근히 계속 타고 있다. 거기는 쌀 배급소라고 했다. 쌀은 기름을 포함하고 있어서 언제까지나 저렇게 불씨가 쉽게 꺼지지 않는다고 말하는 사람이 있었다. 불타버린 니기쓰공원의 신사나 요리점, 부호의 별장 등—

아침은 역시 아침다운 수다가 근처로부터 들려왔다.

"아이고, 고마운 아침이네. 아무것도 할 게 없어. 내 나이 마흔 둘에 이렇게 일 없이 한가한 아침은 처음이야."

부인은 옅은 웃음을 띠었다.

"이게 집이 있어 봐봐. 아침에 일어나서 잠들 때까지 눈코 뜰 새 없이 바쁠 텐데 말이야. 일어나면 아직 어두운 데 다다미방부터 화장실까지 청소하지 않으면 안 되지. 밥을 짓고 빨래를 해야지. 아이들도 돌봐야지. 그 사이에 언제라고 할 것도 없이 배급 소리가 울리지? 부랴부랴 달려가야 해. 돌아오면 또다시 끓이거나 굽거나, 그것도 있을 때 얘기지. 이것도 저것도 없어 없어 하면서 역시 뭔가 끓이거나 굽거나 한다니까. 그게 참, 오늘 아침을 봐. 아무것도 할 일이 없잖아."

남자들은 남자들끼리 자기자신을 싫어하게 되었을 때의, 자기 혐오를 닮은 목소리로 서로 이야기한다.

"뭐야. 이건 매우 피해가 경미하잖아."

"아니 약간 손해가 있기는 해. 시市 전체 피해는 조사 중이라잖아."

이 무렵 우리는 아와야粟屋 시장이나 총감부総監府 오쓰카大塚 총감, 무슨 궁宮이라는 조선인 황족이 죽었다고 들었다.

"경방단警防団의 사람이 죄다 죽었거나 다쳤으니, 어떻게 해 주지도 못하겠지. 건강하게 걸어 다니는 사람은 모두 외지에서 온 사람들이야."

누군가의 이 말로 나는 문득 짐작이 갔다. 어제 아침 우리는 잠시 묘지에서 멍하니 있을 때, 무언가를 기다렸던 것 같은 기분이 든다. 굉장히 질서 잡힌 행동을 기대하고 이제나저제나 애타게 기다리고 있었다. 우리는 오랜 기간 자주성을 상실하고 있었다. 결국, 공습이 있었던 때 자주自主는 부도덕이 되고 사유는 거추장스럽고 우리는 꼭두각시 인형처럼 지도자의 지시를 기다리고 움직이기 시작하는 구조가 되어 있었다.

우리는 마음의 작용까지도 일일이 지도자들에게 맡겨버렸으니 그렇게 길든 관념은 어제 아침과 같은 순간적인 경우에도 제대로 발휘되고 있었다. 소이탄이 함박눈처럼 떨어지면 피난하게 되어 있고 서로 손을 잡고 도망가는 사람들의 면면도, 용케 도망칠 교외의 장소도 미리 정해져 있었다. 시골의 국민학교国民学校 피난처는 시가 자치회에 배당해 두어서, 설사 도중에 대화재가 일어나도 역시 사람들은 정해진 그곳으로 갈 생각이었다.

하지만 어제 아침은 저만큼의 사건이 일어난 후, 어디에서도 뭐라고도 말해주지 않았다. 자치회장도 경방단도 누구 하나 모습을 보이지 않았다. 희미한 전등 그림자를 봐도 까치발을 들어 찾을 정도로 주의 깊게 살피고 옆집을 향해 국적国敵이라고 외친다거나 감옥에 처넣겠다는 등 혼자서 흥분하던 지도자들은 어제 아침 어떻게 된 것일까?

그러고 보니 어제부터 엄마와 여동생이 걱정스러운 듯이 말하던 도나리구미隣組 사람들은 어디에 있는 것일까? 어제 아침, 숲의 묘지에서 피투성이 얼굴을 보고 헤어진 채 누구도 만나지 못했다. 우리 도나리구미 사람들을 나는 친분이 두텁지 않아 잘 알지 못하지만 다른 도나리구미에서 종종 들려오는 옥신각신하는 다툼이 우리 쪽에는 조금도 없었다. 다정하거나 친절하거나 서로 돕거나 하는 것이 자연스럽게 행해졌다. 노인이나 아기를 동반한 부인들은 근로봉사라든가 방공훈련 등에도 참가하지 않도록 하고, 집을 비우는 일이 잦은 사람의 배급품은 자신이 미리 받아 맡아 둔다든지 했다. 일하러 나간 부인의 집은 모두가 세심하게 배려한다든지 물건을 주거니 받거니 하며 서로 기뻐한다든가, 때때로 제각기 가지고 온 식초나 하기노모치(お萩) 등을 만들어 사이좋게 서로 나눠 먹기도 했다.

그러한 도나리구미였기 때문에 엄마와 여동생은 종종 그 사람들을 걱정하고 있었다. 그리고 우리 세 사람은 하쿠시마白島[10]가 집 한 채 남기지 않고 모두 타버렸다고 몇 번이나 들었음에도 불구하고 좀처럼 이해가 되지 않았다. 구켄쵸九軒町의 자신의 집 근처 정도는 타다 남았을 거라는 기분이 들었다.

아침 식사 배급도 일찍부터 있었다. 국도 차도 없었지만 한 개

---

10 도쿄로 말하면 고지마치구(麹町区)라든가 오이시가와구(大石川区)라든가처럼 하나의 구에 해당하는 넓이.

씩의 주먹밥과 한 봉지씩의 건빵을 또다시 엄마가 히가시연병장東練兵場까지 받으러 갔다.

여동생 얼굴은 완전히 부어올라 보기 흉한 무화과 색이 되었다. 양 발등이 한 치 정도씩 옆으로 찢기고 무릎도 칼에 찔린 듯이 찢겼기 때문에 절뚝거리지 않고는 걸을 수 없었다. 나는 그 정도의 상처는 없었지만 타박상으로 고개도 왼손도 움직일 수 없어서 자는 것도 일어나는 것도 설 때도 앉을 때도 엄마와 여동생의 손을 빌려야만 했다. 입 역시 벌리지 못해서 여동생과 나는 머그컵의 물로 건빵을 녹여서 조금씩 입에 넣었다. 등자루에 넣었던 밖이 빨갛고 안쪽에 흰 무늬가 있는 머그컵은 오랫동안 양동이와 함께 큰 도움이 되었다. 그러나 이제 슬슬 하천에서 흘러온 물도 위험하게 생각하게 되었다. 때때로 구릿빛으로 부푼 시체가 상류에서 흘러오게 되었기 때문이다. 내 옆에서 죽은 소년의 시체도 그대로 있었다.

바깥 공기는 찌는 듯이 더웠다. B29의 폭음이 들리고 또다시 기총 소사가 있을지도 모른다고 말하며 여기저기에 있는 주택 뒤 방공호에 들어갔다. 그런데 요즘 하늘에서는 촬영이 반복되고 있었다. (뒤에 신문의 외국 전보電報 기사에 그 비행기 탑승원의 담화로 그 이야기가 나왔다) 소년의 시체에서 우리는 조금 떨어진 장소로 옮겼다.

점심 전쯤, 어제 공습이 신병기를 처음으로 사용한 것임을 알게 되었다. 비행기는 단 한 대였다. 세 대였다는 사람도 있었다. 폭음을 멈추고 시의 상공에 들어왔다. 신형 폭탄은 낙하산으로 하늘 한복판에서 떨어뜨렸다. 낙하산은 하얗게 둥실둥실 내려와서 갑자기 번쩍하고 푸른 섬광을 번뜩였다고 했다. 마치 귀에 옛날이야기처럼 들렸다. 하지만 사람들은 특별히 놀라거나 동요하는 빛을 띠거나 하지는 않는 듯했다. 올 것이 왔다는 암울한 긍정이 고요히 사람들 사이를 흘렀다.

강펄은 그날도 어제와 같이 고요했다. 시끌시끌 말한다든가 불안에 사로잡혀 큰 소리로 말한다든가 참상을 겪어 화를 내는 모습은 전체적인 분위기에서는 느껴지지 않았다.

우리 앞을 도나리구미의 H 부인이 지나갔다. 엄마가 말을 걸자 달려오듯이 다가와서 몇 개월이나 만나지 못한 사람 같은 얼굴을 했다. H 부인은 서너 집의 도나리구미의 사람들과 함께 이 줄의 먼 동쪽에 있다고 했다. 뒷사람들은 원래의 집 묘지에도 있긴 하지만 이 강펄에도 사방에 있다고 말한다. 이 부인은 딸의 물건으로 보이는 붉고 예쁜 모양의 메이센銘仙[11] 겹옷을 손에 들고 있었다. 벌거숭이로 강펄을 헤매는 건장한 몸의 병사에게 입혀 줄 것이라고 했다.

"아는 분이세요?"

여동생이 물었다.

---

11 꼬지 않은 실로 거칠게 짠 견직물.

"아니요. 어디서 오신 분인지도 모르지만 어젯밤 우리 옆에서 밤새 추워 추워 라고 해서요. 지금 집에 갔다가, 방공호에서 이걸 가져와서 입혀 주려고 해요."

"모두 탔어요?"

"네, 재도 없을 정도예요."

여동생은 슬픈 듯이 살짝 고개를 숙였다. 이전 집 근처에는 아직 토지 전체가 굉장히 뜨거워서 다가갈 수 없다고 H 부인은 튼실한 몸을 떨면서 말한다. H 부인은 헤매며 걷고 있는 병사의 어깨에 열일곱 여덟의 딸이 입을 듯한 옷을 걸쳐 주고 있었다. 오비帶가 없어서 붉은 비단 겉과 녹색의 안 단이 뒤집혀 이상하게 보였다.

해는 지나치게 뜨겁고 찬란하게 빛나고 있었다. 이글이글 타오르는 태양을 손으로 가리면서 H 부인에게 우리의 거처를 들었다며 도나리구미장長 G 씨가 찾아왔다.

"어서 오세요."

라고 우리는 객실로 안내할 때처럼 풀과 지푸라기 위에 G 부인을 맞아들였다.

G 부인은 나와 여동생에게 데이신병원遞信病院에 가서 상처의 응급처치를 받으라고 말해주러 온 것이었다. 21살이 되는 G의 딸은 엉망으로 머리와 얼굴을 찢겨 지금 데이신병원에 다녀왔다고 한다. 나와 여동생은 어머니와 부인의 손을 잡고 겨우 일어섰다. 나는 양손으로 나뭇가지의 지팡이를 짚고 느릿느릿 둑에 올라갔다.

17

그곳은 이미 둑방도 주택지도 아니었다. 한쪽이 기와 더미로 변해버려 누구 하나 물 한 바가지 끼얹지 못한 불탄 모습은 땅속까지 정말로 다 타버렸다.

둑에서 내려다보는 평지의 마을들, 구켄초도 히가시마치도 나카마치도 기타마치도 먼 마을까지 바라보이는 데까지 모두 한쪽이 기와 더미가 되어 군데군데 잔불이 남아있는 모습이 보였다. 연기는 어디나 피어오르고 있었다. 사에키 아야코의 집 앞부터 완만하게 내려가는 언덕의 첫 곳, 사에키 아야코 집과 사선 밑으로 바라보던 큰 절은 내가 친구 집에 올 때마다 그 아름다운 모습의 건물에 마음을 빼앗겼지만, 지금은 다 타버려 무너진 회색의 모습만 희미하게 멈춰 있었다. 전신주는 모두 타 쓰러졌다. 모든 전선은 찢어진 거미줄처럼 엉켜, 거리 바닥에 어지러이 흩어져 있었다. 거기에 전기라도 흐르는 듯 우리는 벌벌 떨면서 늘어진 전선에 닿지 않도록 걸었지만 한 가닥도 밟지 않고서 걸을 수는 없었다.

지방에서 사람을 찾으러 온 사람들이 동쪽에서도 서쪽에서도 줄줄이 찾아왔다가, 어안이 벙벙해져 멈춰서 드넓은 폭격지대를 바라볼 뿐이었다. 사람들은 강한 햇빛을 맞으며 말없이 깊은 한숨을 쉬고 있다.

데이신병원은 불탄 들로부터 사방 6, 7백 미터의 같은 하쿠시마 안의 데이신국遞信局 옆에 있었다. 전철 길로 나가는 거리는 상점가였다. 어디가 어느 가게였는지 알 수 없다. 단지 녹이 슨 색으로 타 가늘게 휘어진 뼈와 같이 엄청난 자전거가 거기에 내팽개쳐 있었다. 길은 아직 군데군데 화염이 일었다. 전철 길로 나갔다. 레일은 구부러져 옆으로 이탈했다. 전철 한 대가 다갈색의 고철로 변해 밀려난 레일 위에 남겨져 있었다.

나는 사에키 아야코를 떠올렸다. 그 전날 밤, 전화를 빌리러 갔을 때 6일은 아침 일찍 어딘가 외출한다더니, 이 종점 정류소에 서서 즉사라도 한 것은 아닐까? 이미 전철을 탔을지도 모른다. 핫초보리八丁堀 근처에서 그 섬광과 폭풍을 일시에 맞았을지도 모른다. 지금 심한 부상으로 어딘가에서 따가운 불볕을 맞고 있는 것은 아닐까? 이미 길거리도 거리도 아닌 발을 내디딜 틈도 없을 정도의 쓰레기나 잡동사니로 막힌 길을 우리는 전차 길에서 오른쪽으로 돌았다. 그러자 거기에는 좌도 우도 길의 한 가운데에도 시체가 뒹굴고 있었다. 시체는 모두 병원 방향으로 머리를 향하고 눕거나 엎드리거나 했다. 눈도 입도 부어 일그러지고 사지도 부을 대로 부어 보기 흉한 커다란 고무 인형 같았다. 나는 눈물을 쏟으면서 그 사람들의 모습을 가슴에 새겼다.

"언니는 찬찬히도 보네요. 나는 멈춰서 시체를 보는 게 안되는데."

여동생은 나를 나무라는 듯했다. 나는 대답했다.

"인간의 눈과 작가의 눈, 두 개의 눈으로 보는 거야."

"쓸 수 있어요? 이런 거."

"언젠가는 써야 해. 이걸 본 작가의 책임이야."

시체는 켜켜이 쌓여 있다. 어느 사람이고 병원 쪽으로 향해 있다. 병원 문이 있던 근처, 그리고 문 안에 두, 세 걸음 들어간 곳에 몸부림치며 손을 뻗고 죽어 있었다. 병원을 향해 비틀거리며 찾아와서는 의사의 손에 매달리기도 전에 목숨을 잃어버린 사람들의 비참한 모습을 보자, 거기에 참담한 영혼이 아지랑이처럼 피어오는 것을 느꼈다. 지옥이라는 말을 사용하면 끝장이라고 생각하지만, 지옥 같은 상태라고밖에 할 수 없었다.

3층 건물의 병원은 콘크리트 외형만이 탄 모습을 남기고 있었다. 안에는 텅 빈 굴이었다. 문 바로 앞에서 보면 그 빈 굴의 이층이나 3층을 통해 우지나宇品 맞은편 산들이 잘 보였다. 좌우의 울창한 정원 앞이나 현관, 복도에도 닿는 곳마다 주검은 깔려 있었다. 많은 부상자가 행렬을 이루고 순번을 기다렸다. 우리는 뭐하러 왔나 라는 기분이 들었다. 우리의 부상 정도는 부상자 안에 낄 수 없었다. 앞마당 가운데에 운동회 접수처처럼 만들어진 접수처가 있고 거기에서 화상과 열상으로 나뉘어 화상은 오른쪽으로, 열상은 왼쪽으로라는 식으로, 두 개의 줄로 한 발짝씩 나아갔다.

의사도 간호사도 있기는 있지만 굼뜬 동작이 있는지 없는지 알 수 없었다. 왜 그렇게 꾸물댔는지 알 수 없다. 흥분해 있었는지 모른다. 과학자는 이 정도의 일에도 놀라거나 흥분하거나 할 일이 아니라는 과잉의식 때문에 침착해라 침착해라라며 지나친 생각으로 너무 침착해 있었는지 모른다고 생각했다. 텅 빈 굴의 내부나 복도

등에는 누더기에 쌓인 짐짝처럼 부상자가 여기저기에 있었다. 나와 여동생은 장시간 응급처치를 받았다. 붕대가 없어서 피투성이의 보라색 기모노 깃으로 붕대를 다시 감았다. 내 귓속으로부터 피가 나와 심한 통증을 느꼈는데 중이염을 일으켰다고 한다.

나는 강펄로 돌아갔다. 강펄의 시체는 익을 듯한 햇볕 탓에 파리가 우글거리고 있었다. 파리가 살아있는 게 이상하게 생각될 정도였다. 점심이 지나고 나서 강펄에 구호반이 왔다. 군부郡部에서 온 의사와 간호사였다. 그 사람들은 활동적이었다. 특히 젊은 간호사들은 소매를 걷어붙이고 활기차게 움직였다. 강펄에 개업한 의원은 굉장히 번창했다. 부상자 무리는 대략 두 갈래로 나눌 수 있다. 화상과 열상 두 가지로 손과 발이 빠졌다든가 눈이 멀었다든가 정신이 이상해졌다는 부상자는 이상하게 한 명도 발견하지 못했다.

구호소를 꽉 채운 절실한 공기 안에서조차 묘한 사정이 생겼다. 어디에도 상처가 없는 한 중년 남자가 밀어닥친 부상자를 순서대로 줄 세웠다. 그 남자는 하쿠시마 사람이라고 생각되었다. 그는 종이쪽지에다 연필에 침을 발라 주소와 이름을 적었다. 그리고 온 순서에 세워 둔 사람들을 그대로 의사 앞으로 보냈다. 하지만 그 남자는 가끔 순서를 흩트렸다. 나중에 온 사람이나 옆에서 들어온 사람을 자연스럽게 앞쪽에 끼워 주는 것이다. 그런 사람은 5일 밤까지 같은 마을에 살던 지인같았다. 젊은 처녀들을 친근하게 욧짱이나 시즈짱이라고 불렀다. 자신의 두 아이를 뒤에서 불러 앞에 세우고 그 아이들이 의사의 치료를 아프다고 말하자 언짢은 얼굴로 혼냈다. 사정없이 혼내는 일로 그는 많은 부상자를 속였다. 어떤 경우나 그러한 적당히 속이는 사람들이 나오는 것을 나는 이상하게 생각했다.

병원에 가든지, 배급된 식사를 받으러 가든지, 그것을 먹든지, 남 이야기를 듣든지, 심한 부상자를 바라보든지 하는 것으로 공연히 바빴다. 사람은 살아있는 동안에는 뭔가 할 일이 있다고 느꼈다. 남자를 동반한 가족으로 어느 정도 짐도 가져온 사람들, 일정의 힘과 재주를 가진 사람들은 어느 틈엔가 강펄에 살 곳을 만들고 있었다. 탄 함석이나 나무 부스러기를 주워와서는 입목立木을 이용하여 철사나 덩굴풀, 밧줄을 걸쳐 비바람을 피할 수 있는 가건물을 만들고 있다. 그러한 사람은 강펄의 돌로 아궁이를 만들어 작은 솥을 걸어 반찬을 끓인다거나 물을 데우거나 했다. 반찬은 강둑 주택의 채소밭에 얼마든지 굴러다니는 탄 호박이나 오이를 가져왔다.

강물을 마실 수 없게 되었을 때에는 강둑의 늘어선 저택에 우물이 있는 것을 누군가가 발견하기도 했다. 우리도 오이를 구워 먹었다. 아궁이에서 식사 준비를 하던 사람이 우리에게 아궁이를 사용하도록 허락했다. 엄마가 거기에서 뜨거운 물을 끓여 주었다. 나와 여동생은 건빵을 물에 담가 후후 불어대며 먹었다.

저녁까지는 몇 번이랄 것도 없이 땀으로 흠뻑 젖었다. 햇빛에 말라서는 젖고 먼지와 모래, 피로 견딜 수가 없었다. 엄마가 강에서 속옷을 빨아준다고 해서 등에 진 주머니 안에 들어있던 것과 바꿨다. 벗은 속옷을 보니 등쪽이 손바닥을 감쌀 정도의 새빨간 피로 물들어 있었다. 등이 찢긴 것을 알았다. 오비도 옷도 속옷도 찢겨 있었다. 엄마는 강에서 한 빨래를 우물에 헹궈 나무에 널었다. 여동생은 아기 기저귀를 빨았다.

"바쁘네."

라고 여동생은 말했다.

강펄의 경상자는 너나 할 것 없이 모두가 강으로 나가서 씻을 것을 닦기 시작했다. 강펄에는 가정생활 단위가 만들어지고 비참하다는 생각 없이 간이생활이 극히 자연스럽게 운영되고 있었다. 하지만 한시라도 빨리 벗어나고 싶었다. 전염병이 퍼지는 일도 다시 공습이 있을 것도 두렵기 짝이 없다. 그러나 더 다른 한층 본질적인 공포, 눈에 비치는 참담한 시체의 거리 광경에 더는 영혼이 상처 받길 원치 않았다. 앞으로 오랫동안 같은 광경을, 부패해 가는 거리거리를 보고 있으니 마음 어딘가를 다쳐 정신까지도 폐허가 돼 버린 느낌이었다.

하지만 우리는 지금 한번 원래 집에 가서 봐야 한다. 거기에는 방공호에 몇 가지 물건이 들어 있고 타버렸다는 걸 믿을 수도 없는데, 보지도 않고 어딘가로 갈 수는 없었다. 어머니는 몇 번이나 거기에 간다고 했다. 하지만 오늘은 아직 땅이 뜨거워서 걸어 다니기엔 위험했다. 8일 아침이 되면 땅도 어느 정도 식을 것이다. 게다가 재해 증명서를 갖지 않으면 어디로도 갈 수가 없었다. 낮동안 강펄에는 경찰서가 출장 나와 재해 증명서를 발급했다. 그러나 저녁 무렵 여동생이 갔을 때는 시체 처리로 바쁘다며 받아주지 않았다. 오늘 밤도 강펄에서 잘 수밖에 없었다.

해 질 무렵 시마네현島根県 군대가 구호하러 왔다. 하마다시浜田市에서 트럭으로 왔다는 젊은 병사가 건빵을 걸어다니며 나눠주었다. 그 건빵은 미세하게 우유 냄새가 났다. 단지 그 정도의 일로도 우리는 생기를 되찾았다. 냄새를 맡는 것만으로—. 강 건너편 집들은 아직도 타고 있다. 산불은 온화하고 불그레하니 불이 붙어 있었다. 그것은 빛도 내지 않고 떨림도 없이 반딧불처럼 푸르지도 않았다. 주위로 번지지도 않고 타고 있다고도 보이지 않는, 띄엄띄엄 빨갛게 켜져 있는 불빛을 내건 밤의 동네가 산 위에 가로놓인 듯 보였다.

"우리도 강펄이 오늘 밤의 숙소라네."

시골에서 구호하러 온 의사가 함께 온 사람들과 이야기하면서 지나갔다. 소년의 시체는 원래의 자리에서 불과 2, 3척尺 거리의 울타리 안쪽에 놓아 두었다. 나는 소년에게 뭔가 책임을 느껴 괴로웠다.

저녁부터 밤에 걸쳐서 일가나 집안 친척, 지인을 찾으러 오는 사람이 낮보다도 많아졌다.

"소토쿠崇徳 중학교 아이들은 없습니까? 없습니까? 소토쿠중학교 학생!"

그렇게 부르며 걷는 교사로 보이는 키 큰 사람은 초롱불을 들고 있었다. 나는 옆에서 숨진 소년의 시체가 있는 장소를 그 사람에게 알려주게끔 엄마에게 부탁했다. 하지만 그 사람은 살아있는 학생을 찾고 있었다. 시체는 이미 전혀 다른 문제로, 멋대로 데리고 가거나 이장하거나 하는 것은 그것을 담당하는 사람들의 일이었다.

밤은 캄캄했다. 큰불이 꺼졌기 때문에 으스스한 찬바람이 피부에 닿았다. 큰 소리로 이야기하는 사람도 없고 웃음소리도 울음소리도 없이 쥐죽은 듯 고요했다. 때때로 미미한 신음이 어디선가 들려왔다. H 부인이 준 빨간 메이센 겹옷 옷자락을 활짝 열고 질질 끌 듯이 입고 있는 커다란 체격의 병사는 한밤이 돼서도 계속 어슬렁거리고 있었다.

18

강바람이 불어와 이불이 없는 우리는 추워서 다시 장소를 옮겼다. 원래 주택이 있던 돌계단 아래, 버드나무가 우거진 밑에 우리는 풀이나 지푸라기, 아기 포대기로 잠자리를 마련했다.

거기는 사에키 아야코가 있던 집 옆이었다. 사에키 아야코는 아주 오래전 문학을 했다. 지금은 문학을 쓰지는 않지만, 쓰지 않는 것이 그녀를 청결하고 순결하게 했다. 아야코의 언니는 훌륭한 문학을 썼다고 하지만 젊은 나이에 요절했기 때문에 나는 만나지 못했다. 나는 시골의 산속에서 온 문학소녀로 아무것도 모르는 주제에 눈썹을 치켜세우며 사람을 배척했던 시절, 사에키 아야코는 위에 서서 미소지으며 자신의 부드러운 문학 속으로 나를 유혹했다. 여학교 기숙사에서 나는 종종 빠져나와 아야코의 집에 놀러갔다. 아야코는 조금 연상이었다. 그때부터 친구였고 히로시마에는 아야코 외에 친구도 없었기 때문에 도쿄에서 온 나는 자주 아야코와 만났다. 아야코는 나보다 로맨티스트였기에 전쟁을 냉엄하게 비판했다. 단순한 군국주의에 대한 분노를 내비치고 맙소사라며 간단히 시작한 전쟁의 돌이킬 수 없는 복잡함을 말했다. 6일 공습 전 무렵, 댐을 터뜨려 히로시마를 홍수로 휩쓸려 떠내려가게 한다는 풍문이 돌았을 때, 절박한 공기를 서로 느끼고 사에키 아야코는 때때로 웃기 시작했다.

"지금 그만두면 모양이 우습긴 해도, 그건 어떻게든 우리한테는 대충 얼버무려도 괜찮으니까 빨리 그만뒀으면 해."

라고 아야코는 말한다.

세상에는 아직 난코정신楠公精神[12]이 처음부터 퍼져 있었다. 사에키 아야코는 두 기병이 서로 이름을 호명하고 장렬하게 싸운다는 옛전투의 예礼로써 미국과의 전쟁을 앞으로도 계속할 생각일까? 라며 웃기도 했다. 통용되지 않는 것을 무리하게 통용하려는 무리함이 우리 생활을 어지럽히고 있었다. 국내의 모든 것이 꾸물대고 있는 것을 답답해하던 사에키 아야코는 일본에서는 미국이

12 '충군애국(忠君愛国)' '멸사봉공(滅私奉公)' '칠생보국(七生報国)'을 말한다.

바다 저편에서 한 사람 한 사람 걸어와서 전쟁에 참가하기라도 한다는 듯 이야기했다. 그런 이야기를 하면서 죽창竹槍의 이야기를 하거나 상대국의 공습을 받았을 때 연막을 치는 준비에 도나리구미에서 산의 솔잎을 끌어모으러 갔다는 이야기를 했다. 아야코와 나는 웃음을 참으면서 이미 전쟁은 곧 끝날 게 틀림없지만 그 끝나는 방식, 확실히 말하면 어떻게 지느냐는 점이 커다란 문제라고 서로 이야기했다.

전쟁 중 우리는 자신의 언어를 기만해야만 했다. 말하고 싶은 걸 말할 수 없다고 말하며 한탄했지만, 말하기 싫은 것이나 하기 싫은 일을 해야만 했다. 그것은 굉장히 괴로운 일이었다. 주지주의主知主義적인 평화, 이 또한 그런 의미에서의 자유와 민주주의적인 정치를 존중하는 우리는 그것들의 바람직한 살기 좋은 세계에서 억지로 몸을 비켜 영혼을 묻어야만 했다. 요컨대 우리는 죽은 척해야만 했다.

이런 국민이 살고 있는 하늘에서 선전용 전단을 뿌리며 전쟁을 그만둘 때까지는 철저하게 공습을 계속하겠다고 말한들 소용이 없다. 군벌에 속은 것이라며, 빨리 항복하도록 선전용 전단을 사용해 아무리 말해도 일본은 그러한 나라가 아니니까 국민 스스로는 여론을 형성하는 일조차 없었다. 귀에도 눈에도 입에도 단단한 마스크를 낀 채였기 때문에 청각도 시력도 그리고 말도 다 잃은 상태였다. 나는 전쟁을 시작한 것이 정당한가 잘못인가를 명확하게 따져서 말하려는 친구에게 이러한 말로써 회피하기도했다. 그것은 사에키 아야코에게만 말하는 나의 낭만이었다.

이번 거대한 전쟁이야말로 인간들이 시작한 것이 아닐지도 모른다. 우주의 가장 새로운 현상인 것은 아닐까? 세상이 시작되고 나서 너무나도 긴 세월이 지났기에 지구는 희노애락을 견디지 못하고 그 감정의 지배를 현상계로 옮겼는지도 모른다. 만유인력이라는 숙어도 있지만, 지금의 전쟁이야말로 그 마력으로부터 발전해온 것이 분명하다. 침략전쟁도 아닌, 일본이 자주 말하듯이 세계제패의 전쟁도 아닌, 또한 동아시아 때문만의 전쟁이 아닌, 그러한 공허한 허식虛飾이 아닌, 철학적 우주의 환상이 전쟁의 형태가 되어 방황하고 있는지도 모른다. 엄청난 권력을 가지고 굉장히 지독한 자학성을 가지고. 그렇지 않고서는 이러한 사건이 지구에 일어날 리가 없다. 우주 자체의 숙명이 타 붕괴하고 얼음보다도 차고 또한 다시 타거나 파괴되거나 떨어지거나 더욱이 유랑하거나 그리고 소리 죽여 남몰래 울거나 분노하거나 함이 틀림없다. 이른바 지구의 자괴自壞 작용이 전쟁으로 모습을 바꾼 것일지도 모른다.

나는 사에키 아야코에 그러한 이야기를 하고 현실의 우수憂愁를 달래기도 했다. 나는 아이들처럼 바보스러운 짓을 더구나 손을 흔들거나 하면서 개구쟁이처럼 말하는 것을 아야코는 타고난 얼빠진 얼굴로 응, 응하며 듣고 있었다.

그 얼빠진 얼굴이 보이는 듯했다. 먼 마을에서조차 사람이 도망쳐올 만큼 안전한 자신의 집 앞 강펄에 아야코의 모습이 보이지 않는 것이 마음에 걸렸다. 일가족 3명이 살았지만 시어머니도, 유리코도 보이지 않았다. 유리코는 여학교에서 근로봉사를 가 있었기 때문에 공장에서 재해를 입었을 것이다. 어머니는 자주 아침에 채소를 사러 다니시는 분이었기 때문에 6일은 밖에서 공습을 당했을 거라고도 생각된다.

나는 5일 밤, 내 귀향 건으로 아야코 집에 전화를 빌리러 갔다. 히로시마 교외 전철로 1시간, 기온祇園이라는 마을에 T라는 사람이 있고 자신의 자동차와 휘발유를 갖고 있었다. 지금 와 있는 고향 사람을 통해서 나는 T의 자동차로 고향에 들어가기로 되어 있었다. 그 외에는 퇴원한 지 얼마되지 않은 내가 산을 넘어서 고향으로 갈 방법은 없었다. T도 한 번 자동차를 고향으로 움직이게 하는 데 쌀이나 술이나 양복이나 그리고 설탕이나 기름을 받는다는 이야기였다. 나는 그러한 것을 아무것도 가지지 않았지만 집을 돌봐준 고향 사람이 T와 허물없는 사이였기에 돈이면 되었다.

그러나 T는 좀처럼 움직이지 않았다. 8월 1일에 고향으로 들어갈 계획을 세웠지만, 하루 연기되고 나는 신변에 섬뜩한 위험을 느끼고 있어서 매일 기온으로 전화를 걸었다. T는 전화를 받지 않고 항상 아내가 받았다. 3일 밤은 T가 요 이삼일 집에 돌아오지 않는다는 것이었다. 어디에 있는지 알지 못한다고 아내는 울 듯한 목소리였다. ―마을에 오고 나서 T가 마침 그때 한창 바람을 피워서 여자 집에 숨어 있다는 것을 들었다.

나는 시시각각 위험이 다가오는 것을 느끼면서도 T의 차를 기다릴 수밖에 없었기에 소포를 꾸려 고향으로 보내기 시작했다. 소포는 3.75킬로그램밖에 접수하지 않았다. 한 세대世帶에 한 개밖에 보낼 수 없었다. 하쿠시마의 우편국에서는 하루 열 개밖에 받지 않았다. 4일에 이웃의 이름을 빌려서 한 개, 결국 두 개 보냈지만 6일 아침 시골에 도착했다. 그러나 5일 아침 보낸 세 개는 타버렸는지 한 달이 지나도 도착하지 않았다. 6일에 보낼 예정이던 두 개는 집에서 타고 말았다. ―도쿄에서 온 소포도 히로시마에서 탄 모양이었다. ―5일 밤 전화를 걸었을 때도 아내가 받아 오늘 밤 정도 늦게 T가 돌아올지 모르니 내일 아침이라도 와 주지 않겠냐고 나에게 물었다. 사에키 아야코도 옆에서

"직접 만나서 울며 매달리지 않고서는 어차피 가려 들지 않는다니까."

라고 무서운 얼굴을 하고 나무라듯 말했다.

"울며 매달리거나, 쌀 아니면 술이네."

나는 자동차 한 대 때문에 울며 매달리는 일은 할 수 없는 성격이었다. 하지만 쌀도 술도 있을 리 없다. 매일 그렇게 전화를 걸어도 소용없다고 사에키 아야코는 비웃었지만 나는 하나밖에 모르는 막무가내로 전화만 고집하고 더구나 어떠한 권위도 없는 아내를 향해 부탁할 뿐이었다. 마침내 나의 패배였다. 사에키 아야코는 어딘가에서 나를 비웃고 있을까?

원자폭탄 피해를 피하기 위해서는 히로시마시에 없는 것 외에 어느 하나 도움이 되지 않았다. 물도 일 바지도 방공모자防空帽子도 응급함조차도 숱한 방공훈련도 어떤 도움도 되지 못했다

19

엄마와 여동생에게 내가 시골 고향으로 가자고 권했다. 나는 원래 혼자 갈 결심으로 이전에 숙박업을 하고 있던 집의 이층을 빌려 두었다.

그 마을에는 20년 전까지 우리집이 있었다. 석벽 위 넓은 부지에 낡고 큰 집이 서 있었다. 연못이 있는 석가산築山에 거목이 우거지고 연중 온갖 꽃들이 피었다. 석가산을 돌면 흙벽土蔵으로 만든 광, 나무 창고, 쓰게모노漬物 곳간, 욕실 건물, 넓은 취사장 등이 있었다. 석가산에서는 우리 집 소유의 산에 갈 수 있었다. 집 주위 밭도 산도 대충 집에서 보이는 논밭과 숲은 우리 집 소유였다. 이 집의 일체는 아버지 대에서 몰락했다. 마을에는 묘지밖에 남아 있지 않았다.

엄마도 여동생도 그런 시골로 내려가서 남의 집 이층에 살 생각은 없었다. 봄 무렵 한 번 엄마가 그럴 생각으로 마을 사람에게 집을 부탁하자 "이제 와서 당신들이요."라는 말을 듣고 눈물이 어리며 슬퍼했었다.

엄마와 여동생은 나를 그 마을로 보내고 나서 노미시마能美島에 가기로 했다. 노미시마에는 여동생의 시댁이 빈 채로 있었고 여동생은 남편이 소집으로 없는 동안 그곳에서 살고 싶어 했다. 그런 일을 여동생은 정숙貞淑과 연결해서 생각하고 있는 듯했다. 4일에 큰 제부가 와서 배로 노미시마에 보낼 짐을 다 정리해서 이삿짐을 쌌다.

8일 밤이 되어서도 여동생은 계속 자신만이라도 노미시마의 시댁에 가고 싶은 모양이었다. 노미시마는 에타지마江田島와 땅이 연결되어 바다를 낀 맞은편에 해군병학교 건물이 또렷이 보였다. 그 뒤쪽으로 구레의 산이 보인다. 노미시마 해변은 몇 번이나 공습을 받았다. 6일이 되기 일주일 전, 여동생은 노미시마로 의논하러 갔었는데, 그날도 여동생은 방공호 속에 온종일 들어가 있다가 폭탄이 울려퍼지는 소리를 들었다. 군함이 둘로 찢어지는 모습을 바라보고, 해변의 어선이 차례차례 모조리 타버리는 것을 보고 왔다. 6일과 7일은 밤 동안 히로시마에서 가까운 니노시마似島와 노미시마에 시신을 수용했다고 들었다. 그 수용소에 미국의 폭탄이 한창 떨어지고 있다는 소문도 있었다. 여동생의 기분을 갸륵하게는 생각했지만, 그런 곳으로 엄마와 함께 갈 마음은 들지 않았다. 우지나에서도 혼가와本川에서도 배가 나올 것 같지는 않았다. 우지나나 혼가와까지 간다고 쳐도, 그곳까지 가려면 항구에서 항구로, 얼마만큼 시체를 밟고 가야 할지 알 수 없었다.

이슬이 내렸는지 눅눅한 밤이다. 전등도 켜지 않고 라디오도 들리지 않는다. 미국 비행기의 폭음이 서너 시간마다 들리고, 그때마다 누군가가 적기 공습을 부르짖고 돌아다니고, '공습공습'하며 사이렌 대신 전해져서 우리는 몇 번인가 불탄 자리가 섬뜩한 방공호로 들어갔다. 한 방공호에는 젊은 부인의 시신이 있었다. 성냥불을 켜니, 시체는 눈을 뜨고 양손을 꼭 잡고 있었다. 우리 자리 바로 곁에서는 사람의 그림자가 앉았다 섰다 하며 신음하고 있었다. 그림자는 "나는 죽는다."고 두 번 세 번이고 중얼거렸다. 그때부터 젊은 여자의 비명 소리가 들리기 시작했다. 날카로워서 마치 야조夜鳥이기라도 한듯한 비명이었다.

"아버니임! 어머니임! 이제 괜찮아요! 어서 돌아오세요!"

같은 말을 거듭하며 절규하고 있다. 목소리를 쥐어짜며 단 일 분도 쉬지 않았다. 소리를 지르며 이번에는 노래했다.

달님 혼자예요!
저도 역시 혼자예요!
달님 혼자예요!
저도 역시 혼자예요!
달님 혼자예요!
저도 역시!

처녀는 무서운 사람에게 쫓기기라도 하는 듯, 펑펑 피가 나는 듯 반복해서 노래했다.

그리고 다시,

"아버니임! 어머니임! 이제 괜찮아요! 어서 오세요! 어머니임! 어머니임!"

하고 계속 소리친다.

심야에 안타까운 처녀의 광기에 찬 노랫소리로 잠을 이루지 못해 풀 위 잠자리에서 몸을 뒤척이는 우울한 사람이 많았다. 나는 꾸벅꾸벅 졸다가 환영에 사로잡혔다. 이 주변에 꽃이 핀 언덕이 있다. 언덕 위에는 주황색 삼층집이 있는 게 분명하다. 3층 창은 우리 쪽으로 열려 있고, 젊디젊은 여자가 침대에서 쉬고 있다. 그러나 여자는 미친 사람이다. 나는 풍경을 바라보듯 그 환영을 보았다.

노랫소리는 분명히 높은 곳에서 들려온다. 듣는 사람도 미쳐버릴 만큼 애달픈 외침은 같은 모래벌판에서 흘러나오는 것 같지 않았다. 집이 없어서 이상했다. 그렇지만 처녀는 우리로부터 한 마을 정도 남쪽에 위치한 모래벌판에서 온몸에 화상을 입고 나뒹굴고 있다고 한다. 아름다운지 어쩐지 알 수 없다. 화상 물집이 굵은 관처럼 몸 전체로 들어갔고, 저녁 무렵에는 물집이 터졌다고 한다. 곁에는 부상 당한 어머니가 붙어있다고 한다. 아버지는 해군 군인으로 일가족 7명 가운데 모녀 둘이 남았고 나머지 사람들은 6일 중 모두 죽었다고 한다. 우리 곁에서 나직하게 처녀의 신상에 대해 말해주고 있는 부인은 갑자기 소리를 높여 울었다.

우리 바로 곁에서 앉았는가 하면 일어서고, 일어섰나 생각하면 주저앉아서 혼잣말을 중얼거리고 낮은 신음을 내곤 하던 남자는 동틀 무렵 죽었다. 손끝이 내 눈 바로 옆에 있었다. 생 알몸으로 벌렁 나자빠졌다고 엄마가 말했다. 이제 시체에도 익숙해졌지만, 그렇게 젊은 남자가 죽은 모습을 보는 건 견디기 힘들었다. 엄마에게 부탁해 그 시체에 풀을 뒤덮게 하고는 나와 여동생은 일어났다. 깜깜한 동안 버드나무 가지를 꺾어 죽은 얼굴을 가려두었다.

6일로부터 사흘째가 되어 강펄은 시체가 썩는 냄새로 가득했다. 동이 트자 어제까지 살아있던 사람이 곳곳에 쓰러져 숨을 거둔 모습이 보이기 시작했다. 붉은 메이센 겹옷을 입은 병사도 오솔길 한쪽에 심하게 부풀어 오른 채 젊은 목숨을 잃었다. 강펄에는 다섯 살 남짓한 여자아이가 손을 내밀고 옆으로 넘어져서 마치 낮잠을 자듯 죽어 있었다. 물가에는 갓난아기가 타버린 전신을 햇볕에 비추며 죽어 있었다. 정신을 놓은 처녀는 아침까지 계속 소리를 질렀었는데 어디선가 자동차가 와서 모녀를 함께 태우고 갔다고 한다. 그 외에는 소리치는 사람도 이야기하는 사람도 없다. 고요했다. 햇볕은 오늘도 바싹 졸이듯 빛나게 비춘다. 작은 배가 강으로 와서 중상을 입은 병사들과 시체들을 싣고 사라졌다. 미야지마 소년의 시체는 부패하기 시작한 채 아직 그곳에 있었다.

구호소는 아침부터 부상자로 가득히 에워싸여 있었다. 구호소의 의사와 간호사는 시골에서 잇달아 올라왔기에 부상자는 매일 다른 사람에게 치료를 받았다. 화상을 입은 사람은 연고나 엑기스, 또는 또 다른 약이기도 했고, 벤 상처는 옥시풀과 아까징끼로 정해져 있어서 처치를 받을 때 벤 상처는 붉게 변하고, 화상은 반짝반짝 빛이 나거나 허옇게 때가 묻거나 회색으로 물이 들었다. 전반적으로 이번 부상은 지저분하게 보였다. 유리 파편 등이 날아오는 속도가 무척 빨랐던 것으로 보여, 누구의 열상도 보기보다 깊었다.

"기총 소사로 난 상처가 더 깨끗하네."

나는 기억이 나 여동생에게 말했다. 바로 얼마 전 나는 적십자 병원에서 기총 소사를 받은 여인을 보았다. 시골에 맡겨둔 마지막

옷가지를 들고 배로 노미시마에 가던 길이었으나 배의 바닥이 명중되고 만 것이다. 들것을 타고 온 여인은 입술을 꽉 다물고 눈을 희번덕 빛내며 울부짖고 고통을 호소했다. ―원자폭탄 부상자는 멍청한 얼굴을 하고 있다. ―적십자병원으로 옮겨지기 전, 섬의 의사가 팔에 들어간 탄환을 꺼냈지만 팔은 어깨 아래부터 손목에 걸쳐 썩둑 절개되어 있었다. 원장은 나를 불러 보여주었는데, 뢴트겐 사진으로 보니 뼈는 부러져있고 가스가 사진에 보였다.

"가스 괴저壞疽라면 팔을 하나 잘라야만 합니다."

원장은 그렇게 말했지만, 보기에는 깨끗한 상처였고, 여인의 표정도 우쭐한 것이 신선해 보였다. 원자폭탄 부상자는 비교할 수 없을 만큼 부상의 정도가 지저분했다. 그리고 사람들은 너무나도 얼빠진 얼굴이었다. 구호소에서는 어제 치료를 받은 사람은 오늘은 치료하지 않는다고 말했다. 우리는 오늘은 시골에 가야만 하는데, 교통편이 없으면 걸어서 가야 하니 처치를 해주길 부탁했다. 그래도 치료는 받을 수 없었다. 그만큼 부상자가 많고, 약은 부족했다.

"이 정도일 거라고는 생각하지 못했네. 약이 모자라."

나이 든 의사는 상기되어 부족한 약을 변통해가며 쩔쩔매고 있다. 기묘한 것은 이재민과 그렇지 않은 사람과의 사이에 일어나고 있는 분위기다. 보통 사람들은 상처를 입지 않았다는 고작 그 정도 차이로도 부상자들을 본디 지저분한 거지이기라도 한 것처럼 취급했다. 말과 태도를 거만스럽게 하고 깔보듯 도왔다. 이런 인간심리도, 이재민들은 이재민대로 그로부터 아직 이틀인가 사흘밖에 지나지 않았는데 원래 자신이 불쌍한 인간이기라도 했던 것처럼 비굴해지고 마는 심리도 나는 기이하게 생각할 수밖에 없었다.

H 씨와 G 씨가 와서 앞으로는 배급도 제대로 될 터이니 도나리구미인 사람끼리 한곳에 모여 있기로 했다고 말했다. 게다가 강펄은 위험하다. 이렇게 노출된 군중 위로는 언제 폭탄이 떨어질지도 모른다. 각자의 생각대로 조금씩 강펄의 사람들도 어딘가로 떠나가기 시작했다. 우리는 우선 이전의 묘지에 모이기로 했다. 여동생이 이재증명서를 받아왔다. 작고 얇은, 팔랑팔랑하는 한 장의 종이는 원자폭탄 이재민의 마음을 낙인처럼 찍혀 애처롭게 만들었다. 여동생을 남기고 엄마와 내가 먼저 악취로 뒤덮인 죽음의 강펄 흰 모래에 이별을 고했다. 나는 끝까지 사에키 아야코의 개를 눈으로 찾았지만 이미 어디에도 없었다.

20

둑에 올라 광막한 폭격지대로 내려가기 전, 나는 강펄을 뒤돌아보았다. 그곳에는 땅도 집도 갖지 못한 유목민 무리가 강펄의 근소한 땅을 발견하고 그날그날을 부초처럼 떠도는 모습과 닮은 사람들의 무리와 강한 햇볕이 반사되는 모습이 보일 뿐이었다. 시가지 쪽을 보니 그곳은 이미 시가지가 아니었다. 겨울의 황량하게 풀이 마른 들판 같기도 했다. 우리는 무너져내린 불탄 절의 잔해 앞까지 내려갔으나 우리 집 터로 가는 길은 완전히 변해버려서 잘 알 수가 없었다. 묘지 숲을 보고 이를 의지해 기와 벌판을 걷는 것 말고는 방법이 없었다. 나는 어느 틈에 눈물이 나서 홀로 걷고 싶어졌다.

걸음이 더뎌진 나는 엄마에게 말했다. 엄마는 여동생의 갓난아기를 데리고 다시 한번 강펄로 가기로 되어 있어서 나를 남겨두고 먼저 걸어갔다. 나는 강펄에서 죽은 사람들의 무참한 모습과 지금 걸어가며 보는 히로시마 시가지 전체의 변해버린 모습에 애타하며 울었다.

6일 아침까지 길모퉁이였던 길 부분에 남자 한 사람이 돌에 걸터앉아 있었다. 보니 그 옆에 방공호가 있었다. 방공호 안에는 거적을 깔고 열서너 살 된 소녀가 맞은편을 향해 뉘어 있었다. 소녀에게는 흰 천이 덮여 있었다. 머리맡에는 작고 빨간 밥공기에 하얀 주먹밥을 넣어두었다. 모기향에 빨간 불이 콕 하고 붙어서 연기를 올리고 있다. 소녀의 발은 새 나막신을 신고, 가는 끈으로 동여매져 있었다.

"돌아가셨습니까?"

돌에 걸터앉아있던 사람에게 묻자,

"네."

라며 고개를 끄덕였다. 젊은 아버지의 눈에 눈물이 솟았다, 내 눈에서도 눈물이 넘쳐흘렀다. 소녀의 모습은 연극에 나오는 아와阿波의 순례 오쓰루お鶴[13]를 연상시켰다, 순례를 떠난 듯 보이는 가

13 阿波の巡礼お鶴, 딸을 부모에게 맡기고 다른 지방에서 도둑질을 일삼던 주로베가 자

련한 옷차림을 시킨 그 아버지의 마음은 사흘간 황폐 속에서 살아온 내 마음에 다정한 노래의 여운을 전했다. 나는 발 디딜 곳도 없는 시신 사이를 엉엉 큰 소리로 울며 걸었다. 비틀대며 넘쳐흐르는 눈물을 훔치지도 않고 걷다 보니 눈물은 볕에 말랐고 마음은 어느 정도 가벼워졌다.

"영원한 평화를 돌려 주세요."

나는 하늘에 대고 그렇게 말했다. 이만큼 곤욕을 치렀는데, 신이 인류에게 평화를 돌려주지 않을 리가 없다고 생각했다. 신이란 무엇인가. 신이란 우리 안에 존재하는 하나의 사상이다. 아직 열기가 남은 기왓더미 길을 원래 집 바로 앞까지 큰 소리로 울며 갔는데, 엄마의 모습을 보자 저절로 눈물이 그쳤다. 집은 그곳에 집이 있었단 사실을 떠올릴 수도 없을 정도로 깨끗하게 불타버렸다. 돌로 된 문기둥이 두 개, 우뚝 비석처럼 남아있었고, 목욕탕이었던 곳에 철제 욕조만이 적갈색으로 타서 거짓말처럼 앉아 있었다. 그 외에는 이층에 있던 재봉틀의 뼈대와 시골로 보낼 짐 바닥에 넣어 둔 전정가위와 도자기 두세 점이 형태만 남아 불에 탄 흙 속에 반쯤 파묻혀 있었다. 엄마와 나는 잠자코 얼굴을 마주했다.

"유리는 어떻게 되었을까. 깨진 조각도 없어."

라고 엄마가 말했다.

신을 만나러 찾아온(순례를 떠나온) 딸 오쓰루를 몰라보고, 아내가 딸을 가엾게 여겨 내어준 돈을 뺏고 딸의 목을 졸라 죽인 이야기. 조루리(浄瑠璃).

정말로 유리는 가루도 남지 않았다. 엿처럼 졸아들어 흘러가 버린 걸까. 냄비나 가마솥은 사흘 사이에 누가 들고 간 게 아니냐고 남들은 말하지만, 그것도 녹아서 흘러내리고만 것으로 생각했다. 고리짝 모양으로 줄이 그어진 재와 사진기 가방 형태의 재 따위가 있었다.

묘지의 방공호에서는 엄마가 외출하며 입구 쪽으로 던져둔 4, 5장의 이불이 텅 빈 채, 재만 남아 있었다. 구멍 속 반쯤 건너편에 식량을 넣어둔 두툼한 상자가 예전부터 놓여 있었는데, 그 커다란 상자가 울타리 역할이라도 한 듯 거기부터 뒤쪽의 물건은 타지 않고 남았다.

풍로와 작은 냄비와 가마솥도, 의류를 넣어둔 세 개 가량의 트렁크도 타지 않았다. 타지 않은 물건을 보니 목숨을 잃었을지도 모르는 사람의 무사한 모습을 본 것처럼 정겨워서 손을 잡고 싶은 마음이 들었다. 부엌세간과 트렁크 쪽에서도 우리에게 말을 걸어오는 느낌이라, 이들이 우리 쪽으로 직접 걸어오지 않는 게 답답하게 느껴졌다. 그 방공호는 지금껏 내 마음에 차지 않았었다. 터널처럼 양쪽이 뚫린 게 아니고 입구가 하나뿐이어서 인간이 들어왔더라면 쪄 죽었을 지도 모른다. 분명히 죽었을 것이다. 생명이 없는 짐이었기에 피해가 없었고, 반대쪽에도 출입구가 있었더라면 짐은 틀림없이 불타버렸을 것이다. 나는 운명론을 입에 담는 건 싫어하는 쪽이었지만, 이런저런 일을 숙명이라 생각하는 사람이라면, 도처에 숙명은 틀림없이 존재했다.

묘지의 비석은 무너지지도 쓰러지지도 않았고, 또 눌어붙은 색도 묻지 않고 예전 그대로 튼튼히 늘어서 있을 뿐, 다만 쨍하니 내리쬐는 태양에 달궈져 있었다. 비석에는 안세이安政, 분큐文久, 게이오慶應 등 연대의 날짜가 새겨져 그 비석과 글자를 보고 있자니 훌쩍 뒤로 되돌려질 것 같았다. 메이지明治, 다이쇼大正, 쇼와昭和의 무덤은 희고 이번 전쟁으로 전사한 사람의 묘는 더 새로웠다. 묘지의 큰 수목, 소나무와 삼나무와 느티나무와 전나무는 굵은 줄기만 남고, 가지와 잎은 놀라울 만큼 말려 들어가 바싹 말랐다. 신사의 돌담에 심어진 커다란 은행나무는 두 갈래, 세 갈래로 찢겨 하나는 묘지 쪽으로 늘어지고, 하나는 옆으로 축 처져서 껍질은 덜 탄 숯처럼 연기만 내고 있었다.

묘지는 강펄보다도 바람이 없는 만큼 훨씬 더웠다. 숨이 끊어질 만큼 더워서 우리는 묘비 받침돌 위에 앉아 커다란 줄기만 남은 나무 쪽을 도는 태양을 조금이라도 피하고자 끊임없이 위치를 태양에 따라 돌며 바꾸었다. 도나리구미 사람들은 이름뿐인 판잣집으로 들어가거나, 우리처럼 직접 받침돌에 앉거나, 아니면 이렇다 할 것도 없이 배회했다.

이곳에 온 후로도 B29의 폭음은 가끔 바로 위를 지나갔다. 목숨은 아무리 시간이 지나도 평온해지지 않았다. 집이 있을 때는 보이지 않았던 건너편 둑의 선로를 부상자도 아닌데 피난민과 모습이 판박이인 사람들의 행렬이 지나갔다. 행렬은 미국 폭격기가 바로 위에 있는데도 선로에서 내려오지 않고 줄지어 걷고 있었다. 그 사람들은 멀리서 온 기차의 승객으로 하행선 요코가와横川에서 히로시마 역으로 걷고, 그리고 또 가이타海田까지 걸어서 다른 기차를 타러 가는 것이다. 폭음이 들렸을 때, 히로시마시에는 몸을 숨길 장소가 없었기에, 그 사람들은 신발과 보자기에 싼 짐을 손에 들고 볕에 달구어진 선로를 물밀듯이 똑바로 걸어갈 뿐이다.

여동생이 온 뒤 우리는 식료품이 든 상자를 열었다. 그 속에는 약간의 쌀과 콩 말고도 소금이니 가다랑어포니 으깨 말린 밤 등이 들어 있었다. 게다가 밥그릇과 접시와 젓가락과 스푼도 나왔다. 밥그릇과 젓가락은 말할 필요도 없이 진귀한 것으로, 예상하지 못한 선물처럼 기뻤다. 젓가락과 스푼은 무척 많이 들어있어서 이웃집이었던 F 씨의 판잣집에 나눠 주었다.

F 씨의 좁은 판잣집에는 이층에서 집에 깔린 열여섯 살 처녀가 머리도 얼굴도 상처투성이가 되어 누워 있었다. 양다리에도 큰 부상을 당했다. 곁에는 그 처녀와 그날 아침 나란히 자고 있던 언니인 젊은 여학교 선생님이 앉아 있었는데, 이 사람은 긁힌 상처도 하나 없었다. 또 한 사람, 연상의 언니도 판잣집에 있었다.

이 사람은 구레呉로 시집을 가서 구레 공습 때, 산 중턱에 있는 외딴집에 사니 괜찮다고 생각했는데 가장 먼저 불타버리고 말았다고 이야기했다. 6일 조금 전부터 이곳에 와서 때마침 6일 아침 기차로 구레로 나섰으나 기차가 가이타 전방 부근으로 갔을 즈음 확 푸른 빛이 퍼져 번쩍이더니 곧 진동이 와서 열차 승객들은 의자에서 픽픽 떨어졌다고 한다.

"기차는 그대로 달려갔지만, 창으로 히로시마 쪽을 보니까요,

뭐라 말할 수 없는 이상한 연기가 뭉게뭉게 피어오르더니 금세 캄캄해져 버렸어요. 무슨 일이 일어났는지 모르니, 구레에 도착해서 바로 이쪽으로 오는 기차로 갈아타고 왔는데 이미 기차는 가이타까지만 탈 수 있었어요. 가이타부터 걸어와 보니 정말 깜짝 놀라버렸어요."

말쑥한 양복을 입고 신발도 신고, 연한 화장을 한 딸은 눈을 휘둥그레 뜨고 이야기했다.

"가이타海田에서 몇 리 정도 거리인가요?"

"2리쯤 아닌가요, 발이 아파졌어요. 평소에 다니는 길이 아니니까요. 시체와 집이 길 전체에 덮여 있었어요. 그렇지만 가이타 반대쪽 기차 선로에서는 줄곧 뜨거운 밥을 지어서 주먹밥을 만들고 있었어요. 무척 기뻤지요."

"밖에 나와서 만들고 있었나요?"

"네, 선로를 죽 따라서 받침대를 늘어놓고서는요, 어딜 가더라도 주먹밥을 만들고 있었어요."

"우리가 받은 것도 그중에서 몇 개였나 보네요."

그렇게 내가 말하자 다들 미소 지었다.

같은 도나리구미에 생사를 알 수 없는 사람이 세 명 있었다. 현청県庁에 볼일이 있어서 아침에 나선 여자가 한 명, 그 후로는 8일이 되어도 돌아오지 않았다. 열 네다섯 살 처녀가 한 명, 근로봉사를 도우러 간 채 돌아오지 않았다. 한 명은 H 부인의 남편으로 근무처인 관청이 엉망진창이 되어서 H 부인은 매일 찾으러 갔지만 여기저기 수용소에도, 외형만 남은 두세 곳의 병원에도 없었다.

우리 도나리구미에는 화상 부상자는 없었다. 팔이 빠진 늙은 부인과 눈에 유릿가루가 들어간 젊은 여인 말고는 타박상과 열상이었다. 집에 깔려 나오지 못한 사람도 없었다. 게다가 우연이긴 하지만 재미있는 경우도 많이 눈에 띄었다. 한 가정의 주부 즉, 엄마라고 불리는 위치에서, 부상을 당하지 않은 사람이 우리 조組에는 많았다. H 부인과 B 부인, 나와 엄마, 또 다른 집에서도 중년 이상의 주부들이 긁힌 상처 하나 없는 사람이 많았다. 나중이 되어서도 이 사실만은 말할 수 있었다. 남자와 젊은 여자의 상처가 깊었는데, 이는 밖에 나가 있었다는 것과 활동적이었다는 것을 보여주는 것으로 집 안에 틀어박혀 있던 중년을 넘은 부인과 남자라도 노인이라면 비교적 피해가 적었다. 우연과 닮았지만, 이 역시 우연이 아닌지도 모른다. 시동생의 처는 머리 부상으로 방공호 안에 누워 있었다. 시동생은 3일째가 되는데도 모습을 드러내지 않았다.

우리는 풍로에 불을 지펴, 냄비 안에 배급받은 주먹밥을 으깨고 강펄에서 따온 호박을 잘라 넣고 듬뿍 물을 부어 조스이[14]를 끓였다. 염천炎天 하에 뜨거운 죽을 후후 불어가며 먹는 행동은 원시적이지만 유쾌했다. 불탄 자리에 구부러진 쇠파이프 주둥이에서 뿜어나오는 수돗물 분수가 있었다. 그곳에서 식기와 가마솥 따위를 씻고 원래 들어있던 상자에 수납하는 일도 재미있었다.

---

14 雜炊, 채소와 어패류에 된장 따위를 넣고 끓인 죽.

러셀차[15] 와 닮은 기관차뿐인 짧은 열차가 역무원과 인부로 보이는 사람을 매단 듯 태우고 선로를 달려갔다. 철교를 가로막은 열차 잔해를 치우러 갔을 터이다.

오후가 되자 히로시마 역에서 하행 열차가 출발한다고 했다. 우리는 요코가와 역에서 기차를 타고 히로시마를 나가기로 했다. 짐은 K 씨 남편이 자전거로 요코가와 역까지 가져다주기로 했다. K 씨 아내는 9월에 출산 예정이었다. 그녀는 지저분한 산발 머리와 눈썹부터 코까지 찢어진 상처 탓에 피투성이의 부은 얼굴과 맨발로 우리에게 작별 인사를 했다. 우리 조에서는 우리가 가장 먼저 시골로 떠나는지라 한 사람 한 사람 작별의 말이 슬펐다.

"또 언젠가 반드시 만납시다."

사이좋게 지냈던 도나리구미 사람들은 이미 평생 같은 곳에서 살게 될 날이 오리라고 생각하지 않았지만, 뿔뿔이 흩어지는 허무함을 겉으로는 서로 감추고 있었다.

하얀 닭이 발밑을 종종대며 지나다녔다. 이를 신사 앞 절에 사는 아이가 찾으러 와서 안고 갔다. 절에서는 부인과 갓난아기와 다섯 살 남자아이 이렇게 셋이 깔려 죽었다고 한다. 나는 엄마가 지니고 있던 연한 보랏빛 줄무늬 보자기로 머리부터 얼굴을 감싸 턱에서 묶고는 석양이 강하게 내리쬐는 방향으로 걷기 시작했다.

---

15 제설차.

휴식의 차

21

보통의 건전한 마을, 그곳에 사는 사람도 평범한 옷차림일 경우라면 우리 모녀 네 명은 미친 사람으로, 심한 상처를 입은 본디 거지로 보였을 지도 모른다. 하지만 누구나 다 똑같았다. 거리조차도 죽었는지 살았는지 알 수 없었다. 지저분한 변장자는 누구나 얼빠진 얼굴을 하고 제각기 마음에 들지 않는 목표를 향해 가듯 이상하게 천천히 걷고 있었다.

나는 온몸이 아파서 꼭두각시처럼 몸을 비틀며 걸었다. 어떤 꼬락서니에도 사람들은 웃지 않았다. 가여워하지도 않았다. 아무리 심해도 이미 누구도 남의 일을 딱하다고는 생각하지 않아도 좋았다. 걸어서 가는 곳마다 시신이 있었다. 시신은 걸어가는 길도 아닌 길을 거의 메우고 있었다. 대부분 화상을 입은 시신이었기에 살아 있었을 때도 지저분했을 것이다. 시체는 반쯤 짓물러서 시큼한 화장터의 냄새를 풍겼다. 지금 막 숨을 거둔 것으로 보이는 시신에는 치료를 위해 바른 연고가 태양 빛에 젖어 반짝반짝 빛나고 있었다. 우리는 그 속을 감동도 하지 않고, 두려워하지도 않으며 걸어갔다.

하지만 묘한 시신 옆에서 우리는 멈춰 섰다. 피부 표면이 서늘해졌다. 그곳은 무슨 부대의 입구였던 것처럼 보이는데, 관청이었던 듯 돌기둥이 있었다. 그 기둥 하나에 등을 대고 세운 양 무릎을 안고 꼼짝 않고 움직이지 않는 청년이 있었다. 스물 너덧 살로 와이셔츠에 바지를 입고 신발도 신고 있다. 안색은 내가 중국에서 본 아편 흡연자와 비슷했지만, 원래부터 병자였던 건 아닌 듯했다. 청년은 죽어 있었다. 피도 한 방울 흘리지 않았고, 화상도 입지 않은 송장을 보는 것은 처음이었다. 다른 현縣에서 온 학생부대인 듯하다. 대학생 같은 병사가 4, 5명 들것을 들고 시신 처리를 하러 다녔는데, 그 사람들은 돌기둥에 기댄 채 좌상座像처럼 죽어있는 청년에게 손은 대지 않고 양쪽에서 봉을 넣어 서투르게 들것 위로 굴렸다. 보니 청년의 하반신은 상반신에 비할 수 없을 만큼 나무통처럼 부풀어 갈가리 찢어 있었다.

나는 이제는 시신에 익숙했다. 누구나 그랬다. 6일 당일조차도 사람들은 자신의 깊은 부상에 별 고통을 느끼지 않았고, 마음에는 전혀 고민이 떠오르지 않았다. 살아있는 듯한 자식의 깨끗한 시신에도, 짓무르기 시작한 시신에도, 시신 자체에 어느 정도의 고뇌도 없었고 곁을 지나가는 사람들에게도 고민은 되살아나지 않았다. 우리는 애당초 이 모습을 전쟁과 연관지어 생각하지 않았다. 그 사고력조차도 상실했다. 그런데도 눈에서는 끊임없이 눈물이 흘러나왔다.

다리 위까지 걸어가서 그곳에서 털썩하고 엎드려 땅 위에 쓰러진 히로시마 성을 바라볼 때 내 마음은 파도처럼 크게 흔들렸다. 가끔 되살아나는 슬픔과 사고력이 삐걱대며 가슴속을 욱신거리게 했다. 히로시마 성의 천수각[16]은 약하게 무너져 꺾인 것처럼 보였다. 동네가 건실했던 시절, 어디서든 보이던 하얀 성이었기에 나는 어제도 둑에 올랐을 때와 데이신병원에 가던 도중, 성이 사라져버린 것을 깨달았을 터이다. 그때는 단지 없어졌다는 것밖에는 몰랐다. 성이 이런 모습으로 무너져 버린 모습은 어떤 암시를 주었다. 이 땅에 설령 새로운 도시가 지어지더라도 성을 첨축添築하지는 않을 것이다.

히로시마라는 기복 없이 평면적인 도시는 하얀 성의 존재로 입체적이 되었고, 고전의 맛이 남아 있었다. 히로시마에도 역사는 존재했다는 생각, 역사의 주검을 밟고 간다는 비탄이 마음을 삐걱거리게 했다.

도쿄에서 오래 살았던 나는 긴 다리를 건널 일이 없어서 히로시마의 기나긴 다리를 건널 때 평소에도 이유없이 무서웠지만, 다리를 연결한 양쪽 벼랑의 건물도, 멀리 보이던 마을들도 사라진 다리는 다리만 불쑥 떠오른 채 강바닥으로 끌려갈 것만 같은 기분이 들었다.

다리는 큰 공간에 밋밋하게 무지개처럼 걸려 있었다. 항상 왼

---

16 天守閣, 3층 또는 5층으로 제일 높게 만든 망루.

편으로 보였던 절이 많은 동네의 장관이었던 몇백 곳의 절들도 흔적 없이 사라졌다. 교토京都에서만 볼 수 있는 혼간지本願寺의 장대한, 삼엄할 정도로 고풍스러운 별당 건물도 폭삭 무너져내려 이제 옥상 끝부분만 보였다. 다리 건너편 요코가와는 하쿠시마白島에서 2킬로 반 정도의 거리였다. 요코가와는 바스에마치場末町의 자그마한 공장지대로 제재소製材所가 많은 곳이라 주택지가 불탄 자리보다도 참혹한 상흔을 곳곳에 드러내고 있었다. 콘크리트 창고와 공장의 견고한 건물 창이라는 창에서는 뭉근히 혀를 내두르는 듯한 형태의 붉은 불길이 소용돌이치며 내뱉어지고 있었다. 불길이 뜨거워 앞길을 가로막을 것 같았다. 옆을 지나는 모르는 남자가 말을 걸어왔다.

"이 무슨 끔찍한 일입니까. 저 우측 창고에는 설탕이 잔뜩 들어있지 뭡니까. 저건 설탕 불꽃입니다. 홍련紅蓮의 설탕 불꽃이지 말입니다."

진짜려나 생각하며 내가 대답을 하지 않자, 그 남자는 거듭해서 말했다.

"저는 저 창고에서 근무했었으니까요."

설탕을 좋아하는 여동생은 퉁퉁 부어 실처럼 변한 눈을 흘끔 그쪽으로 들어 올리고는

"태울 정도라면 배급해줬으면 좋았을 텐데."

라고 억울한 듯 중얼거렸다. 주위에는 엿을 졸이는 냄새가 났다. 설탕 창고라고 말한 건 거짓말이 아닌 것 같았다. 무슨 자리였

는지도 알 수 없는 불탄 자리에는 석면 같기도 하고 소금 같기도 한 새하얀 무언가의 산더미가 날름날름 빨간 혀를 내밀고 활활 타오르고 있었다. 그 주변으로 대여섯 명의 청년이 땅바닥에 앉아있었는데, 거지 같은 차림새의 우리를 보고 웃었다.

"고주산쓰기[17] 같네, 샤라쿠写楽의."

그런 청년들은 얼굴만은 살아있는, 누더기를 두른 목각인형이었다.

요코가와를 벗어난 미사사마치三篠町에 있는 미사사 신사는 껍질이 타서 눌은 큰 나무의 몸통만 하늘로 밀어 올린 채 신사고 안채고 온갖 건물이 모조리 불타버렸다. 이곳에 둘째 여동생의 시댁이 있었다. 여동생은 네 아이를 데리고 시골에 내려가 있었는데, 남편과 장남은 여기 살고 있을 터이다.

엄마는 신사 쪽을 향해 멈춰서서 거기 가보고 싶은 모양이었지만, 아직 한창 불타고 있는 뒤쪽 산불의 불기운 탓에 접근할 수가 없었다.

요코가와 역 바로 앞에는 해군병원 구호소가 설치되어, 부상자 무리가 그 천막을 채우고 있었다. 때마침 직전에 기와 더미 위로 남자와 여자, 노인, 그리고 아이와 갓난아기의 시체가 고양이 시체처럼 한 곳에 모여 쌓여 있었다. 아무리 시체에 익숙해진들 그 시

17 『도카이도 고주산쓰기(東海道五十三次)』.

체의 산은 눈을 돌리지 않고서는 버틸 수 없었다. 천막도 없이 시체수용소라고 써진 판자 조각이 서 있을 뿐으로, 환하게 빛나는 한여름 태양에 비친 시체의 언덕에는 알몸의 사지가 참혹하게 갈라져 허공을 노려보듯 죽어있는 통통한 젊은 여자도 있었다. 어느 시체도 퉁퉁 부어서 금불金仏의 표면처럼 새카맣게 타버렸다. ―화재로 타버린 게 아니라 푸른 섬광 때문으로, 그리고 그 빛은 직접적으로는 뜨겁게 느껴지지 않았다―.

나는 한시라도 빨리 이곳을 벗어나고 싶었다. 기차로 하쓰카이치마치廿日市町까지 가고, 그 뒤는 어찌 될지 모르지만, 노숙을 하더라도 히로시마 시내보다 기차로 40분 거리에 있는 하쓰카이치에서 하고 싶었다. 요코가와 역도 역다운 건물이 존재하는 것은 아니다. 플랫폼만 남았다. 노천연극장의 출입구처럼 생긴 곳에서 이재민 표를 받아 피난민 무리의 소용돌이로 뒤덮인 플랫폼으로 가는 것이다. 어린 시절 처음으로 기차를 본 때처럼 깜짝 놀랐고, 연꽃이 필 때의 소리처럼 가슴이 부풀어 올라 기쁨의 소리를 내었다.

한 정거장 너머인 히로시마 역에서도 이재민을 태워서 온 기차 안은 인간 화물차였다. 통로에는 부상자들이 켜켜이 쌓여 누워 있었다. 산 채로 으깨진 듯한 사람들은 아무 말도 하지 않았다. 침울한 모습으로 입을 꾹 다물고는 이번 일의 특징인 치매 상태를 노골적으로 드러내며 호흡도 충분히 하지 않는 모습이다. 히로시마보다도 동쪽의, 히로시마 일을 잘 모르는 멀리서 온 승객들 역시 바보 같은 얼굴을 하고 빤히 차 안의 부상자를 보거나, 창밖을 바라보고는 눈이 번쩍 뜨인 표정을 짓거나 했다. 그리고 외지에서 온 듯한 청년 장교 한 무리는 흰 장갑을 낀 손을 여느 때처럼 그 판자 위에 포개고는 냉정한 태도로 중상을 입은 이재민들에게 좌석을 양보하지도 않았다.

창밖을 보니, 히로시마시를 벗어난 근교의 마을이었다. 그 부근 집들은 가장 최초인 6일 오전 시내의 집들처럼 파괴된 채 허리를 비틀어 기울었거나, 폭삭 쓰러졌거나, 산산이 흩어진 채 무너져내려 있었다. 한 집도 남김없이 불타버려 부서진 집조차 없는 시내의 마른 들판을 닮은 곳을 헤매고 온 눈에 무너진 집들은 괴상하게 보였다. 형용할 수 없이 강대하지만, 그런데도 눈에 보이지는 않는 하늘로부터의 두려운 공기의 압박으로 눈 깜짝할 사이에 으깨져 버린 꼴이 무너진 집의 모습에서 역력히 드러났다. 가슴이 바로 아파질 듯한 유해亡骸의 집은 이 부근에서도 여기저기서 속속 불타오르고 있었다. 밭에서도 여기저기에 큰 불덩이가 타고 있다.

(나중에 히로시마 문리대 후지와라 박사가 보고한 불덩이와 여기저기 강에 불덩어리가 떠서 타오르고 있었다는 이야기를 믿을 수 있다)

폭탄 파편이 소이탄 역할을 한 것이라고 차 안의 사람들은 이야기했다. 분포적으로 말하자면 서쪽이 피해가 크고, 시체도, 끔찍한 부상자도, 그쪽이 확실히 많다고 했다. 6일 바람은 고이己斐 방향으로 불었다고 한다. 기차 창문으로 보이는 마을들은 고이초의 연장이므로 핏빛 불덩어리도 그렇게 타올랐던 것이리라. 희미하게 푸른 황혼 속을 내다본 것만으로는 붕괴된 집들과 새빨간 불덩어리를 뱉고 있는 밭은 현실이 아닌 악몽처럼 느껴졌다. 이쓰카이치五日市까지 와도 무너지기 시작한 집과 미닫이와 맹장지가 날아간 집이 보였고, 하쓰카이치에 와서야 겨우 어두운 평범한 마을을 볼 수 있었다.

기차는 평소와 다름없이 40분 정도로 하쓰카이치에 도착했다. 낯익은 역 앞 광장, 봄에도 여름에도 겨울에도, 아무리 짧은 휴가라도 학교에서 시골로 내려갈 때 잊지 않고 바라본 광장의 벚나무 아래까지 나왔을 때, 나는 정신을 잃기 시작했다. 여동생이 땅 위에 뉘어주었다.

22

하쓰카이치는 불빛을 전부 꺼서 암흑과도 같았다. 언제 히로시마와 같은 일이 일어날지 모른다는 생각으로 공포에 사로잡혀 있다. 마을에 전부터 있던 몇 집인가의 여관은 병사와 산업 전사의 숙소로 바뀌어서 우리가 묵을 곳은 없었다. 어디 묵으려고 생각해보니 구호소가 된 국민학교에 가는 수밖에 없었다. 여기까지 피해 왔는데 또다시 부상자 집단과 시체가 있는 장소에 다가가고 싶지 않았다.

"노숙한다고 해도 그렇지."

엄마는 그렇게 말하고 배낭을 벚나무 아래에 내려두고 숙소를 찾으러 동네를 돌아보겠다고 했다.

"그러지 말고 한 걸음씩이라도 구지마 쪽을 향해서 걸어요."

나는 엄마가 깜깜한 마을을 돌아다닐 일이 안타까워 그리 말했지만, 엄마는 엄마의 방식으로 우리에 대한 애정을, 할 수 있는 만큼 자신의 몸을 움직이는 일로 표현하는 것이다. 엄마는 어둠 속으로 모습을 감추고 말았다. 1시간이나 지나 돌아온 엄마는 안된다고 생각하는 일에는 까다로운 나를 정면으로 보고 말했다.

"파출소에 가서 여관을 물어보니까, 역시 여관은 없다고 하는 거야, 구호소로 가래. 어떻게 해야 하나 생각하다가, 아무래도 방법이 없으니 일단 돌아가자고 생각해서 다시 돌아왔는데 저쪽에서 쌩쌩한 여자가 오길래 구지마로 가시냐고, 도중의 마을에도 숙소가 있냐고 물어봤거든, 그랬더니 시골 여관도 히로시마의 부상자들로 가득해서 안 될 거라고 하더라, 자기 집에는 두세 명 이재민이 와 있으니 당신도 집으로 오라고 하는 거야, 나는 이렇게 말했지, 제가 혼자라면 신세를 지겠지만, 딸들과 갓난아기가 역에서 기다리고 있는데 이렇게 많은 인원수로 폐를 끼칠 순 없죠, 라고 말했어. 그랬더니 아니요, 괜찮습니다. 저는 유별난 사람이라 그런 일이 없더라도 남을 돌보고 싶어 하는 편인데, 몹시 끔찍한 일이 일어났으니 네 명, 다섯 명 재우는 것쯤이야 괜찮습니다. 그 부인이 이렇게 말하는 거야. 목욕물도 데워두었으니 노숙보다는 낫다고 생각하고 오시라고 말하고는 자기 집을 봐두라고 나를 데리고 가주더라. 어떻게 할래?"

나는 잠시 고민했다. 엄마는 이어서 말했다.

"모르는 사람이 하룻밤이라도 재워주는 게 이상하긴 하지만, 이 앞의 시골에는 한 집도 남아있지 않다고 해도 좋을 만큼 이재민이 드러누워 있대."

"이재민이라고 하지 말고 적어도 이재자罹災者라고 불러요. 초라해서 싫어요. 그 집은 어떤 집이에요?"

"그게 큰 집이야. 뭐 하는 집일까. 고조노小園 씨라고 해. 기다리겠다고 하던데 어떻게 할까. 싫다면 노숙을 해도 좋고, 구지마를 향해 한 발짝씩 걸을까."

"거기서 하룻밤 신세 져요."

우리는 깜깜한 마을을 걸었다.

"여럿이 줄지어 가는 것도 주눅이 드는데, 어쩔 수 없는 거겠지."

여동생이 말했다.

근방에는 무너진 집도 화재도 없고, 이재민처럼 보이는 사람도 돌아다니지 않아서 기분이 좋았다. 나는 어느 틈엔가 어엿한 이재민의 기분에 빠져 있었다. 언뜻 그 심리를 깨닫자 참을 수 없이 자조적으로 끌려들어 갔지만 어떻게 할 수도 없었다. 낯익은 길거리를 어지간히 가고서야 엄마는 폭이 넓은 커다란 집 앞에서 발길을 멈췄다.

"여기야."

잘 아는 집을 낮에 방문해도 종종 잘못 찾곤 하는 엄마가 단 번에 칠흑 같은 어둠 속에서 집을 찾아낸 것이 놀라 기가 막혔다. 고

조노가 아니라 고소도小曽戸라는 재목상이었다. 몇 칸이나 방이 있는 집으로, 도코노마가 있는 방으로 안내를 받았는데 다음 칸에도, 좀 떨어진 다다미방에도 피난민들이 있었다. 뜨거운 엽차가 큰 도기 주전자에 듬뿍 담겨있고, 차에 곁들여 나온 과자에는 락교가 함께 나왔다. 재해를 당한 뒤 3일째에 마신 차는 온몸으로 스미듯 맛이 좋았다. 12시가 가까워졌다. 평소라면 히로시마에서 여유롭게 와도 한 시간 반이면 올 수 있는 하쓰카이치까지 열 시간 남짓 걸려서 온 것이다.

새벽녘까지 두 번이나 공습경보가 발령되고, 멀리서 폭음이 들려왔다. 하쓰카이치 사람들은 극도로 두려워해서 대부분 방공호에 들어가서 나오지 않았는데, 우리는 모기장 바깥으로도 나가지 못했다. 다다미 위에서 죽는 게 그 처참한 강펄에서 시체가 되는 것보다야 낫다고 생각했다.

이튿날도 불볕이 내리쬐는 맑은 날씨였다. 구지마행 승합차는 오후 4시에 한 번 출발할 뿐이다. 고조도가小曽戸家에도 사람이 들락거리며 오늘까지도 히로시마에서 발견되지 않은 가까운 친척에 관해 이야기하거나, 울기 시작한 부인도 있었다. 게다가 구호소에 보낼 의류와 주먹밥 준비로 현기증 나게 바빴기에 우리는 점심 전에 그곳을 나오기로 했다. 부인은 우리를 만류하며 점심 식사를 차려주고, 나중에 그곳을 나온 우리를 쫓아 나와 정말 조금 남기고 온 돈을 억지로 돌려주었다. 우리는 돌려줄 수 없는 물건을 빌린 것 같아 마음이 무겁고 조금 아팠다.

버스 대합소에 와보니, 아직 2시밖에 되지 않았는데 말하지 않는 그 전재민戰災民[18]들이 회색 집단이 되어 모여 있었다. 무엇보다 견딜 수 없는 것은 상처에서 흐르는 고름의 악취였다. 몇십 명이나 되는 모르는 사람들의 괴물 같은 얼굴과 목부터 양팔, 가슴과 양쪽 다리, 기모노 바깥으로 나와 있던 부분은 모두 타버린 화상의, 퉁퉁 부은 나체 등의, 죽기 전의 암 환자를 같은 방에 모아둔 듯한 냄새였다.

대합실은 미야지마행 교외 전차 정류소와도 연결되어 있다. 전차가 도착할 때마다 개찰구에서 죄수집단인지 뭔지 영락한 차림의 전재민들이 무리 지어 넘쳐났다. 내가 같은 전재민 동료가 아닌 방관자였다면 역시 동정보다도 혐오가 앞섰을지 모른다. 그 심정이 이해가 갈 정도로 전재민은 더없이 불결했다.

마치 요괴처럼 화상을 입은 남자가 전차에서 내렸다. 머리부터 전신, 손가락 끝까지 붕대를 한 양팔을 앞으로 굽히고 피와 고름이 배어난 얼굴의 붕대 속에서 속눈썹이 타버려 빛나는 눈을 드러내고 희번덕거리며 주위를 보았다. 두 아이를 데리고 있는 여자가 달려와 말을 걸었다.

"지금 막 후루타古田에서 온 오빠가 히로시마 쪽으로 가는 전차를 탔어요."

---

18 전쟁 재난을 입은 사람.

"그래? 간발의 차이로 엇갈렸나 보군. 아이구, 거참."

남자는 전차 쪽을 돌아보았다.

"쫓아갔는데 전차는 참 빠르더군요. 잠깐 이쪽을 봐주면 알았을 텐데."

"산속에서 나왔을 텐데 딱하게 됐네. 바로 뒤쫓아 가야겠는데, 어떻게 할래."

"애써 필사적으로 여기까지 왔는데 다시 단번에 히로시마로 가는 건 싫어요."

"그렇다고 해서 여기서 뒷모습이라도 본 사람을 내버려 두면 안 되지. 히로시마의 우리 집에 가본들 그 형편에선 찾지도 못해. 도중에 날이 질 거야. 내가 지금 다녀올게. 너는 버스가 오면 애들 데리고 먼저 돌아가."

"그럼 안 되죠. 제가 갈 테니까 당신이 애들 데리고 있어요."

여자는 눈물이 어렸다.

"아니, 내가 역시 가야 해. 여자가 간들 손을 댈 수가 없지. 나도 지금부터 히로시마에 가서 형님을 찾으려면, 이 버스라도 놓치면 어디서 묵어야 하는데, 그게 힘들어. 이 꼴로는 사람들이 다 싫어하니까. 누운 자리가 찐득찐득하게 더러워지거든."

남자의 눈에도 살며시 눈물이 어렸다.

"그러니까 제가 갈게요, 당신 먼저 돌아가 있어요."

"아니 내가 간다니까. 애들을 한시라도 빨리 시골로 데려가는 편이 나아."

그 후로 부부의 이야기는 그쳤다. 여자는 반대쪽으로 몸을 돌리고 손수건으로 눈물을 닦았다.

23

대합실의 공동의자에는 빈자리가 없을 정도로 전재민이 빽빽이 앉아있었는데, 그중 누구 하나 곁으로 다가가려 하지 않는 부부가 있었다. 두 사람 모두 오십을 넘어 보였다.

"왜 그렇게 되었어요?"

누군가가 물었다. 큰 체구의 아내가 대답했다.

"집은 요시지마吉島인데, 저는 부엌 뒤로 나와서 푸성귀를 씻고 있었답니다. 그때, 번쩍하고 푸르스름한 것이 빛나더라고요, 어라, 하고 얼굴에 손을 대었는데 이렇게 얼굴부터 가슴까지 밖으로 드러내놓고 있던 부분은 전부 당하고 말았지요."

구릿빛으로 탄 피부에 하얀 약과 빨간 약, 연고, 그리고 군밤을 늘어놓은 듯한 화상 물집이 터져서 나병癩病에 걸린 듯한 모습이었다.

"남편은 덴마초天満町에서 전차에서 굴러떨어진 걸 6일 저녁에 제가 찾아냈답니다. 이리 되어 있었습니다."

남편은 흡사 들것에 실린 것처럼 공동의자에 누워 있었다. 아내와 거의 비슷하게 탔지만 좀 더 색이 진해 철물 같아 보였다. 머리는 역시 모자에서 노출된 부분만 면도칼로 민 듯 머리카락이 사라져 있었다.

"이런 머리를 한 사람이 많길래 다들 입이라도 맞춘 듯, 어디서 밀었나 생각했는데, 그 빛이 깡그리 태워버린 거였군요."

처음 물어본 사람이 말했다.

"빛이 닿는 부분에 있던 건 모두 이런 식으로 타버렸습니다. 사진이랑 비슷한 거지요. 광선이 있었던 부분과 없었던 부분이 다르잖아요. 우리 남편은 전차 뒤쪽 운전대에서 빛이 닿는 자리에 서 있었던 것 같아요. 전차도 새카맣게 타버렸고, 안에는 죽은 사람도 엄청 많았고, 굴러나온 사람은 길에 가득 쌓여 있었으니까요, 우리 남편은 다행히도 살아있었어요."

여자는 천천히 띄엄띄엄 이야기했다.

여기부터는 쓰타津田행도 요시와吉和행도 출발하므로 이렇게 많은 사람이 다들 구지마행을 타지는 않겠지만, 4시까지 얼마만큼의 사람이 모여들지 알 수 없었고, 미카타三方로 가는 승합차도 확실히 출발할 것 같진 않았다. 시간도 정확하지 않다고 한다. 개찰구는 폐쇄되었고, 사무실을 측면 출입구에서 보면 사무원들은 담배를 피우거나, 딴 데를 보거나, 자기들끼리의 이야기로 정신이 팔려있어 이런저런 문의를 하는 전재민들을 조금도 상대해 주지 않았다. 전재민은 고립되었다. 이런 경우에는 확실히 표출되는 일본인의 능동적이지 못한 기질과 야무지지 못한 태도, 먼지만큼의 예지능력도 없다는 점, 그리고 그 외 결정적인 인간의 얄팍함과 결락에, 마음의 눈을 크게 뜨고 보는 수밖에 없다.

평생 한 번 만날까 말까 한 이런 사건이 일어난 뒤조차 전재민을 싣고 가는 차에 대해 제대로 된 방침이 당사자에게도 없었다. 그들은 시원하게 결단을 내리고 움직이거나 열정과 배려로 전쟁의 재해를 입은 시민들에게 친절하게 대하더라도 나중에 어디선가 불만이 터져 나오거나 할테니 다 부질없다고 생각하는지, 숨은 듯 사무실에 틀어박혀 있었다. 그 사람들은 평소와 똑같은 일을 해야만 하는 것이다.

버스에는 중상자부터 먼저 태우자는 말이 누구라 할 것 없이 입에서 나왔다. 3시가 넘었다. 중상자, 경상자라고는 하지만 딱히 분간이 가지 않았다. 남겨지면 경상자도 내일 오후 4시까지 어디서 어떻게 해야 할지 알 수 없는 일이었다.

한 사람 젊고 하얀 얼굴을 한 청년은 어제 오카야마岡山에서 히로시마로 돌아와, 가족의 안부를 모르니 시골로 가야 한다고 이야기하고 나서, 갑자기 일부러 한쪽 다리를 절뚝거리기 시작했다. 돌연 한쪽 어깨가 부러진 것처럼 힘을 빼고 부상자 모습을 흉내 내기 시작하더니 개찰구 행렬 가장 선두에 버티고 서 있었다.

쓰타행 고물 같은 버스가 출발했다. 요시와행도 이어서 출발했다. 구지마행은 그 정도로 만석은 아니었지만, 승객을 지켜보는 사무원은 계속 냉담한 모습으로 상처는 어디냐며 한 사람 한 사람을 조사하고 있었다.

"구지마에 도착하면 다들 털썩 쓰러질지도 모르겠네."

엄마는 타고 나서 작은 소리로 말했다.

우리는 초라한 짐처럼 얌전히 차에서 흔들리며 갔다. 버스는 농가가 드문드문 있는 산과 산의 사이로 들어갔다. 길에는 아무도 걷고 있지 않았다. 사람에 싫증이 난 우리는 한적한 자연으로 들어오니 눈이 뜨이는 것 같았다. 여름의 푸른 나뭇잎이 잔뜩 싹터 있어서 겨울 들판 같은 길을 돌아다녔던 눈을 느닷없이 녹색으로 물들이는 것 같았다. 반쯤 잃어버린 정신도 선명한 녹음으로 바꿔 물들여 주려는 듯 했다.

나와 여동생은 입이 생각대로 벌려지지 않아서 항상 만족스럽게 음식을 먹을 수 없었지만, 배가 고프다고 느낀 적은 한 번도 없었다. 차가 산속으로 들어가 해 질 녘도 가까워져 왔을 무렵, 나는 극심히 무언가가 먹고 싶어졌다. 건빵을 꺼내서 씹었다. 그런 김에 뒤에 불쌍해 보이는 소년이 앉아있어서 돌아보고 건빵을 조금 나눠주었다. 열 살 남짓한 남자아이는 머리에 피가 배어난 지저분한 천을 감고 있었다. 소년은 또랑또랑한 목소리로 같은 자리의 옆 사람이 물어보자 이런 이야기를 하고 있었다. 자신은 그날 아침 공습으로 부모와 누나를 잃었다.

세 사람은 집에 깔려서 손과 발끝만 나무와 흙더미 아래에서 보였기에 자신은 번갈아 가며 잡아당기고 있었는데, 눈앞에서 불이 타오르기 시작하더니 엄마의 모습은 보이지 않고 목소리만 들리더니 얼른 달아나라고 말하기에 도망쳐 나왔다. 외톨이가 되었기에 쓰타의 할머니 댁에 가려고 한다. 쓰타행을 탈 기회를 놓쳐서 이 차를 탔는데, 요 앞 어딘가에 다른 곳을 돌고 온 쓰타행 차가 온다고 하니 그 차로 갈아타야 한다. 혼자서 갈 결심을 했을 때는 눈물이 났지만, 지금은 슬프지 않다.

"그래, 운좋게 쓰타행 차를 만나게 되면 좋겠구나."

옆자리 남자가 그렇게 말하자, 소년은 단호하게 대답했다.

"놓치면 걸어갈 거예요."

소년은 내가 뒤로 건네준 건빵을 먹는 것 같지도 않았다. 옆자리 남자는 주먹밥을 나눠준 모양으로, 얼른 먹어두라고 권하고 있었지만, 소년은 딱 결심한 듯,

"지금은 배가 고프지 않으니 저쪽 차에 타면 먹을래요."

라고 대답했다. 주위 사람들은 소년이 환승할 버스를 걱정해서 이런저런 주의를 주었다. 소년은 직접 운전대로 가서 뭔가 물어보더니 쓰타행이 지나가는 마을 모퉁이에 이르자, 사람들을 돌아보지도 않고 한마디도 없이 획 뛰어내렸다. 그러더니 오래된 찻집 앞에 멈춰 서서 우리 버스가 출발하는 모습을 무뚝뚝하게 배웅했다.

해가 졌다. 공기는 상쾌했다. 흙냄새와 나무의 녹색 줄기가 내는 떫은 향이 감돌았다.

24

임시 숙소에 도착한 이튿날, 나와 여동생은 빌려온 문양이 있는 거울로 오랜만에 자신의 얼굴을 보았다.

"이 무슨 끔찍한 얼굴이니. 요쓰야四谷 괴담에 나오는 오이와お

岩[19] 같아. 언제 이렇게 되고 만 거지."

사실을 말하자면, 내 얼굴보다도 여동생의 얼굴이 더 비참했다. 나는 도깨비 정도는 아니고, 얼굴의 반이 터무니없이 부었고, 피 묻은 귀밑머리가 역시 핏덩어리가 붙은 뺨에 찰싹 달라붙어 있었지만, 여동생의 상처는 입가이고, 눈가는 뭐라 할 수 없을 만큼 보랏빛으로 부어올라서 아무래도 오이와 같아 보였다. 나는 여동생이 말을 꺼내기 전에 먼저 오이와 이야기를 한 것이다.

"잘, 그래도 뭐, 살아있잖아. 죽어버렸더라도 나는 이상하다고 생각 안 해."

내 말에 대답하며 웃지도 않고 여동생이 그렇게 말했다. 둘 다 조금도 웃지 않았다. 정색하며 그런 이야기를 주고받았다.

우리는 몸을 안정시킬 곳이 생겨 조금은 살았다는 마음이었지만, 그건 정말 일말의 기분이었다. 더는 강펄이나 묘지에서 자지 않아도 될 뿐이다.

집 안 인간의 생활에는 이부자리도 없는 묘지나 강펄과 같은 개방감은 없었다. 집 안에 들어온 인간에게 존재하는 엄청나게 많은 구속이 속박도 약속도 없는 강펄에서 온 무신경한 인간에게 부자유스러움을 느끼게 했다.

정말 이상한 일이다. 무엇이 자유이고 무엇이 부자유인가, 진

19 요쓰야 사몬의 딸이자 주인공 다미야 이에몬의 처. 독약을 먹고 얼굴이 흉측하게 일그러지게 된다.

정한 것은 알 수가 없다. 궤멸된 항구도 그 나름대로 살아갈 방법이 있다고 하는 인간의 동화력同化力에 대해 생각을 숨기지 않을 수 없었다. 어떻게 해서라도 살아갈 수는 있다는 희망과도 같은 밝음이 내 마음속에서 오가기 시작했다. 생지옥이었던 히로시마의 거리와 평온한 시골을 비교한다면 둘은 확실히 다른 딴 세상이었지만, 어느 쪽에도 평균적인 인생이 있었다.

이 사실이 재미있게 느껴졌다. 평온한 시골이라고 말은 했지만, 히로시마에서 온 사람들은 다다미 위에서 잘 수 있게 되었을 뿐으로, 공허한 구멍은 신변이 가는 곳마다 입을 벌리고 있었다. 집시들에게 초대받지 못한 고장에 온 일은 또 새로운 부담이 되었다.

한편, 마을에 오고 나서도 전쟁의 모습은 불꽃이 흩어지듯 어지러울 정도로 계속되었고, 사람들은 여기서도 전쟁 속에 휩쓸렸다. 이를테면 최후의 전제前提 속으로 끌려들어 간 것이다. 마을에서도 공습경보 사이렌은 줄곧 울려 퍼졌고, B29도 P51도 그 외 대형, 소형 폭격기도 쉴 새 없이 하늘을 날았다.

두 번째 원자폭탄은 9일 오전 11시에 나가사키長崎시를 덮쳤다. 이를 전후해서 소련이 선전포고한 일이 발표되고, 참전한 소비에트의 만선滿鮮[20] 공격이 하루 늦게 도착하는 신문에 나왔다. 13

20 만주와 조선.

일 해 질 무렵에는 B29의 대형 편대가 석양 속으로 새하얗고 투명하게 질주하는 큰 강처럼 도도히 흘러갔다. 산 위 천공의 남쪽에서 북으로 향해, 그곳에 폭이 넓은 통로라도 있는 듯, 10~12대 정도의 편대가 연방 나타나서는 끊이지 않는 것이었다. 어떻게 된 일인지 어느 편대에도 네모지게 늘어선 귀퉁이에 의미가 있어 보이는 검은색 1대가 있었다. 새하얀 편대 어디에나 1대만 검은 비행기가 있다는 사실이 어쩐지 섬뜩했다.

원자폭탄이나 소련의 참전이나 작은 마을을 지나가는 몇백 대의 거대한 폭격기를 보아도, 그것이 패배로 종전하는 애처로운 전제가 될 것을 아직 깨닫지 못했다. 가련한 민중은 앞으로도 긴 시간이 남아있어, 전쟁은 이후 3년이고 5년이고 계속될 것이라 생각했다.

15일, 중대방송이 있다는 소리를 여동생은 무척 신경 쓰며 내게 물었다.

"뭐라고 생각해? 설마 그만둔다는 건 아니겠지?"

"어제 신문에서 소련과 단호히 싸우겠다고 말했으니까. 국민 최후의 한 사람까지 창을 들고 싸우게 될 것이니 그럴 마음가짐으로 있으라는 걸지도 몰라. 이번에야말로 어쩐지 아무 느낌이 없네."

라디오는 고장 나서 들을 수가 없었다. 나는 S 의사 선생님 댁에서 라디오를 들을 수 있을지도 모른다고 생각해, 여동생과 함께 오전 중에 갔다. 그러나 S선생님 댁 라디오도 고장이 났다. 고장 나지 않았더라도 환자 대기실까지는 들리지도 않는 데다가 주거지 쪽으로 가서 들을 정도로 열심이지도 않았다. 그것보다도 매일 있는 일이긴 하지만, 대기실 입구의 봉당에서부터 다다미 깔린 방까지 꽉 채우고 있는 부상을 당한 전재민 무리에 어안이 벙벙했다.

이것은 이미 중대 방송 예고도 잊어버릴 정도로 눈을 사로잡았고, 그 중대한 일로부터 마음을 멀리하고 다른 일을 생각하는 것은 불가능했다. 매일 오는 고정 환자에다가, 뒤이어 히로시마를 떠나온 새로운 환자가 더해져 대기실에는 그 참기 힘든 악취가 굼실거렸다.

한 사람의 환자가 어디 한 군데 진료를 받고 오는 게 아니라 적어도 다섯 군데, 그 이상, 머리부터 발끝까지 여기저기 부상을 입은 데다가 유리 파편을 세심하게 꺼내야 했기 때문이다. 악취 속에서 우리는 3시간이나 기다려야 했다. 여동생은 입 가에 붙은 가느다란 반창고를 뗄 때마다 얼굴이 흙빛이 되어서 잠이 들 것 같았다. 마지막으로 여기 왔을 때 S 의사에게

"이건 뭐, 안 좋은 곳에 안 좋은 상처를 입으셨네요."

란 말을 듣고 문득 여동생의 안색이 변했었는데, 이후로는 매일 같은 일을 반복했다.

우리는 지저분한 흙 위에서 며칠인가 잔 탓으로 흙에서 병원균이 들어온다는 파상풍을 굉장히 두려워해서 그 예방주사를 S 의사에게 부탁했었다. —도쿄에서도 특히 오사카에서도 전재민 중에 파상풍에 걸리는 사람이 무척 많았다. 며칠인가 잠복기가 있고, 무

시무시한 경련이 일어난다. 그렇게 되면 죽는다고 한다—.

그날도 여동생에게 주사를 놓아달라고 S 씨에게 부탁했다. S 씨는 웃으면서

"파상풍보다 캠퍼(강심제)주사가 필요해 보입니다."

라고 여동생을 침대에 누이고 주사를 놓았다.

여동생을 기다리는 동안, 12시로 접수가 종료된 환자들도 모두 돌아가 버리고 그사이에 여동생도 일어나서 먼저 가버렸기에 나는 S 씨와 둘만 남았다. 앞서 첫 부분에 썼던 것처럼 내게 S 씨는 아버지와도 같은 마음이 드는 지인이었기에, 이번 부상자의 상처 특징 따위를 물어보기도 하며 나는 느긋하게 S 씨의 의자 앞에 걸터앉아 있었다.

그러자 조금 전까지 약제실에서 잠깐 쉴 틈도 없이 약을 조제하던 S 씨 노부인이 안경테를 빛내며 평소와 조금 다른 얼굴로 치료실에 들어왔다.

"여보, 일본은 항복하고 말았다고 하는군요. 애들이 2시 녹음으로 듣고 왔습니다."

"아니, 진짜야. 유언비어는 아니고?"

S 씨의 얼굴은 금방 핏기 없이 새하얘졌다.

"일본은 가고시마鹿児島인지 나가사키인지부터 여기까지만 남는다고 하네요."

부인은 애매하게 맥이 빠진 어조로 말했다. S 씨는 눈썹을 찌푸리고 아이처럼 풀이 죽어서는,

"어쩌지, 어쩌지. 어째야 좋을까. 일본은 무슨 짓을 한 거야. 항복에도 여러 가지가 있잖나, 어떤 항복을 한 거야. 독일과 똑같은 짓을 한 건가."

라고 부인에게 말하고, 내게도 이야기했다.

나는 S 씨의 거대한 저택 문을 나와 돌계단을 내려왔다. 눈앞이 깜깜해졌다고 종종 형용하지만, 나는 새하얀 공기 속으로 내쳐진 듯한 기분이 들었다. 공기라지만 높은 고원에 올랐을 때와 같은 희박하고 가벼운, 현기증이라도 날 법한, 말하기 어려운 허무함이었다. 누구 하나 없는 안갯속이라도 걷고 있는 듯이 다리가 부들부들 떨렸다. 몸이 덜덜 떨려서 걷지도 못할 정도였다.

아무도 없으니 눈물이 쏟아져서 참을 수 없었다. 한편으로는 아이고, 하고 안도의 마음도 들고, 긴 전쟁이었다는 생각에 안심이 되기도 했다. 누군가와 마주치면 모르는 사람이라도 전쟁이 끝났다는 게 진짜인지 아닌지 물어봐야겠다고 생각했다.

숙소까지의 여정이 평소의 두 배, 세 배도 넘는 기분이었다. 주변은 쥐죽은 듯 조용했다. 무엇 하나 눈에 띄지 않았다. 너무 조용해서 무슨 소리 하나 나지 않았다.

그날 밤은 조금도 잠을 이루지 못했다. 잠이 오지 않았지만, 침대 위에 가만히 움직이지 않고 있자니 견딜 수가 없어 모기장 밖으로 나와 앉아보기도 하고, 빙빙 걸어보기도 하고, 창문으로 어두운 마을 이곳저곳을 바라보기도 했다.

마을에는 드문드문 불 켜진 집도 있었다. 그렇게 까다롭게 굴던 등불이 켜진 것이다. 잠을 이루지 못한 게 틀림없다. 게다가 부상이 심한 전재민이 망령처럼 그 집들에 몸을 누이고 있는지도 모른다. 원자폭탄과 종전, 둘의 역전을 어떻게 이해해야 좋을지 망설이면서—.

엄마도 여동생도 잠을 이루지 못했다. 여동생은 몇 년 동안 소중히 간직했던 배낭 속 양초를 꺼내 불을 붙여 책상 끝에 세우고 가만히 바라보았다. 그러고 있는 여동생의 상처는 고약한 냄새가 났다. 갓난아기만이 포동포동하니 귀여운 모습으로 잠들어 있다. 아기 발가락의 긁힌 상처와 타박상으로 뺨에 작게 남은 푸른 멍이 모기장 바깥에서도 보였다.

25

시골에도 먹을 것이 부족했다. 푸른 논은 널따랗게 굽이치고 있고, 아직 물들지 않은 이삭이 휘기 시작했다. 밭에는 호박이나 오이나 푸성귀 등이 심어져 있었지만, 그건 모두 다른 집 소유였다. 배급은 약간의 쌀과 밀뿐으로, 소금과 간장은 받을 수 있게는 되었지만 배급소에 현물이 없었다. 부식물은 감자 하나도 배급되지 않았다. 몽땅 우리 눈에 보이지 않는 곳, 다른 집 헛간이나 광이나 부엌 깊숙이 수납되어 스스로는 밖으로 나오지 않았다. 집시들은 경악하고도 남을 암거래 시세만큼의 돈을 품에 넣고, 눈물을 흘리며 이리저리 남의 집에 가서 쥐어짜는 우는 소리로 부탁하거나 도둑질이라도 하지 않는 한 다른 길이 없었다. 우리 가족은 남에게 뭔가를 구걸하는 일이 무척 서툴러서 굶고는 있어도 돌아다니지는 않았다. 옛날 우리 집이 있었던 마을 부락에서 부모들이 예전에 보살펴 주던 사람이 열 두세 명 있었는데, 그 사람들이 뭔가 가져와서 먹여주었다.

간장도 소금도 채소 절임도, 그리고 보릿가루, 밀가루 등을 연방 가져다 주었고, 추석에는 떡과 경단 등을 날라다 주었는데, 그게 없었더라면 우리는 사흘이고 나흘이고 먹지 못했을 지도 모른다.

우리는 표현할 수 없는 감동에 빠질 수밖에 없었다. 옛날 오래 전부터 내려온 가훈에 걸맞게 마을 사람을 돌보았다. 처녀들은 집에서 무언가를 가르치거나, 혼처를 주선하고, 장롱이나 몬쓰키紋付[21]를 만들어 주거나 했다. 청년에게는 이런저런 고민을 듣는 역할을 맡아주기도 하고, 결혼의 기쁨도 파탄도 함께 기뻐하고 슬퍼하며, 아이가 태어나면 축하해주고, 거의 평생에 걸쳐 육친에 버금가는 특수한 인연을 갖고 있었다. 그것이 지금은 몰락했다는 고집스런 생각에 오래 방문하지 않았던 그 사람들 앞에 거지꼴로 나타났다. 대놓고 구걸하지는 않았지만, 그것 없이는 굶주렸을 터이니, 결국은 마찬가지였다. 그 사람들은 하나같이 깜짝 놀란 목소리로

21 집안을 상징하는 문양을 넣은 기모노 예복.

인사한다.

"이번에는 앞바다 쪽에서는 큰일이 일어났지만 심각한 부상이 없어 다행입니다."

마을 사람은 마을을 앞바다라고 부른다. 우리는 마을 쪽의 큰 일로 왔으니 더 상처를 받고 비뚤어진 자의식이 고조된다. 음식 이야기는 우리를 진절머리나게 했다. 먹을 게 없다고 하니, 음식 이야기를 열광적으로 한다. 뭐가 얼마나 한다는 터무니없이 높은 암시장 가격을 그것이 나쁜 선례임을 잊고 일상다반사인 양 마구 말을 퍼뜨렸다. 그것은 제 목을 죄는 끈이다. 도쿄에서 2년 전에 물리도록 들은, 아귀餓鬼 같은 음식 이야기와 암시장 시세 이야기를 이제 겨우 도쿄에서 듣지 않게 되었는데—도쿄에서는 공습이 심각해지고 나서부터 음식 이야기를 멈추었다. 먹고 싶은 이승의 욕구보다도 목숨이 소중하니까—. 히로시마에서 듣지 않게 되고 나니, 시골로 와서 실컷 듣고 있다.

히로시마는 모든 일이 도쿄보다 일 년 늦었고, 시골은 히로시마보다 또 일 년 뒤처졌다. 이제 와서(전쟁이 끝나버리고 나서) 쌀과 보리가 반반 섞인 배급미에 놀라서는 아침부터 잠들 때까지 투덜대며 생활하고 있다. 나는 또 이 모습에 놀라서 전쟁 중 도시와 시골이 어떠했는지를 견주어보고, 대도시의 소비생활에 오싹해지곤 했다.

전원田園은 어디를 가도 지성적인 활동이 없다. 어설픈 거짓말과 기만과 추괴醜怪함 등의 사회악으로 가득 차 있다고 생각했던 대도시에 찬란한 지성이 활동하고 있었다. 지성과 양식의 발화도 없이 눈을 크게 뜬 악도 없는 대신 훨씬 스케일이 작고 사소한 타락과 퇴폐가 풍긴다. 인간이 살 곳이 아니라고 생각했던 전쟁 재해를 당한 강펄과 묘지와 부패한 인간 육체의 냄새가 나는 거리가 훨씬 깨끗하고 결벽했던 것일지도 모른다고 되돌아보는 순간마저 있었다. 그만큼 시골에는 시골의 탐욕이 존재했다.

내 목은 아직 잘 돌아가지 않았다. 폭풍의 강한 쇼크를 받은 온몸의 아픔도 가시지 않아 엄마의 손을 빌려 일어난 적도 있었지만, 희미한 달빛이 비치는 뒤편 강에 들어가 피 묻은 기모노를 빨기도 했다. 그럴 때는 전쟁의 잔혹함이 절절히 가슴에 사무쳐, 절로 눈물이 흘렀다.

눈물을 흘리기 위해 강으로 온 것 같기도 했다. 휴식의 차 따위 어디에도 존재할 턱이 없다고 새삼스레 생각했다. 인류에게 잔혹함일 뿐 다른 무엇도 아닌 전쟁의 고통은 전쟁이 발발한 날 이미 알고 있었다. 엉망진창으로 일본 땅까지 썩어 문드러지는 것이 아닐까 생각했다. 그 눈썹이 올라가는 생각이 다시 내 마음을 찔렀다. 두 번이나 역전을 당한 부끄러움은 쥐구멍에라도 들어가고 싶을 정도였지만, 그것과는 별개로 전쟁의 여신余燼이 끊임없이 온몸을 화끈거리게 했다.

8월 12일, 엄마와 여동생은 새벽 4시에 일어나 승합차 표를 사서 이 마을을 떠났다. 시동생의 생사도, 여동생 가정의 안부도, 그리고 다른 친인척의 소식도 알 수 없어서 한편으로는 이를 물어보기 위해서였다. 또한, 그녀들은 어쩐지 남의 집을 배겨낼 수가 없었다. 남의 집이라고 하는 건 '내 집'이 없는 마을을 말한다. 엄마와 여동생은 노미시마로 가서 외딴집에라도 살며 자신의 밭에 무언가의 씨를 뿌리겠지. 그녀들의 소원이 이루어질거라면 열매를 많이 맺어주면 좋겠다. 가을 풀의 씨앗은 그녀들의 손으로 흙 옷을 따뜻하게 덮게 될 것이 분명하다고 나는 생각했다.

그날 저녁, 나는 지금 사는 집으로 옮겼다. 나도 괜찮은 씨앗을 뿌리기 위해 그렇게 한 것이다. 나는 어느새 작가의 호흡을 회복하기 시작했다.

26

그러자 느닷없이 20일을 넘긴 지 얼마 되지 않아 히로시마에서 온 전재민들이 첫 장에 썼던 것처럼 원자폭탄증에 당하고는 차례로 죽기 시작했다. 전혀 예상하지 못한 죽음의 현상이 뜻밖에도 일어났다.

미닫이창 아래의 가도街道를 매일 정해진 시간에 큰 짐수레를 끌고 가는 부인과 소년이 있었다. 큰 짐수레에는 낮은 상자를 두고 그 위에 방석을 깔아 파라솔을 편 붕대를 한 부인이 걸터앉아 있다. 파리한 얼굴을 한 소년은 머리에 붕대를 감고, 그 곁에 나란히 앉아 있었다. 수레를 끌고 가는 건 젊은 부인의 아버지였는데, 소년과 부인은 모자간은 아니었다. S 의원에서도 이 두 사람과 종종 마주쳤었다.

부인의 집과 소년의 집과는 히로시마에서 이웃해 살았었다. 그 아침, 부인은 자신의 아이가 죽었고, 소년은 어머니를 잃었다. 소년의 아버지는 병사로 자바(Java)에 있었다. 소년은 옆집 아이와 밖에서 놀고 있다가 자신만 살아남은 것이다. 부인은 설사 자기 아이가 살아있었더라도 역시 이 소년을 데리고 왔을 거라고 이야기했었다. 자기 자식 대신 데리고 다닌다고 여겨지고 싶지 않은 듯했다. 부인이 이 이야기를 남에게 하자, 소년은 눈을 내리뜨고 귀여겨듣고는, 촉촉히 눈물을 머금었다. 6살이라고 했다. 비슷한 나이대의 아이가 그 외에도 서너 명 S 의원에 와있어서, 그 아이들은 치료를 받을 때마다 소리를 지르며 날뛰었는데, 이 소년만은 한쪽 눈을 꼭 감고는 한마디도 입 밖으로 내지 않았다.

이 부인과 소년이 큰 짐수레를 끌고 가는 모습은 호감이 갔다. 나는 이런 이야기를 좋아했다. 수레를 끌고 가는 나이 든 아버지의 모습도 좋았다. 부인은 괜찮은 체격이었지만, 난데없이 죽었다. 소년은 지금도 살아있다.

여동생과 같은 나이로 소학교를 함께 다녔다는 사람이 4살 되는 남자아이를 데리고 S의원에 다녔다. 그 여인은 공습 전날, 5일에 아이를 히로시마에 남겨두고 본가에 방을 빌리러 와 있어서, 이튿날 아이가 그런 모습이 되고 만 것이다.

그 아이는 눈만 남기고 몸 전체가 타버렸다. 매일 붕대를 갈았지만 엄마의 등과 목덜미는 아이의 피와 고름으로 질척하게 더러워져서 다가가면 토할 것 같은 냄새를 짊어지고 있었다. 아이는 치료 중에 여러 이유를 대며 울었다. 울어서 괜히 더 아픈 것이니 울지 말라고 엄마가 달래면,

"저번에 안 울었는데 아팠잖아아, 매일 울잖아아, 엄마, 엄마, 물 줘어, 물 줘어, 물 줘어."

라고 말하고 울었다.

"그렇게 울면 병사가 될 수 없어, 울지 마."

엄마가 그리 말하자,

"병사 안 될 거야아. 병사 안 할 거라고오. 엄마아!."

라고 말했다.

"물 줘어. 물 줘어. 물 줘어."

같은 말을 반복하고, 천천히 말끝을 흐릴 때까지 늘이며 울면서 말했다.

"뭐든지 전부 곡조를 붙이는구먼."

S 의사는 웃음을 띠었고, 부인은 식은 차를 들고 와서 아이에게 마시게 했다.

어느 날, 아이보다도 젊은 엄마의 얼굴이 홀쭉하게 살이 빠져서 창백하게 부어 있었다.

"목이 제일 심하게 타서, 구멍이 나 있는데 거기가 좀처럼 낫지 않아요."

그렇게 말하고 얼굴을 숙인 채 거의 죽어가는 아이를 업고 뜨거운 태양 속으로 나갔다. 두 사람이 남긴 끔찍한 악취는 숨이 막

힐 것 같았다.

"저 냄새 맡기만 해도 죽을 것 같구먼."

나이든 남자가 그렇게 말했다.

"나중에 히로시마로 간 사람도 독을 마시고 죽는다네요. 점점(슬슬) 죽어요. K마을에서는요, 6일에 경방단에 있는 남자라는 남자는 다들 건물 소개하러 히로시마에 나와 있었는데, 그게 거의 대부분 죽었대요. 그 마을에 남자는 하나도 없다잖아요. 멀쩡하게 돌아온 사람도 죽었다더이다."

다른 사람이 이런 이야기도 하고 있다. 기묘하게도 S 의사는 치료실에 훤히 들리는 이런 이야기를 듣고서도, 히로시마에 없었던 사람들조차 죽는다는 이야기를 부정하지 않았다.

4살 화상 환자는 그날 밤 푹 잠든 채, 짧았던 이 세상을 떠났다고 한다.

등에 별 대수롭지 않은 찰과상을 입었을 뿐인 과묵한 청년이 어느 날 대기실 기둥에 기대서 머리카락을 잡아당기고 있었다.

"머리가 빠져서 어쩔 수 없네요."

불쑥 말하고 웃었다. 군데군데 둥글게 탈모증처럼 뻥 뚫려 있었다. 이 청년은 S 씨의 대기실에서 두세 번 마주치고 죽었다.

쾌활한 중년 여인은 이런 이야기를 했었다. 그날 아침은 경계경보까지 해제되니 덥기는 하고, 누구나 다들 일 바지를 벗고 있었는데 나는 빨래를 하려고 입고 있었다. 그래서 얼굴과 양팔만 탔다. 하지만 무척 이상한 일이 있었다. 폭음이 들리고 비행기가 지나가니 나는 옆집 아주머니와 함께 그 비행기를 보고 있었다. 보고 있으니 폭음이 뚝 멈추더니 이윽고 뭔가 아래로 떨어져 내렸다.

"이 비행기에서 뭐가 떨어져요, 떨어져요."

라고 아주머니가 말했다고 생각한 순간, 번쩍 빛나더니 주위가 새파랗게 변했다. 그런데도 그 부인은 아직 빛을 바라보고 있었다. 나는 당장 흙 위에 엎드려서 가만히 숨을 죽이고 있었다. 눈을 떠보니 주위는 깜깜해서 아무것도 보이지 않았다. 집이고 뭐고 단박에 날아가 버렸고, 옆집 아주머니는 아직도 서서 하늘을 보고 있길래 깜짝 놀랐다.

그 아주머니는 그렇게 하염없이 빛을 보고 있었으니 얼굴이고 팔다리고 가슴이고 완전히 타버려서 미끈미끈하게 피부가 한 꺼풀 늘어져 있었다.

나는 배가 아파져서 엄청나게 설사를 했다. 그걸로 독이 빠져나가 버린 걸지도 모른다. 남들이 슬슬 죽어가는데 나는 살아있으니까.

이 부인은 깨끗하게 화상이 나았다. 옆집 아주머니였던 사람도 살아있어서 히로시마로 나왔을 때 만나고 왔다고 한다.

"그런데 말이죠, 그 파란 바다 같던 빛은 한순간이었는데, 그게 두 시간이고 세 시간이고 번쩍였더라면 한 사람도 남김없이 죽었을 거예요."

부인은 큰 소리로 말했다.

"아니, 두, 세 시간이 아니라 하루 정도 그게 사라지지 않고 있었더라면 어떻게 되었을까요. 이 세상이 지옥이었겠죠."

자주 부인과 이야기를 나누던, 상처 입은 노인이 이렇게 말했는데, 이 이마에 3, 40퍼센트 정도 상처를 입은 노인은 죽었다. 다른 여자 노인은 히로시마에서 돌아왔을 때는 건강했고, 어디 하나 바늘만큼의 상처도 입지 않아서 논 제초작업 같은 걸 돕고 있다고 했다. 그런데 갑자기 전신에 반점이 생겼다. 사흘도 지나지 않아 죽었다.

"아름다웠다고 말하면 좀 그렇지만. 그야말로 빨간 거랑 녹색이랑, 노랑이랑 검은 조그만 게 몸 전체에 별처럼 생겨나서 나는 넋을 잃고 바라봤지 뭐요."

노파가 죽고 난 후 S 씨가 말했다.

또 다른 화상을 입은 사람. 처음 여동생처럼 보이는 사람이 데리고 왔을 때는 이 사람이 살 수 있을지 생각했을 정도로 끔찍했다. 하쓰카이치시의 버스 대합소에서 본 사람과 마찬가지로 눈만 반짝이고 나머지는 모조리 탔다. 검게 그을린 부분과 피부가 벗겨지고 남은 흉터의 옅은 분홍빛 부분과 백피증白皮症 피부처럼 된 부분이 있었는데, 전신에 감은 붕대 위에 유카타를 걸치고 곧추서서 걸었다. 이 사람은 앞서 말한 그 의용대로 건물 소개 노동을 하러 갔었다. 장소는 센다마치千田町였다ㅡ후지와라 박사의 집 근처로 생각된다ㅡ. 옥상에 올라가 있어서 처음에는 소매가 있는 셔츠를 제대로 입고 있었으나 강렬한 아침 햇살에 견딜 수가 없어서 단추를 풀고 있는 동안 상반신이 알몸으로 변했다. 갑자기 푸른 번개가 번쩍였다.

그 사람은 어라, 하고 생각하고는 근처의 가스탱크가 폭발했다고 생각했다—나가사키에서도 그렇게 생각한 사람이 많은 것 같다—. 그 사람은 옥상에서 뛰어내렸다. 센다마치는 달아날 곳이 없어서 우지나 방향으로 달렸다. 도중에 무너진 집 아래에서 얼마나 많은 사람이 얼굴이나 손을 내밀고 도움을 구했는지 모른다. 그 사람은 한 사람도 돕지 않고 달려, 바다까지 뛰어가서 물에 잠겼다. 바다에 잠기고 나서 도움을 요청하던 건물에 깔린 사람을 한 사람도 꺼내지 않았다는 사실을 돌이켜 생각했지만, 꺼냈더라면 뒤에서 속속 쫓아온 화재의 불길로 자신이 죽었을 것이다.

이 사람도 죽지 않았다. S 의사는 화상 치료의 명인이라고 불렸지만, 그렇다손 치더라도 화상다운 흉터도 남기지 않고 깨끗하게 나았다. 거짓말 같았다. 그러다가 처음 밝은 얼굴로 와 있던 여동생 쪽이 입술을 조금 벤 정도였는데 죽고 말았다.

나는 문득 깨달았다. S 씨에게 묻자 내 짐작대로라고 한다. 요컨대 화상 환자는 그 범위가 상당히 넓게 온몸까지 퍼져있어도 죽지 않는다. 죽음은 경상의, 고작 2~30퍼센트의 화상 상처만 있는 사람과 전혀 상처가 없는 사람에게 다가와 있었다. 더 빨리 죽은 사람, 즉, 이 마을로도 돌아오지 못하고 히로시마나 다른 피난 도중에 쓰러진 사람은 별개였다. 화상도 S의원으로 올 정도인 사람은 그게 아무리 참혹해 보여도 2도 정도의 화상이라고 한다. 3도나 4도인 사람은 여기 오기는커녕 히로시마에서 죽었다. 금불金仏처럼 새카맣게 반들반들 빛난 화상의 즉사한 시체는 4도라고 불리는 치명상이었다.

문제는 2도 정도의 전신 화상 환자가 죽지 않는다는 점과 대수롭지 않은 열상을 입은 사람과 상처 하나 없는 사람이 차례차례 죽는다는 점이다. 비전문가들 사이에서도 소문은 퍼져서 이 암울한 평판은 결정적인 것처럼 일컬어졌다.

어째서 화상 환자는 상처가 없는 사람보다도 죽지 않는 것일까.

9월 중순 신문에서 쓰즈키 박사가 이 사실을 부수적으로 다루었다.

"폭심으로부터 2km 정도 떨어진 곳에서 화상을 입은 사람도 털이 빠지거나 열이 나거나 하지는 않는 것 같습니다. 어느 정도 화상을 입으면 방사선물질이 빠져나가는 게 아닌가 싶습니다."

쓰즈키 박사 외 다른 학자는 이 일을 언급하지 않았다. 하기야 나는 히로시마에서 나오는 유일한 신문, 그것도 전쟁 재해 속에서도 계속 발간되는 주고쿠신문만 보고 있었지만.

또다시 태풍과 호우로 일체 교통이 끊어져 9월 17일 이후 신문을 오늘까지 한 장도 읽지 않았는데, 그사이 이른바 '미지未知' 속에서 다양한 사실이 발견되어서 그 보고와 발표가 있었을지도 모른다.

쓰즈키 박사의 의견을 조금 더 구체적으로 S 씨는 내게 말했다. 평범한 화상이라면 피부의 삼분의 일 이상 타게 되면 피부 호흡이 불가능해지고 혈행장애를 일으켜며 대개는 죽게 된다. 그러나 이번에는 전부 타버려도 그게 2도 이하라면 죽지 않는다. 조금 이상하다.

작은 부분 탄 건 제외하고서도 대체로 상반신 앞쪽(뒤가 탄 경우는 거의 없다)에 화상을 입었는데, 보통 화상 환자처럼 누구 하나 피부를 뒤덮지 않았다. 수수께끼는 이런 부분에 숨어있을지 모른다. 그 특수성능을 지닌 압력으로 한순간 말피기씨층과 함께 우라늄을 벗겨서 떨어뜨린 거라고 생각한다. 비전문가인 이재민들은 방사능성 물질을 단순히 독이라고 말하거나 독가스라고 불렀는데, 요컨대 독이라는 녀석을 화상의 분비물과 함께 매일 배설을 했을 것이다.

S 씨는 화상 환자를 도울 추정적인 의견을 내게 이런 식으로 이야기해줘서 여전히 미지의 공허함을 남겼지만, 비전문가 사이에서도 그렇게 이론적인 말은 아니었지만 비슷한 의미의 말이 끊임없이 나왔다.

2도 화상이란 말피기씨층 상피에 해당한다. 거기서부터 윗부분을 완전히 파냈기 때문에 독을 제거한 것이라고, 이재민들도 말한다. 이 이론이 확실하다면 우라늄을 제거할 수 없었던 화상 이외의 환자가 죽은 의미는 명확하다. 경상자도 건강했던 사람도 다들 죽는다는 것은 지금까지 살아남아 있었다는 의미였다. 죽음을 늦췄으니 언젠가 죽는다.

"화상 환자보다도 절상 환자가 죽는다니 정말 정확한 사실인가요?"

나는 S 씨에게 말했다.

"확실합니다. 화상으로 죽은 건 그 당신도 보셨던 4살 아이와 왕진했던 사람 둘 뿐입니다. 내가 본 환자가 전부 290명 정도인가요. 그 중 15퍼센트가 죽었고, 화상이 두 명입니다. 바늘에 찔린 정도인 사람이 죽었으니까요."

나는 죽은 듯 잠자코 있었다. 마음속으로 나는 그날 아침 모기장 속에 있었다, 모기장 속에 있었다고 주문처럼 말하며 어쩌면 이불을 뒤집어쓰고 있었던 걸지도 모른다고, 그것이 마치 말피기씨층이라도 되는 것처럼 외곬으로 골똘히 생각했다. S 씨는 다른 일을 말했다.

"그런데 말입니다. 처음부터 제가 말했지만, 이번 상처는 다들 가로로 찢어졌어요. 세로로 찢어진 건 당신 딱 한 사람 예외입니다만, 이게 아무래도 잘 모르겠습니다. 어차피 훌륭하신 분들이 이것도 뭐라고 말을 하게 되겠지만 예외 없이 다들 가로로 찢어져서 눈 모양을 하고 있어요. 열상은 결국은 유리지만 억지로 이유를 갖다 붙이자면 뭐라 말할 수 없는 강한 힘으로 위에서 꽉 눌려서 부서져서 유리가 전부 가로로 날아갔다는 것이죠. 아무튼, 이것도 이상합니다. 이상한 일은 얼마든지 있어요. 화상이 죽지 않는다는 것도 결국 알 수 없습니다. 하지만 절상이 죽는다는 것도 뭣 때문인지 잘 모르겠어요. 죽을지도 모르는 건 죽지 않을지 모르는 것과 하나이지 않습니까."

이치가 맞지 않는 듯한 기분이 들었지만 나는 내 귀의 절상이 가로가 아닌 세로라는 말만으로도 죽지 않을지 모른다고 생각했다.

바람과 비

27

신문은 일주일인가 열흘에 한 번씩 며칠 분이 한꺼번에 배달되었다. 그 늦게 온 신문에서 유명한 사람들이 뜻밖에도 원자폭탄 때문에 많이 죽었음을 알게 되었다.

히로시마에서 들었던 황족이라는 사람은 이건공李鍵公[22] 전하였다. 오쓰카大塚 총감의 전재戰災로 인한 죽음도 시장의 죽음도 사실이었다. 오쓰카 씨는 근대적인 인텔리겐치아 감각을 지닌 사람인 듯해서 히로시마로 온다고 했을 때 기대했었다.

아와야粟屋 시장도 내 큰할아버지와의 관계로 만난 적이 있는 사람이었다. 큰할아버지인 S는 부시장이었는데, 그날 아침 자택에서 부상을 당했지만 한동안 시장대리를 맡아 억지로 시청에 나갔었다.

그리고 머리가 빠지고 발열이 시작되어 미야지마宮島의 호텔에 누워 있다는 이야기를 나는 마을 소문을 통해 들었다. 이즈음부터 바람과 비로 통신망은 완전히 두절되어 편지 교환도 불가능했고,

---

22 이건. 의친왕의 장남.

전화도 걸 수 없었다.

내가 있는 마을로부터 위로 1리, 아래로 1리라는 험한 고갯길 너머 건너편 하쓰카이치마치에서 맨 앞쪽에 히라무라平良村라는 평평한 마을이 있다. 그곳 어떤 사람의 저택에 오쓰카 총감의 가족들이 되돌아와 있다는 것이었다.

이 근처 사람이 와서 하는 얘기로는 그날 아침 오쓰카 집안에서는 8명의 가족이 다들 모여 무사했는데 총감 혼자만 주저앉은 무너진 집에 깔렸다. 피투성이가 된 목만 내밀고 있었는데, 소용돌이치는 불과 연기에 휩싸이자, 가족들에게 자신은 괜찮으니 얼른 도망치라고 말했다며 내게 그 이야기를 해 준 사람은 눈시울을 붉혔다.

주고쿠신문사의 지인들, 그리고 유명한 국회의원과 군인, 마루야마 사다오丸山定夫 씨처럼 유명한 신극 배우 등 별의별 사람이 죽었다.

그러자 이번에는 묘한 느낌, 그렇게 많은 사람이 죽었는데 나만 살아남은 건 이상하게 생각되었다.

최초의 원자폭탄이 히로시마에 투하되었다는 의미에서 운명의 도끼는 아무런 선고도 없이 모두의 머리 위로 똑같이 떨어졌으니 죽음도 똑같았어야 한다. 살아남은 것은 벌레 같은 시시한 것으로 인간이 아닐지도 모른다. 살아있다는 부끄러움이 내 존재를 희미하게 만든다고 생각하니 다음에는 죽는다는 두려움으로 나는 떨고 있었다. 전쟁이 끝나고 나중에 오히려 공습의 상처로 죽어야만 한다는 당착. 이는 정말 바보 같았다.

죽음은 눈 앞에서 갈팡질팡하고 있었다. 밤이고 낮이고 살아있으면서 죽음과 마주하고 있다. 암이나 나병 환자가 하나의 거대한 장소에 갇혀 매일 두 명, 세 명 곁에서 죽어간다고 하면 아직 살아있는 사람도 반드시 죽음을 직시하게 된다. 그 사람들은 불치의 병이라는 걸 알고 있기 때문인데, 우리는 그와 닮았지만 그럼에도 불구하고 병조차 아니었다. 비슷한 점은 불치라는 것인데, 그것보다도 다른 것이었다. 불치 이전에 즉, 미지의 무언가에 의해 강제로 살해당한다. 완성되지 못한 학문적인 중간보고도 억지로 이재민을 죽음으로 내몬다.

도쿄대의 연구반이 9월 2일이 되고서야 히로시마에 처음 온 것을 나는 늦다고 생각했다. 어째서 8월 6일의 다음 날에 날아오지 않았을까. 그리고 연구 체재일을 4, 5일이나 1, 2주간으로 짧게 끝내지 말고, 20일이고 30일이고 조사하지 않은 것일까. 심리학자도 왔어야만 했다. 훌륭한 승려도 왔어야 했고, 평범한 동네 의사도, 히로시마 현 외의 동네에서 많이 동원되는 편이 현명했다. 게다가 양심적이고 슬기로운 식량 상인도 끊임없이 왔으면 좋았을 것이다.

이 정도의 일이 불가능하다는 점이 일본적이라고도 말할 수 있다. 일본인은 민첩하지 못하다. 머리가 둔하고 열정도 없었다.

일본의 물질적인 빈곤함은 부득이하다고 생각하지만, 한 도시의 인구 대부분 반 이상이 하루에 죽었다고 생각할 정도의 일에 대해, 또한 그것이 전쟁에 따른 것이라는 사실에 대해 당국의 두뇌는 너무나도 모자라다. 어디를 봐도 아무런 희망도 없는 죽음의 분위기 속에서 한층 그날의 전재민들은 잠자코 푸념도 불평도 하지 않았다.

원자폭탄증의 하나로 무표정한 얼굴이 있다. 이는 폭탄증에 걸린 후에 나타나는 게 아니라 8월 6일부터 계속 그 얼굴을 하고 있다고 나는 생각한다. 치매 상태의 무표정한 얼굴, 소위 백치 같은 얼굴로 정신 상태까지도 치매 상태로 무표정해지는 점이야말로 이번 피해자에게 나타난 특질이었다. 보통의 소이탄이나 폭탄, 함포사격 등의 공습개념으로는 짐작하기 힘든 현실이었다. 공포의 의미로라면 소이탄이나 폭탄이나 함포사격의 파상공격 쪽이 훨씬 무서울지도 모른다. 그 일이 온종일 계속되고, 밤이고 낮이고 연속적으로 당하면 미쳐버릴 것이다. 원자폭탄은 무섭지는 않았다.

무섭다고 생각할 틈도 없다. 나중에도 무섭지는 않다. 지금부터 앞으로 2, 3년이 지나지 않고서야 두려워지지 않을 것이다.

그렇지만 죽음의 그림자는 눈앞을 스치고 되돌아와 지나간다. 살아있는 자신 외에 죽어버린 자신이 옆에 있는 것이다. 어떠한 말로도 진정한 표현이 될 수 없었다. 아침에 눈을 떠 살아있으면 지옥에서 돌아온 듯한 광명, 죽음으로부터 되돌아온 듯한 기쁨으로 하루를 보내는 것 말고는 없었다. 우리는 원자폭탄을 원망하는 일조차 잊고 있었다.

원자폭탄을 사용하기로 결정한 의지의 창조는 역시 놀라울 만

한 것이었다. 설사 폭탄에 독가스가 없었다고 해도 마음에 입은 상처는 독가스 말고 다른 게 아니었다. 일본은 이미 패배하고 있었는데도 제대로 항복도 하지 않고, 그렇다고 해서 적극적인 공격의 길을 열어줄 수도 없으니 한 번으로 끝날 결정적인 무엇을 들고 오더라도 어쩔 수 없는 것이다.

남과 싸우는데 어디를 때리면 안 된다고도 말할 수 없고, 도구는 무엇을 가져온들 부정할 수 없다. 원자폭탄을 들고 오지 않았더라도 지고 있었다. 검은 막이 빨리 내렸을 뿐이다. 하지만 원자폭탄은 인류의 투쟁에 사용되는 한, 악의 꽃인 것이다.

원자폭탄을 정복하는 것도 세상의 누군가가 생각할 것이다. 원자폭탄을 이길 물건을 만들어도 전쟁은 분명 또 일어날 것이고, 그것은 이미 전쟁이 아니다. 모든 것을 무無로 되돌리는 파괴이다. 파괴되지 않고서는 진보하지 않는 인류의 비극 위에 지금은 벌써 혁명의 시기가 찾아왔다. 파괴되지 않고서 진보하는 수밖에 평화로 가는 길은 없다고 생각된다. 이번 패배야말로 일본을 진정한 평화로 만들기 위한 것이길 바란다.

내가 갖가지 고통 속에서 이 한 권의 책을 쓰는 의미는 그것이다.

비가 온다. 비가 온다. 게다가 바람이 분다.

8월 말부터—마침 연합국 진주군의 최초 상륙이 가나가와神奈川의 아쓰키厚木 부근부터 시작되었다—. 장마처럼 내리기 시작한 비는 중간에 반나절인지 하루 잠깐 개었다가 다시 내렸다. 열흘이고 2주일이고 같은 기세로 내렸다.

내가 있는 이층 창 아래 길을 지나는 사람이라는 사람, 남자는 물론이고 허리가 굽은 노파나 떠듬떠듬밖에 말하지 못하는 아이들까지 한 사람도 남기지 않고 원자폭탄과 패전을 이야기하며 지나갔다. 그렇게 말해대던 음식 이야기조차 잊어버리고 일본이 얼마나 바보 같은 전쟁을 하고는 졌는지를, 속아서 뼈가 아플 만큼 일해야 했는지를 그들다운 정직함으로 인사를 대신하고 있었다.

그 속에 젊은 병사들은 행렬이 되어 돌아왔다. 그들은 격한 훈련을 통해 그렇게 되었음을 똑똑히 알 수 있는 튼실한 얼굴과 몸이 아니었더라면, 병사로는 보이지 않을 모습으로 돌아왔다. 해군에서 돌아온 젊은이들은 그 커다란 반팔 주방襦袢[23] 같은 셔츠 하나에 바지를 입은 모습으로 자동차를 타고 돌아왔다. 그들은 명백히 패잔병으로 보였다.

"군대 때려치우고 돌아왔습니다."

라고 밝고 건장한 모습으로 길가의 사람들에게 인사하고 지나가는데, 무장하지 않은 채 돌아오는 병사를 나는 중국 여행 때 밖에 본 적이 없었기에 위로할 말을 찾지 못한 마을 사람들의 기분을 알 수 있었다.

매일매일 무장하지 않은 병사가 이미 병사가 아니듯이 중요한

23 속옷, 맨살에 직접 입는 짧은 홑옷.

물건을 빠뜨린 차림새로 돌아왔고 그들의 어깨에 축축하게 비가 쏟아졌다.

오미야지마大宮島[24] 부근에 있었던 젊은이도 비무장 상태로 비실비실 돌아왔다. 그 사람은 자기 집에 한 발 디딘 순간, 제일 먼저 어머니에게 말했다고 한다.

"방석 좀 내줘. 엉덩이가 아파서 앉을 수가 없어."

방석으로도 엉덩이뼈가 아파서 앉을 수 없을 만큼 야위어서 돌아왔다.

마을에 세 곳 있는 절로 소개 갔던 히로시마의 백 명 가까운 아이들은 비가 그치기를 기다리지 않고 엄청나게 비가 오는 날 히로시마로 돌아갔다. 왔을 때와 같은 집단이었지만 양친 두 사람을 잃고 마을에 남은 아이가 세 명 있었다. 히로시마 주위 마을의 아이들로, 도시 중심에 살던 아이들이 아니었음에도 불구하고 히로시마 역에 도착해 그 희고 큰 건물이었던 역이 불타 흔적도 없고, 역 앞도 온통 폭격을 당했기에 잠시 말도 잇지 못했다고 한다.

감개무량한 모습으로 마을을 바라보던 아이들은 시장대리의 마중 인사에 이런 식으로 인사를 했다고 한다.

"이것이 이겨서 돌아오는 거라면 얼마나 기쁠지 모르겠습니다. 진 것을 알았을 땐 골짜기 밑바닥으로 굴러떨어진 것 같은 기

24 일본 통치하의 괌.

분이 들었습니다."

또 한 여자아이는 신문사 사람에게 감상을 말했다.

"이게 이긴 거였더라면 생각하니 유감스럽기 그지없습니다. 무너진 마을을 보고 무척 놀랐습니다. 어디가 어딘지 조금도 알 수 없어서, 엄마가 마중 나와주지 않으면 집으로 돌아갈 수 없을 것 같습니다."

아이들 대부분은 시 주변이기는 해도 반파된 집과 판잣집으로 바닥이 낮은 가건물로 돌아갔기 때문에 장마처럼 내리던 비 오는 나날들을 집 안에서도 우산을 쓰고 있었다고 한다.

진주군과 함께 일본에 들어온 미국인 기자단은 9월 3일 가장 먼저 히로시마에 왔다. 그날도 비가 와서 흐렸다고 한다. 촬영반도 함께 와서 20명, 이번 세계대전의 결과에 유력한 직접적인 원인을 만든 원자폭탄의 위력을 보러 온 것이다. 그 사람들은 구레 근처 비행장에 일단 도착하고 나서 해군에서 보낸 자동차로 숙명의 땅, 히로시마로 들어갔다.

새로운 대상에 대한 당사자로서의 관심 때문에 일부러 찾아온 사람들을 맞이하고 히로시마는 들판에 내버려 둔 채 비에 젖어 있었다.

그 사람들의 꼼꼼한 시찰이 끝난 후, 현의 정치기자단은 뉴욕 타임스의 W · H · 로렌스 기자와 그 외 사람들과 일문일답을 가졌다.

"히로시마시의 참상을 보시고 어떻게 느끼셨습니까?"

"우리는 유럽과 태평양 각 전선을 종군했지만, 히로시마의 피해가 가장 막대하다고 생각했다. H · G · 웰즈는 '과학의 새로운 위력으로 벌어지는 전쟁은 점점 맹렬히 파괴적으로 변할 것이며, 도저히 그것을 견딜 수 없게 된다'고 〈다가올 세상〉[25] 속에서 말하는데, 그 현실을 히로시마에서 똑똑히 보았다."

"원자폭탄을 투하한 지역은 앞으로 75년간 인류와 생물이 서식할 수 없다고 하는데 어떤가?"

"우리는 모른다. 앞으로 일본의 치안이 확립되고 우리나라에서 학자가 와서 조사하면 명확해지리라 생각한다."

"원자폭탄이 앞으로의 평화에 도움이 될 것이라 생각하나?"

"지금은 명확하지 않다."

이 냉정한 대답 후에 미국 기자단이 이쪽에게 질문했다.

"여러분은 전쟁에 이길 것이라고 생각했었나?"

"그렇다. 최후의 순간까지 질 거라고 생각한 사람은 한 사람도 없었다."

일본에서는 기자조차 이렇게 소극적으로밖에 말하지 못한다. 이 쓸쓸한 대답 방식은 그 신문 톱면에 크게 쓰여진 '히로시마의 피해 세계 최고'라는 까만 글자보다도 훨씬 깊게 내 마음을 후볐다.

---

25 Things to Come.

"언론 통제는 어떤가?"

하고 상대방이 물으면

"전쟁이 끝난 현재는 자유롭다."

라고 대답하는 주제에.

전반적으로 일본인은 대외적으로 말을 해야 할 때의 말이 부족하다. 침묵은 금이라고 하지만 이건 잘 아는 사람들끼리 통하는 이야기다. 서로 잘 모르는 사이에서 이상하게 간단한 말과 침묵 따위로 이해될 리가 없고, 음험하기도 하다. 언론의 자유는 대단히 비약된 부분에서 출발하는 수밖에 없다. 일본인은 이제는 자유로운 언어를 제대로 사용하는 법을 잊고 있었으니. 이것이 자유다 라고 생각해서, 시시한 일을 자유인 양 구는 것이다.

비는 매우 열심히 밉살스레 쏟아진다.

그리고 히로시마에서 나온 신문은 지면의 이분의 일 이상을 아직 원자폭탄 기사에 양보하고 그 후의 상황을 계속 쓰고 있었다.

28

75년간 히로시마에 살 수 없다는 간략한 숫자의 파문이 상당히 유력해졌다. 조금 이상한 마음이 들었지만, 이에 대해 어느 날 신문 2면 톱으로

"거짓말이다, 75년설."

이라고 떡하니 크게 나왔다. 거짓말이라는 건 무엇을 말하는

걸까. 누가 처음 거짓을 말했다고 하는 걸까.

미국인 기자와는 별개로, 9월 8일 아침, 연합국 측 전문가 시찰단이 바다 건너에서 특별히 히로시마를 찾아왔다. 미 육군대장 퍼렐, 같은 뉴먼 공병과에 속한 기술자 외 물리학자 모리슨 박사, 만국적십자사 대표 주노 박사 등이었다. 물론 사진기사도 들어있다. 이 일행에 그때 히로시마에 있었던 쓰즈키 박사도 함께였다. 이 사람들은 경호를 위해 '경찰'이라 쓰고 영어로 폴리스라고 기재한 완장을 단 몇 사람의 경찰관을 데리고 폭발중심지인 고코쿠護国 신사 부근을 지나 다이혼에이아토大本営跡에 도착했다.

이날도 비는 줄기차게 내렸다. 시찰단은 빗속을 쓰즈키 박사의 전문가적인 실시조사연구 결과를 열심히 들으며 히로시마 성이 불탄 성터에 서서 일대의 참상을 봤다. 그리고 방사능 측량소와 원폭피해 환자 수용소도 보았다.

주노 박사는 제네바 만국적십자사에서 온 사람이었는데, 세계에서 전무후무한 참화에 동정의 뜻을 표하고 15톤의 구호의료품을 비행기로 이와쿠니岩国비행장까지 가져왔다. 신문에 따르면 주노 박사는 이런 식으로 말했다.

"고작 한 발로 이런 파괴력을 가진 원자폭탄의 무서운 능력에 놀라고 말았다. 이 원자폭탄을 인류로서 최초로 체험한 히로시마 시민을 동정할 뿐이다. 우리는 이를 두 번 다시 사용하지 않고 끝낼 수 있도록 노력해야만 한다. 우리 만국적십자사는 히로시마 참극 소식을 듣고 즉각 파견단을 조직해 도일渡日했다."

주노 박사와 모리슨 박사 등에게 지금까지 설명과 통역을 맡아 온 쓰즈키 박사가 우라늄 독소설에 관해 질문했다.

"딱 하나 제가 묻고 싶은 게 있다. 그건 그 원자폭탄에는 어떤 독가스와 비슷한 것이 장치되어 있지 않았는지다. 폭발 당시의 모양을 들어보니 하얀 가스 모양 같은 것이 중심지역에 감돌았다고 한다."

그러자 퍼렐 대장과 모리슨 박사가 같이 대답했다.

"이에 대해서는 차후에 밝히겠다."

쓰즈키 박사는 거듭 물었다.

"외국에서 온 전보에 따르면 미국 전문가 발표로 원자폭탄의 독소는 앞으로 75년간 영향력을 가질 것이라고 보도되었다. 그러나 내가 조사한 결과는 완전히 오류라고 믿는다. 여러분은 어떻게 생각하는가?"

이번에는 즉각 모리슨 박사도 퍼렐 대장도 입을 모아

"75년이라니 터무니없다. 그 폭탄의 영향은 1년은 고사하고 1개월, 폭발 당일은 위험성이 있었겠지만 익일 혹은 2, 3일 후부터는 영향이 없을 터이다."

라고 75년설은 단호히 부정했다.

또한, 로이터 전보에서도 다음과 같이 말하고 있다. 요컨대 미국 신문기자는 뉴멕시코의 원자폭탄 시험장을 시찰하고, 히로시마와 나가사키의 피해지역이 방사능성 활동 때문에 인간의 거주에 적합하지 않은 위험지대로 변했다는 것을 일본 측 보도로 반박

했다. 반박하는 측은

"투하지에 지속적인 방사능 활동이 이루어지게 할 방법으로 원자폭탄을 사용하는 것도 가능하지만 과학전에 공격력을 발휘하기 위함이었기에 이 방법은 채용되지 않았다. 히로시마, 나가사키의 경우는 원자폭탄이 최대의 파괴력과 최소한의 방사성 활동을 나타내는 정도로 폭발시켰다."

고 보도했다.

시찰단이 히로시마를 떠나 나가사키로 갈 때 비로소 물리학자인 모리슨 박사는 쓰즈키 박사의 앞선 질문에 다음과 같은 말을 남겼다.

"가스와 비슷한 장치가 이번 원자폭탄에 있었는지 어떤지 다방면에서 질문을 받지만, 그 폭발 직후에 하얀 가스체와 닮은 이상한 것이 중심지역에 감돌았다고 하는 건 약품이 폭발할 때 공중에서 화합化合작용을 해서 그런 모습을 나타낸 것으로 그 농도에 따라서 다소 해는 있지만, 최근 빈출한다고 하는 사망자는 우라늄 방사에 따른 심부深部장해로 독가스 비슷한 것의 작용은 아니다."

퍼렐 대장도 히로시마를 떠날 때 말을 남기고 갔다.

"히로시마시의 피해 상황은 직후에 상공에서 촬영한 수십 장의 사진을 보고 예비지식을 갖추고 왔는데, 실제 현장을 들여다보면 볼수록, 들으면 들을수록 피해 정도의 막대함에 놀랐다. 조사결과에 대해서는 본국에 보고할 때까지는 발표할 수 없다."

한편 이쓰쿠시마厳島에서도 이와소岩惣여관에서 조사단 중 군의관들과 현의 기자 등이 만찬을 함께하며 일문일답을 했다.

현의 기자 "조사한 결과, 어떻게 생각하십니까?"

오터슨 군의 대좌 "비참하다, 이 말 말고는 표현할 수 없습니다. 우리 군의는 진심으로 동정하고 있습니다. 원자폭탄 재해조사에[26] 관해서 맥아더 원수에게 보고하기 전까지는 우리가 멋대로 발표할 수 없으니 질문하지 말아 주십시오. 단, 귀국의 쓰즈키 박사의 설과 우리의 그것은 대개 일치하고 있고, 그 점, 우리 일행은 쓰즈키 박사의 노력과 학자적 태도에 크게 감사하며, 경의를 표하고 있으므로 쓰즈키 박사의 설을 인용하는 일은 결국 우리의 설과 마찬가지임을 덧붙여두고 싶습니다."

기자 "피해자와 경상자가 차례로 사망하고 있는데, 초토화된 히로시마에 살고 있는 주민들에게 대공황이 왔습니다. 75년설은 사실입니까?"

워렌 대좌 "이는 전혀 근거 없는 설이다. 원자폭탄은 폭발과 동시에 바람과 함께 날아가고, 여름에는 공기보다도 가벼우니 비와 함께 흙 속에 침전될 걱정은 결코 없다."

기자 "치료방법은 어떻습니까?"

오터슨 대좌 "수혈이 최선으로, 이번에 아쓰키에서 이와쿠니까지 15톤의 의료약품을 공수했는데, 그중에는 수혈용 혈장도 다

26 대령에 해당.

량 있다."

그때 말이 나온 김에 현의 기자는 솔직하게 물어보았다.

기자 "미국은 결국 원자폭탄을 몇 개 갖고 있었던 겁니까."

이 질문에는 곁에서 쓰즈키 박사가 대답했다.

"일행은 발표할 수 없는 입장일지도 모르지만, 제가 여러 방면에서 얻은 정보로 추정하면 미국은 이미 백 개 정도 완성한 것 같다. 이 중에 두 개를 히로시마와 나가사키에 사용한 것 같다."

기자 "아직 98개나 남았다는 거군요."

쓰즈키 박사 "원광原鉱은 미국과 아프리카에만 있다. 결국, 일본에는 재료가 없으니 방법이 없다. 원래 나는 1925년, 20년 전 미국 피츠버그에서 소량이지만 연구용 표본을 손에 넣었는데, 그 정도로는 원자폭탄을 못 만든다."

오터슨 대좌 "진주만은 미국이 예측하지 못한 언익스펙티드 트래지디(비극)이었다. 히로시마, 나가사키의 원자폭탄도 일본 측이 예기하지 못한 비극이었다. 예기치 못한 비극으로 시작되어 비극으로 끝났다. 앞으로의 세상은 예기하지 못한 비극이 쌍방에 일어나지 않도록 협력하고 싶다."

이렇게 온건하고 타당한 회의도 발표되었고, 히로시마의 불탄 자리에는 채소가 되살아나 푸릇푸릇하게 잎을 내고 있다고 들었다. 그러나 그 풍문 속에서 여전히 사람들은 죽었다. 히로시마에 있던 사람 중 건강한 사람은 겨우 6천 명이라는 숫자를 눈으로 확인하자 불어오는 바람조차, 비조차, 암흑처럼 생각되었다. 그리고 산촌으로 들어간 이재민들은 미국에서 가져온 의료품의 그림자도 구경할 수 없었는데, 신문기자는 태연하게 "따끔한 맛을 보여줘라."며 건방지게 명령이라도 하는 듯 소리치고 잘 보이지도 않는 새카만 뜸자리 사진을 싣거나, 호박을 먹으면 약이 된다고 쓰거나, 남천나무 잎이나 감잎을 달여 마시기를 추천했다. 머리가 빠져도 잘 듣는다고 하는 삼백초는 고귀한 것인 양 엄청나게 암시장 시세가 올라서 필요한 이의 손에 들어갈 수 없게 되었다. 들판에서는 삼백초 잎 한 장도 찾아볼 수 없었다.

비는 몸속이 썩어 들어가는 느낌처럼 부슬부슬 내렸다. 나는 마을에 온 지 40일이 지나고 나자 반쯤 마비되었던 정신이 슬슬 회복된 것 같았다. 그것은 눈에 보여서 마치 큰 병을 앓고 난 사람이 나날이 조금씩 좋아지듯 건강을 회복하는 그런 느낌으로 한 발 한 발 8월 6일 이전으로 되돌아가기 시작했다.

그러자 그에 따라 형용할 수 없는 공포로 두려워지기 시작했다. 빗소리가 갑자기 세차게 들리기 시작한 한밤중에는 지금도 푸른 빛으로 덮여 자고 있던 집이 소리도 없이 무너지는 듯한 감각에 사로잡혀서 벌떡 일어나 천장을 바라보곤 했다. 이렇게 생생한 감각이 돌아와도 그래도 나는 다른 사람들보다 뒤처져서 죽게 되는 걸까 생각했다.

"이제부터 슬슬 죽게 되는 걸까요?"

나는 신세를 지고 있는 집의 사람들에게 아침이고 밤이고 그렇게 말했다. 농담처럼 말할 수밖에 없었으나 유서는 진심으로 썼다.

옛날에 살았던 강 상류에 있는 부락에 지금도 묘지만은 남아있으니 그 부락 사람들 손으로 그곳에 묻어주면 좋겠다고 써 두었다.

9월은 중순까지 장마처럼 비가 내렸고, 16일은 종일 호우가 내렸고 17일도 호우는 잠시도 멈추지 않았고 밤이 되자 태풍으로 변했다. 자고 있던 이층이 흔들거렸다. 동풍이 커다란 연못 있는 마당으로부터 떠밀어 넘어뜨릴 듯 불어와 덧문을 뒤흔들고 모기장을 찢어버릴 것 같았다.

비는 집을 무너뜨릴 듯한 기세로 잠시도 그치지 않고 계속 내리더니 새기 시작했다. 전등은 나간 채였다. 갑자기 우체국에서 공습경보 사이렌이 울렸다. 전쟁이 끝나고부터 아침 5시와 정오와 저녁 9시를 알리기 위해 전쟁 중의 경계경보 사이렌을 고스란히 그대로 울리는 것에 나는 반대였고, 마을로 온 뒤 그것만큼 싫은 소리는 없었다.

나는 그때마다 잊고 있던 전쟁 중의 일을 떠올리고 진땀을 흘렸다. 그런데 호우와 태풍 속에서 갑자기 공습경보가 울렸기에 나는 이층 계단을 뛰어 내려왔다. 안채 사람들이 있는 곳으로 뛰어 들어가보니 노부인과 젊은 아내 등이 초롱에 불을 켜고 있었다.

"깜짝 놀라셨죠. 지금 말하려고 생각하던 참이었습니다."

그리 말하고 부인 모녀는 웃었다. 봉당에는 우비를 입은 늙은 남편이 서 있었다. 전답과 인가와 도로가 비와 바람으로 떠내려갈지도 모르니 경방단 사람들이 그걸 막으러 나가는 것이다. 바깥에서는 그 사람들의 발소리와 떠들썩한 소리가 바람과 빗속에서 들려왔다.

그렇다고 하더라도 저 무시무시한 사이렌으로 사람을 불러모으지 말고, 북이라도 쳐주길 바랐다. 도쿄와 히로시마에서 저 견디기 힘든 사이렌이 울릴 때마다 흙구덩이에 들어가서 아침까지 목숨이 붙어있을지 어쩔지 몰랐다.

계단 아래에서 함께 자자고 하는 걸 램프를 얻어서 이층으로 돌아왔다. 이층은 크게 태풍이 요동칠 때마다 소리가 울리고 흔들려서 모기장 속으로도 들어갈 수 없었다. 앉았다 섰다 하고 있으니 동쪽 미닫이 위, 고창高窓에 걸린 액자가 쿵 떨어져 뒤의 벽토와 함께 우당탕 다다미로 무너져 내렸다. 미닫이는 흠뻑 젖었다. 나는 램프를 든 채 계단 아래로 내려갔지만, 밤이 샐 때까지 깨어 있었다.

밤새 태풍과 호우를 맞은 다음 날의 한낮처럼 새하얀 것은 없다. 날씨가 갠 것은 아니고, 태풍의 여파와 호우의 흔적도 아직 주위를 뿌옇게 하고 있었지만, 가끔 약한 햇살이 비쳤다. 바로 정면 강 건너 고야마의 벼랑은 긁혀서 적토赤土가 강까지 떨어지고 있었다. 강폭은 넓어져서 요란하게 큰 소리를 내며 흘렀다. 여기저기 흙다리가 전부 무너져 있었다.

인가도 옥상이 깎이거나 반쯤 무너진 곳이 있었다. 어느 곳에서는 도로가 무너져 강이 되었다. 황금 물결이 치던 일대의 논도 군데군데 강기슭으로 빨려 들어가 무너졌고, 벼는 땅에 쓰러져 있었다.

히로시마에서 빠져나온 전문학교 학생은 일단 원자폭탄증에 걸려서 피부에 반점이 생기고 머리카락이 빠지고 했었으나, 회복되어 건강해졌다. 그 학생의 집에서는 17일 밤 자고 있던 위로 천장이 무너져 내렸다고 한다. 학생은 또 폭탄이 떨어졌다고 생각했다고 한다.

마을에 오래 살았던 노인은 이런 폭풍우는 60년 만에 처음이라며,

"이래서는, 밟고난 다음 발로 차는 꼴 아니요, 정말 못 해 먹겠소."

라고 말했다.

전선이 끊어진 채여서 마을은 다시 캄캄해졌다. 양초나 석유가 없는 집이 많았지만 내 방에는 고풍스럽고 멋진 모양의 램프가 켜져 있었다. 오히려 램프가 근사하다고 생각해 깜깜하고 고요한 밤을 처음에는 나는 고맙게 생각했다. 램프의 불빛은 부드럽고 다정하게 방을 비춘다. 책을 읽어도 무언가를 쓰더라도 금방 졸린다.

29

이전 종종 램프 불빛으로 밤을 지새야 하는 산속 깊은 온천에서 일하고 싶어져서, 사람들에게 물어보곤 했었는데, 그런 곳은 여간해서 찾을 수 없었다.

전기가 들어오지 않으니 라디오도 들을 수 없었다. 사람 얼굴

도 보이지 않고, 사각 상자 속에서 생생하게 섬뜩한 인간의 목소리가 나오는 라디오를 나는 좋아하지 않아서 딱 좋다고 생각했다.

마을에서 나가는 교통은 완전히 끊겨 신문도 우편물도 오지 않았다.

17일 이후로도 비는 맹렬히 내렸다.

10월로 들어서자 또 일찌감치 호우는 대지를 뒤흔들며 밀어제치듯 세차게 내렸고, 격렬한 폭풍우가 불어왔다. 마을은 납작하게 일그러진 얼굴이 되었다. 강폭은 점점 넓어져서 바위나 돌이 데굴데굴 소리를 울리며 흘렀다. 언덕과 고야마의 벼랑은 눈 아래 논 쪽으로 털썩 떨어져서 벼 이삭을 밀어내고 말았고, 큰 나무는 장엄하게 이삭 위로 쓰러졌다. 작은 나무는 선 채로 벼 자리에 심어진 듯 뿌리를 내렸다. 일대의 논은 황폐한 공원처럼 새빨간 옻나무와 단풍잎과 보랏빛 들국화로 뒤덮이고 말았다.

전등도 켜지지 않고 신문도 오지 않았다. 9월 17일부터 그렇게 되었다. 하쓰카이치시마치에서 오는 트럭도 버스도 올해 말이면 끝이라고들 했다. 마을 사람들이 모여서 무너진 센스이泉水 고갯길을 수선하러 갔고, 14, 5명의 사람은 가을 축제에 쓸 간장과 식초를 가지러 나갔다. '니코'라는 지게를 등에 진 노인과 젊은이가 사이좋게 앞뒤로 서서 식초와 간장을 사러 가는 모습은 어디 여행이라도 가는 듯했다. 다른 배급품을 받으러 가는 모습도 재미있었다. 자전거가 있는 사람은 자전거를 가지고, 없는 사람은 '니코'를 짊어지고 청년단과 경방단 사람들이 일제히 모여서 하쓰카이치시로 나섰다. 여기저기 붕괴된 6리 길을 당일치기로 다녀오는 것이다.

이 자전거와 '니코'의 행렬은 장관이었다. 옆 마을 사람들도 내가 있는 마을을 지나가므로, 아침에는 운동회나 소풍의 자전거 경기를 보는 듯했고, 저녁에는 피곤에 지친 마라톤 선수를 떠올리게 했다.

마을에서 나가는 사람도 거의 없었다. 외지에서 들어오는 사람도 드물었다. 램프를 켠 밤은 2주일이나 지속되었고, 신문은 한 달이 지나도 오지 않아서 밤이고 낮이고 먼 옛날 같았다. 원시적인 생활 속에서는 마을 일밖에 알 수 없었다. 히로시마시 일조차 알 수가 없다. 한 달 지났을 무렵에도 시체는 마을 여기저기 굴러다니고 있다고 하고, 가는 곳마다 백골이 있었고, 구토가 날 듯한 악취는 마을을 뒤덮고 있다고 한다. 파리는 어딜 가도 팥이라도 뿌린 듯 많아서 히로시마시의 일부만 지나는 타버린 전차에는 승객의 온몸이 새카맣게 될 정도로 파리가 붙는 데다가 유난히 갓난아기 얼굴에는 커다랗고 까만 파리가 징그러울 정도로 들러붙는다고 한다. 뚜껑을 꼭 닫아둔 알루미늄 도시락통 속에도 파리는 몇 마리씩 들어가 밥 위에 죽어 있다고 했다.

이질 환자는 전재戰災 직후에 나왔는데, 번화했던 거리의 한 가운데 후쿠야福屋라는 백화점 지하실은 이질 환자의 격리병실이 되었다고 한다. 이런 이야기를 듣고 있으면 세계 최고로 비위생적인 국가이자, 악성 유행병의 본고장이라 불리는 중국의 뒷골목을 떠올릴 수밖에 없었다. 그리고 모기가 세균을 매개해서 '황열'로 고통받았던 1898년 이후 하바나의 거리를 방불케 했다. 쿠바섬의 하바나는 아름다운 항구였고 지세도 건강했다고 하지만, 불결하고 마을 전체가 악취로 넘치는 데다가 길에는 썩은 채소, 죽은 동물, 오물과 먼지로 가득했다. 무료 병원은 항상 만원이었고, 많은 수의 가난한 사람들은 거기도 들어가지 못해 길거리에 드러누워 있었고, 어딜 가도 거지가 손을 내밀고 돈을 달라고 구걸했다.

하바나에는 나중에 미국 본토에서 황열병 조사위원회를 조직해 학자와 군의가 연구를 위해 파견되어 왔다. 그 사람들 가운데 캐럴과 러지어 씨 등이 연구로 인해 쓰러지기도 했지만, 실험 결과 레이 총독과 위생국 장관 닥터 고거스가 고투한 실천 운동이 벌어져서 1905년 무렵에 마을은 다시 태어난 듯 청결해졌다. 모기와 유충을 완전히 박멸하고 청소한 것이었다. 그 시대 하바나는 인구 30만 명이었다고 하는데, 어딘가 히로시마와 비슷하다. 전쟁의 재해 이후는 그중에서도 1905년 이전의 하바나 거리와 매우 닮았다. 그러나 현재의 히로시마에는 닥터 고거스도 레이 총독도 황열병 희생자인 캐럴도, 모기의 세균 발견자인 리드 박사도 없다. 시장도 결정되지 않았고, 지방 장관은 본성本省으로 영전한 채 후임자가 오지 않았다. 히로시마는 한 세기 이전의 하바나를 바다 멀리 뚝 떼어 놓은 외딴 섬처럼 생각되었다. 집이 없다는 사실이 그 이상으로도 생각된다. 그럼에도 불구하고 거기에는 두 달이 지나도록 판잣집에 정착해 움직이지 않는 사람들도 있었다. 내가 아는 부인은 집 뒷밭에 누가 짓다가 어디론가 가버린 판잣집에 한 달이나 살았다고 했다. 시신과 같이 자고 우라늄독설과 매일 밤 여기저기에서 올라오는 송장을 태우는 불을 진심으로 두려워하며 머리가 이상해질지도 모른다고 생각했지만, 바람과 비로 판잣집이 무너질 때까지 거기에 있었다는 것이다.

이따금 마을에서 히로시마로 나간 사람의 이야기로 히로시마의 다리라는 다리는 전부 무너졌다는 사실을 알게 되었다. 7개의 강에 20개가 넘는 근대식 다리가 설치되어 있었다. 히로시마에서는 마을들이 다리와 다리로 이어져 있었으니 무너져버리면 이웃 마을로 나갈 수도 없게 된다. 나룻배로 강을 건넌다고 하는데, 나룻배에도 사람이 너무 많이 타서 뒤집혀 물에 빠져 죽은 사람도 있었다.

어느 할아버지는 뱃사공도 아니었는데, 작은 배에 자신의 짐을 싣고 강을 건너려 할 때, 사람들이 불러서 몇 명 같이 태우고 건너편 강변으로 데려다 주었다. 사람들은 50전, 1엔을 할아버지에게 짐삯으로 주었다. 할아버지는 배를 빌려서 건너가는 사공이 되었다. 그리고 폭우가 내리던 날 배가 뒤로 전복되어서 많은 사람을 죽였다. 자신도 바다로 떠내려가 죽었다.

원자폭탄으로도 무너지지 않았던 다리가 물에 휩쓸려가 버렸으니 어지간히 심한 비였음이 분명하다. 어째서 그다지도 심한 비가 한 달이나 계속 내릴 만큼 하늘에 있었던 것일까. 백성은 가뭄 때, 조금이라도 하늘과 가까운 언덕에 올라 불을 지피고 하늘에 비를 구걸했었다.

8월 6일에는 대화재의 반대쪽에서 햇살이 강하게 비치는 데도 비가 퍼부었다. 화재와 비라니 하늘에서 서로 웃고 있다. 밟고 찬다고 한탄했지만, 다른 게 아니라 호우도 태풍도 화재의 여운임이 분명하다. 도시에서 도시를 모조리 불태우고 마지막에는 원자폭탄으로 붕괴해 불타버린 도시 하늘의 울림이 지상으로 떨어진다. 폭탄은 지상뿐만이 아니라 하늘에도 작용한 것이다.

나는 밤의 램프 등불에 불편함을 느끼기 시작했다. 처음에는 온화하고 낭만적이었던 빛은 매일 밤 지속되는 사이에 눈을 아프게 했다. 자세는 나빠지고, 머리가 흐리멍덩해진 것 같았다. 석유 냄새도 처음처럼 향긋하게 느껴지지 않았다. 무엇보다도 램프는 음침해서 여우 소리라도 들릴 것 같아 견딜 수가 없었다.

늦가을의 거문고

30

사람들은 이런저런 용무가 생겨 히로시마로 나간다. 그렇지만 나는 아무래도 가 볼 마음이 들지 않았다. 소설가라면 각별히 잘 구경해두는 편이 낫다고 사람들은 권했고 그럴 것이라고 생각하지만, 다시 그곳에 가서 두리번댈 마음이 들지 않았다. 구경하러 나가는 사람들을 보면 마치 내가 값싼 굴욕이라도 당한 듯 불쾌해졌다. 아무리 시간이 흘러도 막연한 치욕감은 씻겨지지 않았다.

히로시마를 전쟁기념물로 영구히 그날의 모습대로 남긴다는 이야기의 출처를 나는 몰랐지만 9월 상순 주고쿠신문 사설란에서 집필자는 다음과 같이 노발대발했다.

"폐허로 변한 히로시마를 가리켜 '전쟁기념물'이라 부르고, 한없이 펼쳐진 폭격받은 자리를 영구히 보존하자니. 이와 같은 무책임하기 짝이 없는 폭론暴論을 토하고도 조금도 부끄러워하지 않다니 그 뻔뻔함에 고향을 사랑하는 지역민들은 모두 열화와 같은 분노를 금할 길이 없다. 과연 우라늄 참화는 미증유의 사태였다. 우리 시민 과반수가 원자폭탄에 희생되어 지하에 매장되었다. 장송葬送도 끝난 작금에 다시 힘을 내서 부흥건설에 적극 착수해야 할 화살촉을 분별없이 남 일처럼 기세를 꺾는 무리의 얕은 소견, 참으로 대단하다고 평하고 싶다. 전쟁기념물로 만들자고 설득하는 논자는 인간의 생리와 병리학적 입장에서 시민의 거주에도 지상 생산에도 부적당하다고 말하며, 그런 입장에서 출발해 히로시마시의 운명에 종지부를 찍는 것이다. 그런데 무언가 이 땅에 다시 시내전차가 운행되고 잔해만 남은 고층 건축물 안에는 옛날보다 규모는 줄어들었으나 사무소로 출입하는 사람의 수도 적지 않다. 전신, 전화 복구계획도 있고 기타 파괴된 문화 각 시설도 날이 감에 따라 재건될 때가 되었다. 그렇다면 그 모순 당착을 어찌 조정하면 좋을 것인가. 지금 백혈구 감소와 도시재건이 양쪽 천칭에 달려 여러 권위 있는 이름 하에 갖가지 조사가 이루어지고 있다. (중략) 신중하다고 말한다면 무척 신중한 것 같지만 어중간한 망설임으로 합리주의의 기회를 엿보며 허송세월하고 있는 것이다. 생각해 보라. 히로시마시의 빛나는 역사는 청일전쟁으로 시작되어 태평양전쟁이 끝난 역할 부담은 전국에서도 좀처럼 보기 힘든 과분한 것이었다. (중략) 우리의 백혈구가 다소 감퇴한 것과 같은 일은 염두에 두지 말고, 설사 건설 도중에 쓰러지는 최악의 경우와 마주하더라도 오히려 결사의 각오로 선조가 물려준 삼각주 땅을 지켜나가야 하지 않는가. (후략)"

히로시마를 고스란히 표본처럼 기념물로 만드는 일은 풍화작용과 인간의 의욕 때문에 불가능하다고 생각한다. 그것보다도 웅장한 메이지 시대조의 문장을 사용해 쓴 이 억울한 듯한 집필자의 마음속은 못 본 척 하기 어렵다. 상하이上海 자베이閘北 방면에서 당시의 전쟁 기념적인 폭탄 파괴의 흔적을 나는 보았다. '전적戰跡'이라 불리는 그곳은 여행자 누구나 구경을 하러 갔다. 무참하게 부서진 철근 콘크리트 건물 지하에서는 거지가 생활하고 있었다. 주변 벽에는 항일抗日을 뜻하는 글자가 가는 곳마다 새겨져 있었다.

나중에 자베이 일대를 '전적'으로서 일본이 보존할지 또는 철거해서 깨끗하게 청소할지가 지금 문제가 되고 있다고 들었다.(1940년이었다고 생각한다. 1939년이었을지도 모른다) 나는 그 사실을 들었을 때, 이 무슨 이상한 일을 논의하고 있느냐고 생각했다. 화평제휴和平提携라고 이상하리만큼 역설하고 있는 주제에 여기서 엉망으로 박살낸 중국의 문화건설을 그대로 중국 민중의 눈에 영원히 노출하겠다니 이런 역행은 없을 것이다.

나는 히로시마 주고쿠신문의 분노한 사설을 읽었을 때, 이 일을 떠올렸다. 히로시마 땅을 죽음의 냄새로 뒤덮은 과학 모르모트[27]들은 새로운 건설을 기원하며 잠들어 있는 것이리라. 아름답고 평화롭고 풍양豊穰한 밝은 도시로 만들어지기를.

희미한 램프 빛 속에서 나는 별의별 일을 생각한다. 한여름 아침의 비극적인 날부터 교외의 산과 논밭이 황금색으로 변하는 늦

27 실험 대상이 된 사람.

가을인 오늘까지 이상한 경험을 쌓았지만, 그 속에서 나는 깊숙한 인생의 그림자를 새로이 펴낸 기분이다. 넝마 같은 영혼에 비하면 누더기 같은 기모노는 아무렇지도 않았다. 남루한 영혼이야말로 갈아입을 수가 없다. 강펄에서 많은 시체와 함께 사흘 동안 기거했던 그 하나의 일조차도 나라는 인간에게 무엇과도 비교할 수 없는 깊은 가르침을 영구히 남겼다고 생각했다. 8월 6일 이전에 안전한 곳으로 옮겨갔던 것과 그렇지 않았던 것은 평생을 지배할 정도로 서로 다른 일이었다. 간이생활이라고 하지만 파악하려고 해도 지금까지 파악하지 못했던 그 일의 진수眞髓도 이번에는 파악한 기분이 들었다. 누구나 다 알몸으로 나왔다고 하지만 벌거벗고 돌아다니는 사람도 없고, 맨발로 걸어 다니지도 않는다. 내 몸에 걸칠 장신구는 별개로 하고, 여름 동안 세 벌의 기모노밖에 갖고 있지 않았다. 한 벌은 매일 입고, 한 벌은 잠옷으로, 나머지 한 벌은 빨아입을 용도였는데, 그건 단정하고 청결하기도 했다. 한 켤레의 나막신에 예전에 알고 지낸 할머니가 준 한 벌의 짚신을 소중하게 신으면 족했다. 너무 많이 가지면 그 압력에 짓눌려 정신까지 저속해지는 것이었다. 일본인은 기모노의 종류나 벌수에 너무 얽매이고, 영양가 없는 미식에 너무 정력을 쏟았다. 그 두 가지에 일본인은 노련했지만 시간을 빼앗겨 심원한 지능을 갈고 닦을 시간을 잃어버린 것이다.

내 안에서 작가혼魂의 불꽃이 타오르는 것을 느끼기 시작해서 행복하다. 긴 겨울 틀어박혀 시달려온 자만이 터득하는 그 격한 감동이 나를 동요시킨다. 원자폭탄이라는 조난으로부터 갖가지 다양한 것이 내 심신에 파생되었지만, 모든 한탄은 언젠가 여과기에 부은 물이 걸러져 깨끗한 물만이 방울져 떨어지듯 작가혼 하나만이 있는 그대로 남을 것 같았다. 실은 히로시마가 파괴된 사실보다도 작가 생활을 붕괴하고자 한 제국주의의 무지에 화를 내고 있었다. 개인으로서의 분노가 아니라 내 나라를 개탄하는 마음속에 포함되어 있다. 치명적인 패배를 배웅하고 슬퍼하고 있는 것이다. 일본은 지금 크게 전통적인 성격에서 벗어나고 있는 것이리라. 전쟁에 진 것은 전쟁 이외의 모든 일에도 패배했다는 의미는 아니다. 모든 것에 패배했다고 느끼는 건 심리적인 부작용으로 부수적이다.

그 모든 것은 패전 탓에 근본적으로 번복되지 않는다. 본질적으로는 진보다.

날카로운 바늘은 평화를 향해 급속하게 찌르고 있는 것처럼 생각된다. 하지만 일본 땅과 사람은 일본인의 것으로, 누구의 것도 될 수 없다. 비극이라고도 생각되고 행복이라고도 생각되는 것은 그 때문이 아닐까.

일본인 대다수는 민주주의가 뭔지 잘 모른다고 생각하지만, 일본 땅과 인간의 부활이라기보다도 오래된 피부를 벗겨내고 새로운 인간상을 만들어내기 위해서는 민주주의의 땅을 개간하는 방법밖에 없다.

아직 이 나라에서는 개화한 적이 없는 이 정치적인 원리는 그

짧은 단어에 비해 긴 역사의 지그재그를 헤쳐나온 것으로 근대를 창조한 모체인데, 일본 토양은 이를 이식하기에 너무도 견고하다.

하지만 혼돈한 현재의 패전 정세 속에서 오히려 우리는 이상적으로 살아야만 한다. 먼 미래의 진정한 평화를 위해 지금 닥쳐온 무언가를 똑똑히 확인해야 하고 거기에는 깊은 고통이 따름을 당연하게 생각해야 한다. 딱히 귀를 기울일 것까지도 없이 정말로 직접 생활 자체에 야기된 강렬한 울림에 우리 정신은 예민해질 뿐이다.

심각한 운명을 똑같이 짊어진 일본인 전체가 의식한다면 그 어둠을 뚫고 나와 사는 총명함과 인식된 고투와 크고 강력한 희망이야말로 높은 생활원리가 되어야만 한다.

심각한 공통 운명의 암시는 우리에게 허무 관념도, 안이한 피난도 도저히 허락해주지 않는다.

작은 전원田園에 이제야 늦가을이 찾아왔다. 이제 거짓 위세로 사람을 놀라게 하는 맹렬한 비는 내리지 않게 되었고, 가끔 안개 같은 가을비가 내리는 일이 있어도 하늘은 곧 투명한 늦가을 특유의 군청색으로 맑게 개었다.

우려했던 황금 논에 바람이 불자 건조한 노란색 이삭 물결에서 사락사락 스치는 소리가 난다. 뭐라 말할 수 없는 상쾌한 리듬으로 가조각[28]을 거문고 줄에 대고 가로로 슥슥 부드럽게 훑어서 소리를 내는, 그 소리와 닮았다. 거문고는 이미 다 타버렸지만 갖가지 가을벌레가 아직 울고 있어서 그 소리가 새 울음소리와 시냇물 소리와 바람 소리 등과 하나가 되면 멋진 가락의 거문고 노래로 들린다. 그러면 나는 소녀 시절, 거문고 연습을 시작했던 때, 제일 처음 배운 거문고 노래가 떠올라 마음속으로 노래해 본다.

금강석도 연마하지 않으면
보석의 빛은 나지 않지
사람도 배우고 나서야말로
진짜 덕은 나타난다네

노골적인 교훈을 싫어해서 오래도록 멀리했던 노래도 지금에 와서는 마음에 와 닿는다.

히로시마시에서 온 사람들도 죽음을 면하지 못한 사람들은 다 죽었지만 지금은 목숨을 건진 사람들이 침울한 얼굴로 살아있다. 외지에서 온 사람에게는 부식물 배급을 전혀 하지 않는 이 저속하고 태만한(저속이라는 말을 부주의하게 사용하고 있는 것이 아니다) 방식은 언젠가 사회적으로 큰 문제가 되리라고 생각한다. 그때 허둥대

28 거문고를 탈 때 손가락 끝에 끼는 골무모양 소도구.

며 비명을 지를 모습을 생각하면 쓸쓸하다. 외지에서 들어온 자는 모두 돈이 있어도 음식을 가질 수 없는 집시다.

살아있는 전재민들의 화상 흔적과 얼굴이나 목과 손에 남은 열상의 상흔은 지금도 생생하다. 언제까지고 히로시마 시내를 떠돌며 치료를 받지 않은 화상 흉터를 지닌 사람은 겨드랑이 아래 피부가 땅겨서 팔 전체를 위로 들 수 없게 되었고, 눈썹 털이 타버린 채 새로 나지 않기도 했다. 열상 상처는 보통 절상과는 전혀 달라서 양쪽에서 안쪽으로 말려 들어가 부정형으로 접착된 반흔이 되었다. 베인 자리의 피부조직이 우라늄 독에 의해 파괴된 것이라고 S 의사는 지저분한 흉터에 관해 그렇게 말했다.

첫 부분에 쓴 긴이라는 사람은 S의사도 9월말까지 살아있을지 어쩔지 모른다고 말했었는데 아직도 살아있다. 오싹한 말기의 풍모로 사납게 살고 있다. 죽은 아내의 옷가지를 히로시마 어딘가의 땅속에 묻어두고서는 내버려 두면 도둑맞을 것 같아 다시 파내러 가기도 했다. 목숨은 죽음의 찰나까지 알 수 없다. 처참한 원자폭탄증의 피부 그대로 강인하게 살아가는 사람들이 몇 사람인가 있었다. 그러나 그것도 산 시체처럼 정신의 반흔을 육체 어딘가에 공허하게 감돌게 한다.

나도 이해할 수 없는 죽음의 그림자를 삼 개월 슬쩍 엿보는 사이에 죽음으로부터 멀어졌다. 그리고 하루에 한 번인가 두 번은 4, 5장의 환상적인 그림을 펼쳐본다. 그것은 거대한 시가지가 붕괴되는 그림은 아니다.

강펄의 물가에 배를 깔고 눕듯 숨을 거둔 엎드린 어린 여자애의 모습, 길가 방공호에 연극의 순례 오쓰루를 닮은 꼴로 저승길로 떠난 소녀와 그 곁 달궈진 돌에 걸터앉은 젊은 아버지의 모습, 나무통처럼 부어서 금불 색으로 타버린 많은 처녀가 죽은 숲을 잊을 수는 없었다. 게다가 짖지도 않고 강펄을 떠돌던 사에키 아야코 집 개나 묘지를 서성대던 절의 하얀 닭 등이 기묘하게 추억 속에서 빛났다.

마을들은 노르께하게 탄 벼를 베기 시작했다. 잘 보니 벼를 베는 사람의 모습에도 기쁨은 보이지 않고, 전쟁에 지친 농민의 애처로움만이 보였다. 늘어진 면의 아동용 민소매옷을 입고 모자도 쓰지 않고 발은 맨발인 채 찢어진 짚신 사이로 반쯤 불거져 나와 있다.

벼는 구미키組木[29]용 재목에 주렁주렁 걸려 있었다. 벼는 황금빛 병풍이 되어 끝없이 펼쳐진 논의 표면에 높이 쌓였고, 하늘은 끝없이 맑고 높이 감청빛 유리처럼 빛났다.

요란하게 켜지는 일본인 기아의 신음은 올해 귀기 서린 거문고 노래처럼 들린다. 전재戦災 천재天災, 두 톱니바퀴가 삐걱대며 뒤얽혀 빈사瀕死의 거문고 노래가 땅으로 뻗어가고 있다.

(1945년 11월)

29 원목 퍼즐.

겨울(冬)

가련하게 멸망해 버린 도시를 한 번은 봐 두자며, 사람들은 멸망한 그 여름부터 겨울에 걸쳐 구경하러 갔다.

깊은 산속 시골 마을을 나서서 톱날처럼 꼬불꼬불한 언덕을 넘어 다니는 승합차에 흔들리며 가는 것이다. 넝마가 된 자동차가 어딘가 고장 나서 며칠이고 쉬고 있으면 사람들은 트럭 재목 위에 걸터앉아 흔들리며 갔다. 갈 때는 구경하러 간다는 마음으로 가지만, 돌아와서 그곳을 아직 보지 못한 이에게 멸망한 모습을 자세히 들려주는 사람은 없었다. 갔을 때에 비해 정신 나간 얼굴로 검붉은 사막으로 변했다고 이야기할 뿐이었다. 낮고도 슬픈 목소리로 그런 곳을 사람이 잔뜩 돌아다닌다며 희한하다는 듯 말했다. 지에千惠도 많은 사람이 다닌다니 이상하다고 생각하며 들었다

지에는 사람들이 도시를 구경하러 가면 갈수록, 자신은 거꾸로 더 깊은 산속으로 들어가 버리고 싶었다. 전쟁의 환영이 없는 곳으로 달아나 상흔을 치유하고 싶었다. 그렇지만 지금 사는 곳보다 더 욱더 깊은 산속 미덥지 못한 막다른 골목과도 같은 시골 마을 상황을 들어 봐도 괴로운 추억이 없는 장소는 어디에도 존재하지 않았다. 추억뿐만 아니라, 어디까지고 멀리 달아나도 피폐해져 있었다. 지에는 이제 벗어날 수 없는 산속 마을에서 해를 넘겼다.

애매모호한 겨울의 중반 어느 날, 석양이 담홍색으로 희미하게 빛나고 있었는데, 문득 생각났다는 듯 하얗게 눈이 섞인 차가운 비가 내리기 시작했다. 순식간에 날이 저물었다. 캄캄한 밤, 진눈깨비는 소리 내며 내렸고, 서풍이 낮게 깔리며 불었다. 시간이 흘러도 전등이 켜지지 않았다. 7시에 마을로 돌아가는 승합차가 삐걱대며 달리는 소리가 지에가 사는 집 뒷산 기슭을 지나갔다.

여관 주부主婦는 여관 건물 별채에 있는 지에에게 램프를 들고 왔다.

"이층 분들은 램프가 없습니다."

주부가 심기 불편한 목소리로 말했다.

"이층에 아직 계신답니까? 캄캄한데 불도 안 켜고."

어둠 속에서 주부는 지에에게 물었다.

"네, 잘 모르겠어요."

이층에는 학교에 근무하는 젊은 여자가 살았다. 파리한 얼굴로 조용히 생활하는 사람이었는데, 사흘쯤 전부터 남자를 데려 왔다. 밤에 밭을 걸어와 쪽문으로 같이 들어오는가 했더니 지에의 방에서는 보이지 않는 부엌에서 이층으로 올라가 몰래 숨었다. 남자는 주부와 지에에게도 모습을 드러내지 않았다. 아침에 이층에서 세수하는 소리가 희미하게 들렸다. 지에는 소곤대는 말소리를 들어도 여자가 지에에게 알려준 대로 남매간인 셈 쳤다. 그 두 사람에게는 편안한 마음이었다.

램프는 석유가 들어있지 않았다. 주부는 그걸 알고 있는 모양으로, 온천 반대편 안채까지 종종걸음으로 돌아갔다. 지에는 석유가 떨어졌다고 주부에게 이야기하러 가지 않고, 램프보다 먼저 가져다준 식사를 시작했다. 암흑 속에서 식사하는 것도 전쟁 동안 익숙해졌다. 젓가락이 흔들려 손에서 놓칠 뻔하자, 지에는 자신이 얇은 판자에 올라타고 겨울 바다를 떠다니는 기분이 들었다.

가늘고 맑은 목소리가 툇마루 끝에서 들렸다. 잘못 들었나 생각했으나, 여자가 큰 디딤돌에 발이 걸려 비틀대는 발소리가 들렸다.

"여기 계셨군요."

"누구신지요?"

지에는 미닫이를 열고 마루까지 나와 무릎을 꿇었다. 허리를 낮추고 양손까지 짚어 손님이 누구인지 확인하려고 했다. 도시가 불길 속에서 절멸했을 때, 사경을 헤맨 뒤부터 그런 자세가 절로 습관이 붙었다.

"연락도 없이 이렇게 밤에 찾아뵈어 깜짝 놀라셨지요. 저는 이시즈카 아키에石塚明江입니다."

검은 외투 모양만 흐릿하게 보일 뿐, 얼굴은 보이지 않았다. 먼 친척 중에 아키에라는 이름은 들어보았다. 어릴 적 어머니와 함께 경성京城으로 간 이후 돌아온 적 없었으니 둘은 처음 만나는 것이었다.

"잘 오셨습니다."

지에는 아키에가 이름을 말했을 때, 기뻐하는 것처럼 대답하지 않고 차갑게 인사했단 생각에 만회해 보려는 듯 말했다.

"계시는 곳을 모르니, 몹시 찾았습니다. 그날, 돌아가셨단 소리까지 들었으니까요."

"죽은 것이나 마찬가지죠. 그때 이후 저는 이따금 제가 송장일지도 모른다고 생각하기도 합니다."

그리 말해도 남이 자신을 죽었다고 생각하는 건 서운했다.

"저는 11월에 야밋배闇船[30]를 타고 돌아왔습니다. 겨우 목숨만 부지해서요."

아키에는 먼 친척이 그리워서 지에를 방문한 것은 아니었다. 근래 멸망한 도시에서 새로 잡지를 내는 사람이 있는데, 아키에는 그 회사에서 일을 시작했다고 이야기했다. 소설을 쓰는 지에가 아키에의 머리에 떠올랐다. 먼 친척이라는 인연이라면 부담 없이 접근할 수 있겠다며 회사 사람들도 아키에를 보냈다. 지에는 소설을 써 달라는 아키에에게 소설을 쓸 마음은 아직 들지 않는다고 답했다. 아키에는 소설은 제쳐두고 두세 명의 작가 모임에 나와 달라고 잇달아 부탁했다. 미야지마에 숙소를 잡아서 간담회 뒤에는 자신과 둘이서 묵을 수 있게 해 두었다고, 아키에는 어디 유람이라도 가자고 권유하듯 말했다. 그런 권유에 응해 나갈 거라면 죽음의 추억이 남은 도시도 담백한 마음으로 보고 돌아올 수 있지 않을까 지에는 생각했다.

---

30 불법 쪽배. 불법 나룻배. 야밋배는 강제동원 구술집에 표현을 빌어 씀.

한 번은 자신을 죽음 앞으로 끌고 갔던 그 도시의 흙을 지에는 한 움큼 쥐고 돌아오고 싶다고 생각하기도 했다.

"우선은 좀 생각해 보게 해 주세요. 양초라도 얻어 올게요."

지에가 안채로 가는 마당으로 내려오니 눈이 희끔하게 많이 내리고 있었고, 바람이 옷자락을 펄럭대며 불었다. 안채의 주부는 두 치寸도 되지 않아 보이는 양초를 주며 말했다.

"얼굴을 보기만 할 정도라면 이걸로 충분하지요."

"모레, 버스가 서는 곳까지 마중 나온다고 하는데, 제가 얼굴을 알지 못하면 곤란할 거 같습니다. 내일 아침은 제가 자는 동안 돌아간다고 합니다."

"그러니까, 이만큼만 있으면 평생 잊지 않을 정도로 양쪽에서 볼 수 있답니다."

양초는 흘러내리듯 타올라 금방 없어졌다. 지에는 고타쓰炬燵[31] 나무틀을 뺐다. 바닥 고타쓰를 화덕으로 만들어 숯을 가득 넣자 새빨갛게 타올랐다. 훈훈해진 방 안에서 둘은 얼굴을 마주했다.

"겨우 환해졌네요. 미안해요. 이렇게 생활하고 있어요."

"아니요. 이층에 누가 있으신가 봅니다."

"말소리가 들려서요?"

"여자분이 울고 계시나 봐요. 남자분 목소리도 나네요. 무척

31 나무 틀에 화로를 넣고 그 위에 이불 등을 씌운 일본의 실내 난방 장치.

조그맣게 들립니다."

"당신은 묘한 밤에 오셨어요. 눈도 올해 들어 처음 내리는 거예요. 전등도 이리 꺼진 채로 있는 일은 거의 드문 일입니다. 이런 밤에 처음 뵙는 분이 찾아오시다니, 운이 좋지 않네요."

"그러니 도와준다 생각하시고 모레 나와 주셔요. 이 정도로 시골일 거라고는 생각하지 못했습니다."

지에는 가기로 약속했다. 숙소를 잡아 두었다는 아키에를 지에는 만류하지 않았다. 눈과 바람 속을 나란히 안채 앞을 지나쳐 도로 곁까지 지에는 아키에를 배웅했다. 이런 밤이 아니었다면 도시로 나갈 약속을 하지 않았을 것이라고 지에는 생각했다. 그곳은 물레방앗간 옆으로, 물레방아가 삐걱거리며 돌았다. 달그락대며 천천히 돌아가는 방아에 사락사락 눈이 내려 쌓여 있었다.

"숙소까지 함께 가고 싶지만, 바람 때문에."

"괜찮습니다. 모레 와 주시기만 하신다면요. 그럼 내일 아침 7시 버스로 출발하니 못 뵙고 갑니다."

지에는 자신이 아키에에게 냉혹하게 대한다고 생각했다. 아키에가 어두운 길을 가버리자, 그 생각은 한층 더 깊어져 어느 틈엔지 남에게 세심한 마음 씀씀이를 보여주지 못하게 된 자신을 돌이켜 보았다. 물레방아는 끊임없이 유유히 돌아가고 있다. 실개천의 물결도 어두웠지만, 돌에 쪼그리고 앉아서 뭔가 씻고 있는 사람의 그림자가 검게 보였다. 채소 냄새가 났다. 이층의 가쓰라 고나미桂小波 처럼 보였다. 지에는 말을 걸지 않고 지나쳤다.

기모노도 몸에 걸친 장신구도 대부분 타버린 지에는 주부에게 빌린 낡은 장롱 서랍을 여닫으며 얼마 없는 의류를 점검했다. 지에는 차분하면서도 아름다운 것을 무심한 듯 몸에 걸치는 걸 좋아하는 성정이었으나 전쟁 동안은 추레한 몰골을 하고 있었다. 공들인 복장은 잊어버렸다. 마음에 드는 옷도 입지 않고 넣어둔 채 타버렸다. 이 마을로 왔을 때의 거지 같은 몰골을 떠올려 보니 머리부터 발끝까지 몰라볼 정도로 아름다운 옷을 입고 외출하고 싶었다. 하얗게 표백한 무명 속옷을 새것으로 하나 갖고 싶다고 생각했다. 연분홍색 부드러운 기모노용 긴 속옷과 한 벌인 남색 기모노와 연주홍색 오비를 보자기로 싸서 소중하게 넣어 두었다.

지에는 한 장씩 꼼꼼하게 살펴보고 그 기모노를 입고 가기로 했지만, 외출용 기모노를 맵시 있게 입는 법을 잊은 듯해 불안했다. 코트나 목도리는 없었다. 주부는 자신의 은회색 낙타 코트와 긴 술이 달린 목도리를 들고 와 지에에게 보여 주었다. 너무 노티가 나니, 근처로 피난와 있는 젊은 부인의 것을 빌려다 줄 수도 있다고 주부는 말했다. 그거라면 빛에 따라 달라 보이는 비단벌레 색으로 속이 들여다 보이는 검은 비로드라고 했다. 그리 말했지만, 주부는 자기 옷을 입히고 싶은 눈치였다.

"하지만요."

지에는 도시로 나서는 일에 조금씩 신이 나기 시작해서 들뜬 목소리로 주부에게 말했다.

"낮에도 노상강도가 나타난다고 하잖아요. 예쁜 비단벌레 색

비로드 같은 건 도둑맞을지도 몰라요. 무서우니 속에 좋은 걸 입고 겉에는 수수한 걸 입고 갈래요."

"거꾸로 그것도 괜찮겠습니다."

"그거야 그편이 낫지요. 은회색 목도리와 코트를 벗으면 속에는 화려하고 좋은 기모노를 입고 있다는 거, 좀 괜찮은 것 같아요."

"스스로 칭찬할 정도니 틀림없겠지요."

"역 앞 같은 데에는 굶고 있는 사람이 있어서 남이 먹는 도시락에 불쑥 손을 내밀어 훔쳐 가는 사람도 있다네요. 그런 곳에 눈에 띄는 차림을 하고 가는 건, 이상하죠."

오래 산속에 틀어박혀 있다가 오랜만에, 그것도 서글픈 소문이 무성한 폐허의 도시로 나가는 것이니 지에는 신발 하나에도 망설였다.

이튿날 아침 일찍, 지에는 방공호에 딱 하나 타지 않고 남아있던 진녹색 여행 가방을 들고 트럭을 얻어탔다. 하늘이 푸르른 날이었지만, 정면 유리창이 깨져 있어서 날카로운 아침 바람이 불어 들어왔다.

이시즈카 아키에는 약속장소에 우두커니 서 있었다. 트럭에서 내리는 회색 복장의 지에를 이상하다는 듯 보고 있었다. 아키에는 일본 옷을 입고 있었다. 포도색에 아름다운 모양이 들어간 보드라운 코트를 입고, 연한 남색 꽃이 그려진 비로드 목도리를 바람을 막으려는 듯 때때로 턱으로 가져갔다.

"예상대로 버스는 출발하지 않았습니다. 죄송합니다."

아키에는 작게 그을린 흔적이 있는 지에의 가방을 억지로 들었다.

"가방 같은 걸 들고 어슬렁어슬렁 다녀도 괜찮은가요. 배낭으로 할까 생각했었는데."

지에는 진지한 표정으로 말했다.

"그렇게 위험하지 않아요. 거리는 보기보다 밝습니다."

작은 그 마을에서 두 사람은 미야지마선 전차를 탔다. 두 사람이 탄 전차는 미야지마 반대쪽을 향해 달렸다. 미야지마에서 한다는 간담회는 내일 낮이기에, 지에는 아키에에게 이끌려 지금은 여기저기 판잣집이 지어져 있다는 폭격을 받은 지대를 보러 가기로 했다. 전차가 도착하는 본디 변두리 마을은 암시장으로 변했고, 지에는 이런저런 소문을 시골에서 들었다. 전차가 아직 그곳에 도착하지 않은 동안 지에는 흥미와 불안으로 처음 도시로 나온 농부農婦처럼 주뼛대고 있었다. 지에는 전차가 종점역에 도착하자마자 널찍한 갈색과 회색 마른 들판의 풍경을 보았다. 앗 하고 소리가 나올 정도로 그곳은 다른 세상이었다. 동행이 있음도 잊어버렸다. 씻을 수 없는 전화戰禍의 모습이 일본 스스로 초래한 것이지만, 거대한 건물 뼈대로 남아 있었다. 지에는 아키에 뒤를 따라 암시장 인파 속으로 들어갔다. 어릴 적 본 시골 축제 날 같아서 지에는 이런 시장에 매력을 느낄 수 없었다. 지에는 코트 주머니에 넣어온 작은 수첩을 펼쳐 보았다. 양초, 립스틱, 빗, 똑딱단추, 바니싱 크림 등 암시장에서 사려고 생각한 물품이 쓰여 있었다. 지에는 양초와 향유를 파는 여자 앞에 섰다. 여자는 뱃사람처럼 다부진 몸매에, 뼈가 앙상한 큰 얼굴은 짙은 갈색이었다.

"그날 얼굴을 그을리셨나요?"

지에는 여자에게 물었다.

"볕에 탄 겁니다. 가을부터 밖에서 계속 서 있으니까요."

지에는 장보기보다도 다른 흥미에 매료되었다. 타고 남은 집의 좁은 봉당에 나무판자로 장欌을 달고 쇠붙이를 늘어놓고 있는 젊은 남자의 가게를 지에는 신기하게 들여다보았다.

"잘도 이만큼 모으셨네요."

젊은 남자는 친밀함이 가득한 눈길로 지에에게 웃어 주었다.

"남들만큼 고생은 안 했지요. 저는 오사카에서 이 물건들을 들고 왔으니까요."

"어째서 오사카에서 팔지 않으시고요?"

"이미 슬슬 준비하고 있어요. 게다가 살만한 사람은 다 사버려서 그다지 팔리지 않게 되었지요."

그 시장 상인들은 다들 사람 좋아 보이는 얼굴을 하고 있었다. 사는 사람 쪽이 눈초리가 어두웠다. 지에는 시장 인파를 서둘러 빠져나왔을 때, 중국支那의 도둑 시장을 떠올렸다. 마음속으로 궁색한 일본의 암시장과 비교했다. 일본 여행자는 중국의 도둑 시장에서 중국 민족의 결코 이해하지 못할 깊은 속을 느꼈고, 여러 날이고 거듭 다녀도 품었던 회의감은 풀리지 않았다. 그만큼 재미있고, 싸늘한 침착함이 있었다. 지에는 베이징北京과 지난済南과 칭다오青島에서도 처음에만 몇 번 다른 사람의 안내를 받아 도둑 시장에 갔고, 종국에는 홀로 자동차나 인력거를 타고 다녔다. 물건을 사러 가는 게 아니라, 사람들이 술집이나 다방에 놀러 가듯 지에는 그곳에 심신을 편안히 하고자 갔다. 칭다오에 두 달 남짓 유람갔던 시절에도 바닷가에 세워진 성냥갑 같은 도둑 시장에 다니자 사로잡히듯 마음이 편안해졌다. 한 노포의 단골이 되어, 조용한 그 가게에서 가져간 책을 의자에 앉아 읽곤 했다. 건조한 검은 흙 봉당은 칠기처럼 윤이 반짝였다. 구석의 의자에 걸터앉아 작은 주자석朱子石[32]을 손바닥에 올리고 들여다보거나, 인형 손이 반쯤 빠진 삼채三彩 토우埴輪[33]를 손에 들고 바라보고 있을 때, 지에는 일본에서 살았더라면 이해할 수 없었을 고독한 그리움을 느꼈다. 누구의 간섭도 받지 않는 자유로운 고독함이라는 기쁨을 일본에서는 맛보지 못해 이국으로 오고 나서야, 그중에서도 기묘한 장소의 의자에 앉아 맛본다니 지에는 우습다고 생각했다. 지에는 그렇게 정취 깊은 도둑 시장을 부럽게 생각했다.

선한 사람인지 악한 사람인지 구별할 수 없는 도둑 시장 상인에 비하면, 이 동네의 조촐한 암시장 상인이 훨씬 사람 좋아 보이는 인상임을 지에는 눈치챘다. 일본인의 단순함이 애처로웠다.

군데군데 부서져 구멍 뚫린 다리를 건널 때, 지에는 곁의 아키에에게 불쑥 말했다.

"일본에서 망국이라고 부르던 중국은 이제부터 번영하게 될지

32 석회암의 하나로 주홍빛 무늬를 띤 돌.

33 흙으로 빚은 사람이나 동물의 형상.

도 모르겠네요. 일본이 먼저 망하기 시작했네요."

작은 도시가 멸망한 뒤의 모습은 아득한 옛날 같았다. 보이는 것은 온통 푸른 나무도 풀도 없고, 꽃이 핀 곳도 없으며, 사람도 작은 새도 없지만, 그게 당연하다고밖에 생각되지 않았다. 그 거리는 어느 시대와도 어느 종족과도 관련 없는 전혀 다른 존재 같았다. 모든 일은 역사의 환경 속에서 시시각각 도도히 흘러간다고 하지만, 지에는 이 도시에서 시간의 흐름을 찾아볼 수 없었다. 향수鄕愁조차 절멸했다. 초목도 없고, 사람도 작은 새도 살지 않아 보이는 원시시대 같은 동네에 사람이 돌아다니고 판잣집에서 사람 소리가 나고, 더욱이 음식점에 별의별 사람이 드나드는 모습을 보자 지에는 옛날 이야기책을 펼쳐 보는 생각에 빠졌다. 사람들이 의복을 걸치고 모자를 쓰고 신발을 제대로 신고 있는 것도 지에는 신기했다. 사람들은 약속이나 한 것처럼 비교적 괜찮은 옷차림을 하고 찢어지지 않은 버선을 조신하니 신고 신발을 딱 맞게 신고 있다. 지금은 원시인처럼 가련한 모습이라도 그 도시에서는 어울려 보였다. 여기서는 풀을 엮은 직물을 걸치기만 해도 이상하지 않았다. 여자가 큰 나뭇잎 한 장으로 몸을 가리고 있을 뿐인데도 이 무無에 가까운 폐허에 어울린다고 지에는 생각했다.

멸망한 흙덩이의 공간에서는 무슨 일이 일어난들 이상하게 생각되지 않을 것이다. 이 땅을 다시 일으켜 세우려 하지 않는 사람들이 옷차림만 단정하게 해서 황량한 도시를 돌아다니는 모습은 어울리지 않았다.

"아무도 전쟁에 화가 나지 않은 얼굴이네요. 해맑게 싱글벙글 웃는 사람이 많아요."

지에는 마음에 들지 않는다는 듯 말했다.

"그렇지요? 그러니, 암울하고 비참한 건 겉에서는 보이지 않는다고 말씀드렸잖아요. 남자는 다들 제대로 된 신발을 신고 있고, 여자는 잘 챙겨둔 기모노를 입고 있으니 기분이 좋습니다."

"신발만 제대로 신고 있을지도 모르죠. 당신은 일본인의 성격을 위험하다고 생각하지 않나요? 입을 것도, 신을 것도 떨어지면 일본 사람은 어떻게 할까요? 지금 남자가 입고 있는 건 전쟁이 막 끝났을 무렵 잔뜩 얻은 것이잖아요? 그게 다 떨어지면 어떤 누더기를 입고서도, 가령 거적때기 한 장 걸치고서도 저렇게 눈이 반짝일까요?"

"거적때기를 입을 정도로 일본인은 몰락하지 않을 겁니다. 그렇게 되기 전에 어떻게든 할 성질이지요. 일본인은 문명인 중에서는 조금 소탈하긴 해도, 누더기를 걸치는 건 싫어하는 민족이니까요."

"문명의 압박과 기쁨 사이를 왔다 갔다 하는 거지요. 저는 말이죠, 누구 하나 남김없이 입을 것도 없이, 알몸이 되어서는 맨발로 걸어 다녀야 할 지경까지 가보면 좋겠어요. 거기까지 가보지 않고서는 진정해질 수 없다고 생각해요."

지에는 열이라도 난 듯 눈이 뜨거워졌음을 느꼈다.

상실한 도시의 풍경은 어디까지 걸어가도 마찬가지였다. 지에는 계속해서 걸었다.

"그렇게 말씀하시니, 알몸이나 맨발로 걸을 수 없는 건 비애일지도 모르겠습니다. 누구도 그렇게 보려 하지 않는 것은 자신을 근대인이라고 착각하고 있기 때문이겠지요. 패배했음을 깨닫지 못한 사람도 있는 듯하니 말입니다."

"일본에서는 패전이라는 말을 그만두고 제대로 조건부 항복이란 말을 써야 하지요."

"당신도 그리 생각하시는지요?"

"좀 더 냉정한 눈으로 그 말을 직시해야 한다고 생각해요. 패전이라는 말로 스스로 얼버무리는 거잖아요. 일본인답게 지고도 억지를 부린다는 소리 같아서 우스꽝스러운 말이에요."

지에는 무조건 항복이라는 핏방울 속을 사람들이 살아가야 함을 생각했다. 아키에는 살짝 미소지으며 말했다.

"진짜로 이 많은 사람이 어디다 자기 짐을 숨겨 두고 왔나 봅니다. 그걸 또 대단히 빨리도 꺼내 와서 입고 있는 거겠지요. 승리라도 했다는 듯이. 언젠가 밑바닥까지 떨어질지도 모르겠습니다."

연병장이 있었던 곳을 걸었다. 그곳만은 청소한 듯 정리되어 있었다.

"남동생은 여기 병영에서 그날 죽었습니다. 중국으로 한번, 두 번째는 미얀마로 군에 갔고, 세 번째에 내지 근무가 되었다고 기뻐했는데 그날에."

지에는 말을 삼키고 모든 건물이 사라져 버린 연병장 자리로 눈길을 돌렸다.

저녁, 고요한 감청색 만湾을 연락선을 타고 섬으로 건너갔다. 붉은 도리이鳥居가 드러난 부근, 옛날 맑고 희던 둔치는 지저분하게 더러워져 검정말藻이 모래에 들러붙어 있었다. 지에와 아키에는 모미지다니紅葉谷의 숙소로 가기 위해 붉은 회랑回廊[34]을 건넜다. 후미에 뜬 붉은 회랑은 무척이나 빛이 바랜 채로, 군데군데 붉은색이 벗겨져 있었다. 작은 신전 하나는 옥상도 반쯤 무너져 내려 망령처럼 드리워져 있었다. 예전 선려鮮麗했던 모습은 어디에도 없었다. 지에와 아키에는 서로 말도 하지 않고, 회랑을 돌아갔다. 신전의 격자문 깊은 곳에서 조용한 고전 아악雅樂 소리가 들려왔다.

"아주 옛날에 와 본 게 다지만, 그때 물가에 마취목馬酔木[35] 냄새가 났었어요."

아악 소리는 지에에게 그런 기억을 떠올리게 했고, 회랑을 나와 호텔 근처 작은 산을 눈여겨 보았지만 해가 지고 있어서 마취목은 보이지 않았다.

날이 저물어감에 따라 이른 달이 떴다. 달이 완연히 떴을 무렵 식사를 마친 두 사람은 불투명 유리로 된 미닫이를 열고 눈 아래부

---

34 건물이나 안뜰을 둘러싸도록 만든 긴 복도.

35 『식물』 진달랫과의 상록 관목. 높이는 2~3미터이며, 잎은 어긋나고 가늘며 길다. 이른 봄에 항아리 모양의 희고 작은 꽃이 총상(總狀) 화서로 달린다. 잎에 독이 있어 마소가 먹으면 중독을 일으키므로 삶아서 농작물의 해충이나 파리를 구제(驅除)하는 데 쓴다. 일본이 원산지로 관상용으로 재배한다.

터 건너편 해변까지 퍼진 달밤의 바다를 바라보았다. 황금빛으로 작게 반짝반짝 빛나는 잔물결은 지에의 마음속 분노를 조금은 멀어지게 했다.

"그 하녀女中가 이상한 말을 하더군요. 고타쓰 불을 몇 번이고 갈아도 꺼진다기에 소나무 숯이냐고 했더니, 처음에는 아니라고 하다가 바로 송근유예요, 라더군요."

아키에가 하는 말에 지에도 가볍게 웃었다.

"숯 대금, 숯 대금이라고 하길래 돈을 냈더니 갑자기 하얀 비단 이불입니다, 하고 들고 와서는, 그 왜, 작은 안카行火[36]에 두 장이나 그렇게 덮고."

지에는 한동안 웃었다.

이튿날, 간담회에 올 사람들을 기다리는 동안 지에는 아키에를 불러내 숙소를 나왔다.

"사슴 보러 가요."

그리 말하고 지에는 모미지다니에서 초롱이 줄지은 해안으로 걸었다. 적막이 옛날 아름다웠던 섬을 가리고 있었다. 연한 장밋빛 태양이 동쪽 하늘 부근을 어렴풋이 물들이고 있었지만, 바다에 뜬 붉은 도리이는 희미하게 벗겨져서 벵갈라색[37] 말뚝처럼 보였다. 어디를 보아도 죄 황폐했다.

---

36 손발을 쬐는 작은 화로.

37 적황색.

사슴은 물이 없는 골짜기의 양지쪽에 멍하니 앉아 있었다. 한 가족처럼 여기저기에 한 무리씩 바싹 달라붙어 있었는데, 서 있는 사슴은 없었다. 어떤 사슴이고 말라비틀어진 몸을 누이고선 죽음을 기다리듯 실눈을 뜨고 지에가 불러도 다가오지 않았다.

옛날, 사슴은 이 섬 계곡도 해변도 사막도 길거리까지도 수 놓은 듯 무리 지어 다녔다. 붙임성 있는 생생한 눈을 하고는 누구에게라도 다가가 나란히 함께 걸었다.

"잡아 먹었다는 이야기도 들었습니다."

사슴이 손에 꼽을 만큼만 남았다는 것이 이상하다고 말하는 지에에게 아키에가 작은 소리로 일러 주었다. 지에는 자신의 몸에서 핏기가 가시는 기분이 들었다. 사슴 한 마리는 일어서서 지에 쪽으로 오려고 했지만, 그대로 일어서지 못했다. 등뼈가 뾰족했다. 털은 윤기를 잃고 버석버석하게 말라 있었다. 목은 가늘어 꺾일 듯 보였다. 어린 사슴은 귀엽게 잠들어 있었다.

지에는 기분이 나빠졌다. 사슴 다음에는 사람이 그 사슴 같은 꼴이 되지 않을까 생각했다. 전쟁이 좀 더 길어졌다면 사람들도 그렇게 되었을 것이다. 지에는 깊은 산속으로 달아나고 싶은 자신의 마음이 이해되었다. 만요슈万葉集에서 사슴을 노래한 아름다운 노래를 지에는 띄엄띄엄 떠올렸다. 만요 시대에 대한 그리움은 목이 멜 정도였다. 참을 수 없는 동경이 가슴을 옥죄었다.

간담회는 저녁에 열렸다. 아키에는 잡지사 사람들 쪽으로는 가지 않고 친구처럼 작가인 지에 곁에서 대화를 나누었다. 지에는 잡지를 만드는 이야기가 재미있었다. 하지만 알고 지내는 나이 지긋한 두 작가의 문학 이야기 속으로 끌려 들어가자 억울함이 사무쳤다. 거짓말은 때처럼 눈에 띄었다. 나 자신의 말조차 믿을 수 없었다.

지에는 아키에와 함께 자기 방으로 돌아가서 바로 유리 미닫이를 열고 달빛이 비치는 바다를 바라보았다. 지에는 바다 쪽을 돌아다본 채 아키에에게 말했다.

"산속에 있으면서 마을로 가보고 싶다고 생각한 적은 없었는데, 마을로 나오니 얼른 시골로 돌아가고 싶네요. 저는 가까운 시일 내에 더 깊은 산속으로 들어갈지도 모르겠어요."

"슬픈 소리를 하시는군요. 어째서입니까?"

"사람을 만나면 만날수록 쓸쓸해지는 걸요."

지에는 그 이상 아키에에게 아무 말도 하지 않았다.

지에는 도쿠타 슈세이徳田秋声 씨가 죽기 얼마 전, 사인을 받기 위해 두꺼운 종이를 가져와 머뭇거리며 내밀었다. 모리카와초森川町의 컴컴한 서재에서였다.

"잘난 척하느라 안 써준다고 생각하는 것도 싫으니까. 손이 떨리긴 해도."

산에 오면 산에 목소리 있다네 소춘森にくれば森に声あり小六月

가늘고 흔들린 글씨였다. 떨리던 손을 지에는 장례식 날에도 떠올렸다.

어찌 된 일인지, 아키에와 헤어져 어머니가 계신 판잣집 헛간에서 묵은 밤, 지에는 슈세이 씨가 중얼거리던 소리가 생각났다. 슈세이 씨는 가을 숲에서 사람의 목소리를 그리워했던 것일까. 숲으로 달아나도 사람 소리가 뒤를 쫓는 인생을 멀리했던 것일까. 어느 쪽도 지에는 알 수 없었다. 확인하고 싶었다. 그것보다도 전쟁 후에도 남겨진 현대 작가의 고통을 모르고서 죽어버린 노작가를 행복했겠다고 생각했다.

새삼스럽게 사람 소리 따위 모조리, 지에는 허무하다고 끊임없이 생각했다.

건물이 사라진 마을에 해 질 녘부터 눈이 내리고 있었다. 바람은 상당히 강하게 불어서 얇은 판자 울타리로 만든 헛간으로 들이치는 눈은 유리창을 통해 잠든 얼굴로 떨어졌다. 다다미 6조짜리 단칸방에 백촉[38]전등을 켜둔 채 다들 잘 자고 있었다. 고타쓰 반대편에는 지에의 사촌 부부가 자고 있었는데, 준사쿠俊作는 새까만 머리카락이 눈으로 새하얗게 되었다. 처인 도모코知子는 보라색 보자기를 뒤집어쓰고 있어서 그 위에 촉촉이 눈이 쌓여 있었다. 지에 곁에 잠든 지에의 어머니는 손수건으로 얼굴을 폭 싸고 있었다. 지에는 검은 천을 살짝 치우고 천장을 보았다. 삼각형 옥상이 보였고, 눈은 그곳에서 집 안으로 눈이 폴폴 흩날리며 떨어졌다. 출입구 문이 소리도 없이 열렸다. 구부린 철사가 다인 자물쇠가 바람으

---

38 100와트짜리 백열구.

로 끌려진 것 같았다. 지에는 떨면서 자리에서 일어나 문을 잠그러 내려갔다. 밖을 내다보자 건물 하나 보이지 않는 넓은 눈 세상에 여기저기 켜진 밝은 등불만이 보였다.

"지난번 눈 내리던 밤에는 우산을 쓰고 잤어. 눈 오는 밤은 다들 새하얗게 변해서 잔단다."

날이 밝은 뒤, 어머니는 잠자리 속에서 지에에게 말했다.

"오늘은 해가 나네. 점심 전에라도 원래 집으로 데려다 주지 않을래요? 한번 보고 오고 싶어요."

그날 이후, 몇 번이고 이제껏 살던 집터에 가보고 싶다던 어머니에게 지에는 부탁했다.

아침 햇살이 강해서 엊저녁 내린 눈은 사라졌다. 정오 넘어 지에는 엄마와 함께 긴 다리를 건너, 공습 날까지 살았던 마을로 나섰다. 큰 절이 많았던 동네였기에, 여기저기 묘지 비석만이 옛 모습 그대로 남아, 예전 그곳에 절이 있었다는 사실을 말해주었다. 수목은 검게 마른 몸과 뼈만 남아서 무시무시한 죽음의 노래를 부르고 있는 것처럼 느껴졌다. 비석과 검은 나무들만이 속죄의 노래라고 지에는 생각했다.

따뜻한 날이었다. 볕이 비치는 곳에서는 뺨이 뜨거울 정도였다. 눈은 완전히 말라 있었다. 지에는 묘지 곁의 원래 집터로 다가갔다.

"어머, 집이 세워졌네요. 누가 살고 있나 봐요."

"얼마 전에 왔을 때는 이런 집은 없었는데."

"가까이 가서 봐요. 세노瀨野 씨 집이었던 곳이네요."

지에가 넓적하게 지어진 네모난 판잣집으로 다가가자, 묘지에 모였던 때의 세노 씨 부인의 피투성이 얼굴이 절로 눈앞에 떠올랐다. 이삼일 내로 출산한다던 세노 부인은 흰 양장에 피를 묻히고 맨발로 묘지에 있던 지에 가족의 곁으로 뛰쳐나왔다. 세노 부인은 지에 가족이 강펄에서 살았던 사흘 사이에 출산을 위해 수용소로 들어갔다. 부서진 마루 밑에서 기어 나온 두 아이도 데리고 갔다.

"역시 당신이었나요? 댁의 집터이니 그렇지 않을까 생각했습니다."

지에의 어머니는 문을 살짝 열고 들여다보더니 바로 눈물을 글썽였다. 부인은 누워서 갓난아기를 재우고 있었다. 낯익은 두 여자아이도 집 안에서 놀고 있었다. 광선은 줄무늬가 되어 방을 가로지르고 있었다. 전에는 그렇게 친하게 지내던 사이도 아니었는데, 부인에게는 빛나는 기쁨이 감돌았다. 지에의 어머니가 출산 당시 상황을 묻자 부인은 목소리가 침울해졌다.

"죽었나 살았나 생각하고 있었는데, 큰 소리를 내며 건강하게 태어나 주었답니다. 어두운 지하실에서 저는 죽는다고 생각했었는데, 모르는 여자분이 어둠 속에서 제가 낳게 해드릴게요, 저 산파랍니다, 라고 하는 겁니다. 어느 분인지 성냥을 그어 켜주었습니다. 그렇지만 그 산파분은 중상을 입어서요, 제 출산이 끝나자 죽었습니다."

어떠한 이야기도 지에와 가족에게는 과장이 아니었다. 어떠한 이야기에도 다른 더 끔찍한 정경을 떠올리고는 견주어봤다.

집터는 마지막으로 눈에 담고 그곳을 떠난 날 그대로였다. 어머니가 여기저기 걸어 다니며 말했다.

"방공호 속 물건이랑 타버린 가마솥 같은 건 벌써 도둑맞은 것 같지만, 언제 와서 봐도 계속해서 밥공기랑 접시 같은 게 하나둘씩 새로 나오는 거 있지."

"비나 눈이 올 때마다 흙이 씻겨나가서 나오는 거겠죠. 뭐라도 주워 갈까요? 추억 삼아."

"추억 같은 건 없는 편이 낫지 않겠니?"

지에는 흙으로 더러워진 주발과 홍차 접시를 하나씩 주웠다. 식기 찬장이 있었던 곳 같았다. 두 번 다시 여기 올 일은 없을 거라고 지에는 생각했다. 도쿄에서 여기 집으로 도망쳐 와서, 반년 남짓 살았을 뿐이지만 깊은 불행한 기억은 기념품이 필요하다고 생각되었다. 지에는 유릿가루가 섞인 모래를 종이로 싸서 가려고 생각했다. 여행지에서 잊기 힘든 자연이나 사람을 발견했을 때, 지에는 선뜻 헤어지지 못하는 성정이었다. 마음이 끌린 단 한 사람을 위해서나 풍경을 위해 그 여행을 지연하거나 하는 버릇이 있었다. 그런 경우, 꽃 한 송이나 나뭇잎 한 장, 술잔 가득 담은 모래 따위를 누구에게도 알리지 않고 들고 돌아왔다. 그렇지만 추억의 기념품은 행복하지 않다는 증표였다.

"이 파란색 주발子鉢만은 평생 지닐 거예요. 시골집 시절부터 어머니가 쓰시던 거잖아요. 어머니의 기념품도 될 테니까요."

"그러네. 내가 도쿄로 들고 가기도 했고, 또 들고 돌아오기도 했던 거란다."

지에와 어머니는 예전에 번화했던 거리를 돌아보고 가자고 말하며 다시 다리를 건너 전차가 달리는 길로 나왔다. 지에는 어머니에게 말을 걸었다.

"그렇지만 전쟁 중 보다도 다들 밝고 쾌활한 모습을 하고 있네요."

"전쟁이 끝난 것이 기뻐서 참을 수가 없는 거지. 그렇게밖에는 생각할 수가 없단다. 패배한 일은 더 찬찬히 나중에 다시 생각하면 되는 거니까 말이야."

번화했던 거리 자리에 다 무너진 외벽만 남은 5층 빌딩이 마주 보고 있었다. 골짜기처럼 캄캄했다. 그 빌딩 골짜기를 지나는 전차를 지에와 어머니는 기다렸다. 만원 전차가 가끔 와서 지나쳐갔다. 지금은 훨씬 멀리에서 오는 전차가 보였다. 어스레해졌다. 만원 전차가 멈춰 섰지만, 지에와 어머니를 태우지 않고 갔다. 마을 외곽을 병풍처럼 둘러싼 산맥 깊숙한 산의 습곡 사이로 석양이 지고 있었다. 새빨간 석양 덩어리는 순식간에 졌다. 해가 지면서 회색 섞인 하늘색 황혼이 주변으로 내렸다. 사람은 드문드문 다닐 뿐이었다. 석양이 지기 시작했을 때부터 사람들은 전차를 기다리지 않고 터벅터벅 걸었다. 지에는 어머니를 재촉해서 굉장히 빨리 걷기 시작했다. 석양이 다 지고 밤이 되자, 번화가에는 불 하나 켠 집도 없었다.

뛰듯이 걸어서 엊저녁 묵은 집 근처로 돌아와 다리를 건너자니 달이 떴다.

"어머 어머, 참 잘 나와주셨습니다, 달님."

지에는 그리 말하고 조금 천천히 걸었고, 어머니에게도 뛰듯이 걷지 않아도 된다고 웃으며 말했다.

밤, 지에는 판잣집 밖으로 나와서 달빛이 내린 아무도 없는 거리를 응시했다. 끝없이 펼쳐진 마른 들판과 닮았다. 고요함은 끝을 몰랐다. 그곳은 우주라고는 생각되지만, 지구라고는 생각되지 않았다. 전쟁이 낳은 처참함이라고도 지에는 생각하지 않았다. 좀 더 다른 거대하고 깊은 사건, 예컨대 옛날부터 정해진 지구의 숙명이 이 거리를 이렇게 태워버려서 그 의지를 어렴풋이 보여주는 것이라고도 생각했다. 지에는 앉았다 섰다 하며 언제까지고 가련한 유적을 바라보고 있었다.

언젠가 고적古跡은 새로 태어나 집마다 옥상에 햇빛이 쏟아지는 거리가 될 것인가. 사람들이 행복하게 사는 아름답고 풍요로운 거리, 하늘이 화사하니 따뜻하고 밤에는 구석구석까지 아름다운 등불이 줄지어 늘어진 거리가 세상 어딘가에는 있으리라 생각했다. 일본에도 평생 한 번은 마음이 아름다운 사람들의 꿈을 모은 아름다운 도시가 생겨날 것인가. 지에는 눈물을 흘렸다. 달빛을 마시고 조용히 누워 있는 거리의 시체를 위로하기 위해 지에는 그런 생각을 했고, 그리고 눈물을 쏟을 수밖에 없었다.

집으로 들어가자 매화꽃 향기가 났다. 좁은 실내에 백촉 등불이 켜있고, 연한 보랏빛 유리컵에 꽂은 매화꽃이 작은 책상 위에 놓여 있었다. 컵은 쓰러지지 않도록 흰 돌을 바닥에 가라앉혀 두었다.

"매화꽃이 어디에 피어 있었나요?"

"거름 가지러 가는 농민분이 가져다 주셨다는구나."

어머니가 대답했다. 컵의 물은 은빛으로 반짝이고 있었다.

이튿날도 따스했다. 집을 방문한 아키에와 어머니의 배웅을 받아 지에는 시골로 들어가는 출입구인 작은 마을로 돌아왔다. 승합차를 기다리는 동안 어머니는 말했다.

"안의 기모노는 괜찮지만, 위에 입고 있는 것이랑 무척 어울리지 않으니 이상하구나. 뒤에서 보면 병자나 오십쯤 된 사람처럼 보여."

"복장을 확실히 이중으로 입고 있는 것이 재미있지 않아요. 스스로도 누군지 모르겠다는 기분이 들지 않으셔요?"

아키에도 미소를 띠며 말했다.

"어느 쪽이 진짜인지 알 수 없어서 그만큼 재미있지요. 위에 입은 회색은 제 것이 아니지만, 어쩌면 그쪽이 진짜 나고, 속에 입은 것이 다른 사람의 색채일지도 모르지만요. 하지만 이번에 회색 남의 옷을 빌려 입고 오길 잘했다고 생각해요. 저는 앞으로의 인생을 이런 식으로 살지도 모르겠어요."

"어째서 그렇습니까?"

"반만큼 나 자신이 아니고 보니 편했어요. 좋지 않은 기억도, 반밖에 느끼지 않는 기분이 들어요."

오후 4시 한 번만 출발하는 승합차가 늦게 와서 석양이 비치는 산을 향해 달렸다. 산의 저녁 바람은 피부가 얼어붙을 것 같았다. 지에는 장갑이 없는 손등을 쓰다듬어 보았다. 저릴 만큼 아주 많이 차가워져서 손 윗가죽이 두껍게 벗겨 떨어질 것 같은 기분이 들었다. 그렇지만 지에의 마음은 승합차가 산으로 들어감에 따라 긴장이 풀려 진정되었다. 앞에도 뒤에도 옆에도 아주 가까이 산에 직면한 골짜기 시골 마을은 처참한 도시보다도 전쟁 때문에 얻은 영혼의 화상을 어느 정도 조용히 도와줄 것 같았다.

지에는 별채에 가방을 두고 불씨를 얻으러 안채로 갔다. 주부는 지에가 돌아온 것에는 제대로 인사도 하지 않고 말을 걸었다.

"앞바다에는 강도가 나오지 않았습니까?"

"그런 사람은 만나지 못했어요."

"강도는 어디에나 있지요. 이층에 와 있던 사람도 도둑이었으니까요."

"어머, 정말인가요. 가쓰라 씨가 알고 있나요?"

겨울이 깊어지고 나서 산속 마을에도 여기저기 외딴집 등으로 강도가 들었다는 소문이 있었다. 하지만 가쓰라 고나미 집에 몰래 틀어박혀 있던 젊은 남자가 그런 사람이었다니 잘못된 기분이 들었다.

지에는 놀란 모습도 아니었다.

"당신이 앞바다로 나선 날에 겨우 그 남자도 이층에서 나갔는데 말이지요, 요 앞 미즈키水木 마을에서 자동차를 훔쳐 달아났다고 합니다. 가쓰라 선생님이 미즈키 어귀까지 바래다 주고 헤어지는 모습을 숯장이 다로多郎가 산에서 보고 있었다고 하니, 도둑질한 건 선생님은 모르셨겠지요."

"잡았나요?"

"자기 집으로 돌아간 걸 잡아서 앞바다로 연행해 갔다고 합니다. 어제 가쓰라 선생님도 불려 나가 아직 돌아오지 않았습니다."

"이층에 커튼이 내려있고, 불이 켜있지 않아서 이상하다고 생각했었어요."

"자동차는 시계에 500엔 붙여서 맞바꾼 것이라고 말하고 있다는데, 파출소 사람은 다키타니滝谷에 든 강도도 그 남자일지 모른다고 하더군요."

지에는 그런 이야기를 듣는 게 싫었다. 주부는 그런 말을 퍼뜨리고 있는 게 분명하다고 생각했다.

"이야기가 상당히 빨리 돌고 있네요. 무슨 실수일지도 모르는데."

"실수가 아닙니다. 경찰이 몇 번이고 왔었는데, 인상이 딱 맞는다고 했으니까요. 게다가 이름도 가쓰라 씨가 말한 것과 같았어요."

지에는 불씨를 들고 별채로 되돌아왔다. 집이 쥐죽은 듯 조용해서 근처를 흐르는 강물이 바람이나 비처럼 가만가만 내는 소리만이 들려왔다.

반인간(半人間)

1

해는 지고 있었다. 이케부쿠로池袋 거리를 달리는 자동차 안에 아쓰코篤子는 다케노竹乃를 데리고 타고 있었다. 다케노를 데리고 탔다기보다 아쓰코가 다케노에 이끌려서 가고 있었다. 다케노는 아쓰코가 부리는 가정부로 마흔을 넘었고, 아쓰코가 잘 받아주면 바로 더 센 반응을 보이며 고자세로 나오는 여자였다.

차는 이케부쿠로에서 오쓰카大塚를 향해 천천히 달리고 있었다. 일명 '하쿠센白線'이라고 하는, 차체에 하얀 선을 두른 마크가 달린 저렴한 차였다. 아쓰코가 자동차를 타는 것조차 병적으로 무서워해서 다케노는 모험을 즐기는 젊은 운전사를 피해 나이 든 운전사를 찾아내어 온 것이다. 차 안에는 두 여자 이외에 이불 짐과 소량의 식기, 세면도구, 그리고 갈아입을 옷을 넣은 가방까지 같이 들어 있었다. 기모노를 입은 아쓰코는 짓눌린 듯 거북한 모습으로 창에 달라붙어 조그마하게 앉아 있었다.

아쓰코는 길거리의 공기가 기분 좋게 건조하다고 생각했다. 그러나 차창의 모든 유리가 꼭 닫혀 있었다. 운전사와 다케노는 여름날 해 질 무렵 차창으로 바람이 불어 들어오는 쾌적함을 느끼고 싶을 것이 분명하다. 아쓰코는 그것을 알고 있었다. 남에게 폐를 끼치는 것쯤은 아랑곳하지 않고 모든 차창을 꼭 닫아버렸지만, 남에게 상처를 준다는 것을 아쓰코는 마음 어딘가에서 그 아픔을 느끼고 있었다. 창문을 닫아 놓았어도 바람이 스며들어 약간의 한기가 아쓰코의 피부에 감각적으로 흐르고 있었다. 이불꾸러미 위에서 종이에 싼 꽃다발이 흔들리고 있었다. 사나흘 전 하얀 국화와 보라색 과꽃을 가지고 온 방송국 사람이, 이제 이런 일을 할 수 없는 아쓰코의 눈앞에 무리하게 녹음기를 꺼내 놓고, 8년 전 8월 6일 아침을 회고하도록 했다. 아쓰코는 이불 위에서 흔들리는 꽃다발에서 눈을 돌렸다.

창밖 공기는 여전히 건조한 느낌이다. 게다가 아쓰코의 눈에는 사람의 모습이 제대로 들어오지 않았다. 여름날 석양이 지는 거리가 북적이지 않을 리가 없다. 습기를 머금은 번잡한 거리일지도 모르지만 아쓰코는 인기척 없는 건조한 거리라고 생각했다. 자기 자신은 시종 침울한 의식이 끊이지 않는 고통으로부터 정확히 지금 도망치려고 순간이기에 모든 것의 습기와 사람의 그림자를 보려고 하지 않는 것이었다. 아쓰코는 다케노의 얼굴을 보지 않고 남녀 두세 명의 이름을 말하고

"그 사람들에게는 거짓말할 수는 없으니까 병원에 입원했다고 말해도 괜찮아. 다른 사람들에게는 여행 중이라고 해둬."

일전에도 이에 대해 다케노에게 말해 두었지만 아쓰코는 다시 한번 말했다. 모든 것을 한 번 말하면 걱정이 되어, 두세 번 정도 같

은 말을 하지 않으면 견딜 수 없었다. 같은 말을 몇 번 해 봐도 상대방이 알아들었는지 어쨌는지 결과가 나오지 않으면 확실하지 않다는 불안한 감정이 그 무렵 아쓰코의 머리에서 떠나지 않았다.

"그분들은 병원에 문병을 오셔도 괜찮으시겠습니까?"

평소에 다케노의 말투가 너무 정중하다고 아쓰코는 싫어했지만 다케노는 역시 그 말투로 물었다.

"문병을 와도 어쩔 수 없잖아. 나는 금방 잠들어 버릴 테니까. 후사다房田 선생님도 이름을 바꾸고 면회사절로 해두자고 하셨어."

아쓰코는 자신의 말에 어떤 원망스러운 생각이 더해져 마음이 흔들렸다. 그러나 이런 경우, 생각에 깊게 빠지는 것은 금물이었다. 고정된 상념에 빠지지 않도록 아쓰코는 끊임없이 자신을 경계했다. 요즘에 드는 상념이 병적인 한, 그것을 어떤 사고思考라고 그릇 생각하여 깊이 들어가는 것은 무익한 일임을 알고 있었다.

1952년 현재, 무엇에 속고 있는지는 모르지만 속고 있다는 의식에는 확실한 반응이 있었다. 생각하는 단계의 어느 선에서 자살할 실마리를 잡는다거나, 단숨에 미치광이가 되지 말라는 법은 없다고 아쓰코는 굳게 믿었다. 아쓰코는 죽음이나 발광을 극도로 경계해야 했다.

백선의 자동차는 황혼의 도시를 천천히 바느질하듯이 달렸다.

"여기, 어디야?"

아쓰코는 아까부터 유리창에 얼굴을 돌린 채, 쭉 밖을 보고 있었다.

"오쓰카大塚, 고마고메駒込를 지나왔으니 닛포리日暮里입니다."

어느 동네고 어딘가에서 본 풍경이라고 아쓰코는 생각했다. 현재 현실에 존재하는 동네가 아닌, 기억 속에 새겨진 동네의 풍경이 거기에 있었다. 패전 직후, 어느 도시에서나 볼 수 있는 녹슨 함석지붕의 판잣집이 차창 밖에 여기저기 늘어서 있었다. 반쯤 땅에 묻힌 듯한 작은 함석지붕의 판잣집에 시장바구니를 든 여자가 들어가는 뒷모습을 아쓰코는 보았다. 여자는 입구로 들어갈 때 고개를 푹 숙이고 들어갔다. 다른 함석지붕의 판잣집은 거의 무너져서, 사람이 사는 곳이라고는 생각할 수 없었다. 그러나 아이들이 주위에서 놀고 있었다. 양동이를 든 노파가 집에서 나와, 주위에 물을 뿌리기 시작했다. 아쓰코의 눈에서 눈물이 쏟아진 것은 이 주변을 감싸고 있는 함석지붕의 판잣집 때문이 아닌, 사람들이 움직이는 모습을 본 순간이었다. 세탁물을 걷어 들이는 여자들, 밖에서 돌아와 판잣집 입구로 들어가는 남자들. 사람은 어떤 상황에 놓여도 살아가려고 한다. 아쓰코는 여느 때와 마찬가지로 날카로운 슬픔에 잠겨, 갑자기 코끝이 찡하게 느껴졌고 눈물이 쏟아졌다. 다케노에게 눈물은 보이고 싶지 않았다. 얼굴은 차창을 향한 채였다.

(나는 역시 병자다. 판잣집에 사람이 드나드는 것을 봤을 뿐인데, 전쟁의 참상이 떠올라 울고 말았다.)

이를 다케노에게 말하면 위험하다고 생각했다. 아쓰코는 다케노를 두려워했다. 다케노가 한번 아쓰코에게 자살을 권한 후부터 다케노에게 거리를 두고 말했다. 어떤 이유에서였건 간에, 애정 관계가 확립되지 않은 안주인에게 같이 죽자고 유혹한 다케노의 성정에 아쓰코는 호의를 가질 수 없게 되었다.

아쓰코는 자신이 침울하고 외로운 모습임을 깨달았다. 반대로 다케노는 지금부터 몇 주일 동안 안주인이 없는 빈집에서 마음 편하게 지낼 수 있다는 것을 계산한 듯, 힘이 나고 기세 넘치는 모습이었다.

2

아쓰코와 다케노는 복도 한편에 붙어있는 긴 나무 의자에 살짝 걸터앉았다. 아쓰코는 일주일 전에 이 대학 부속병원에서 진찰을 받고 입원을 권유받았지만, 그때 진찰한 후사다 의사와 전화로 오늘 저녁에 병원을 가겠다고 그럼 기다리겠다는 약속을 했다. 여름날의 긴 저녁노을도 지고 있었다. 복도는 어두컴컴하고 인기척이 없었다. 후사다 의사의 모습은 어디에도 보이지 않았다. 빨간 벽돌 건물 입구에 털이 매끈매끈한 검은 개가 갈색 눈을 번득이며 아쓰코와 다케노를 보았는데, 자동차에서 내린 짐은 그 검은 개가 지켜보고 있는 현관에 놓여 있었다.

새된 목소리의 간호사가 후사다 의사를 찾기 위해서 이층으로 사라지자, 아쓰코와 다케노는 복도 끝으로 가서 나무 의자에 앉은 것이다. 복도 끝이라고 생각한 것은 실제로는 복도 끝이 아니라,

두꺼운 나무문이 복도의 끝에 딱 맞게 세워져 있었기 때문이었다. 문에는 튼튼한 자물쇠가 채워져 있었다. 사람들이 마음대로 그곳을 열고 드나들 수가 없었다. 열쇠를 가지고 있는 사람이 그 두꺼운 큰 문을 열 수가 있었다. 열쇠는 의사와 간호사만이 가지고 있었다. 그 설명서가 여자 글씨처럼 비교적 아름다운 필체로 쓰인 채 벽에 붙어 있었다. 이 문이 외부와의 접촉을 차단하는 것인가? 아쓰코의 눈에는 순간 그 문이 어두운 철문으로 보였다. 하지만 오늘날 이런 사회로부터의 격리는 바라던 바였다. 그래서 자신이 여기에 온 것이라고 아쓰코는 생각했다. 보통 생각하는 이 문의 안쪽에 대한 공포를 아쓰코는 느끼지 못했다. 두려움은 문의 저편이 아닌 이쪽 편에 충만한 기분이 들었다.

"후사다 선생님은 벌써 집에 가셨을지도 몰라."

아쓰코는 힘없이 기어들어 가는 목소리로 말했다.

"출발이 늦으셨으니까요. 기다리지 못하고 가셨을지도 모르겠습니다."

다케노의 말에 집에서 늦게 나온 것에 대한 비난의 목소리가 담겨 있었다. 자신의 입원을 아쓰코는 남에게 알리고 싶지 않았다. 여행을 자주 다니니까 근처에 사는 사람을 그렇게 속이고 싶었지만, 이불이나 취사도구를 가지고 여행 간다고는 말하기 어려웠다. '불안신경증'이라는 병명을 남에게 말하는 것이 괴로웠다. 병명보다도 증상의 괴로움의 원인이 어디에 있는지, 아쓰코도 알 수 없었다. 대략 주위에서 기질적으로 제멋대로인 사람으로 알고 있었기 때문에 경솔하게 증상을 호소할 생각은 없었다. 히스테리, 갱년기 장애, 멋대로라는 판단이 내려질 우려가 있었다. 요 4, 5개월 동안의 증상은 사람들과 이야기 하는 것도 싫고 누가 쳐다보는 것도 귀찮았다. 방문객을 방으로 들이고 나중에 들어가서도, 심통이 나서 아무것도 이야기하지 않고 멍하니 공간을 바라봤다.

남의 눈에 띄지 않을 저녁나절을 기다렸다가 집을 나왔는데, 후사다 선생님이 집으로 갔다고 생각하니 초조해졌다.

"일주일 정도 잠을 자는 거예요."

처음에 여기에 왔을 때 후사다 선생님은 분명 그리 말했다. 그때도 밤이었다. 다른 사람에게 소개를 받아서 온 아쓰코를 마흔 전후의 정직한 얼굴을 한 의사는 이층에 있는 도서실 같은 방으로 안내했다. 너무 피곤해서 목소리가 나오지 않는 그녀를 딱딱한 나무 침대에 쉬게 하고는 육체적인 진료는 하지 않았다. 의사는 원자폭탄을 소재로 쓴 아쓰코의 소설책 한 권을 읽고 있었다.

"무슨 일이세요?"

"저도 하라 다미키原民綺처럼 되어가고 있어요. 바로 전 단계라는 느낌이 들어요."

의사는 작년 늦봄에 자살한 시인을 모르는 모습이었다. 하라 다미키가 자신이 체험한 원자폭탄의 기억에 대한 강박과 조선전쟁에서 느꼈던 전쟁 확대에 대한 불안으로 자기 자신을 잃어버리기 시작해 자살했다고 아쓰코는 말했다. 의사와 말을 하는 것조차 아쓰코는 깊은 권태감을 느꼈다.

"저는 종전 때부터 심한 불면증에 시달렸어요."

"남편분은?"

"지금 집에는 없지만, 옆에서 자고 있어도 소용없었어요. 남편은 원자폭탄이 떨어진 날에 일본에 없었기 때문에 뇌리에 남아있는 것이 없어서 쿨쿨 잘 자는데, 저는 잠이 들려고 하면 머릿속에 시체 행렬이 지나가서 한숨도 못 잤습니다. 종전 후 2, 3년후에 도쿄로 돌아왔을 때부터 매일 밤 2시경이 되면 심하게 두드러기가 나고요, 온몸을 양복 브러시로 긁어달라고 했었습니다. 고기나 생선과는 관계가 없었고 수십 일이나 한밤중이 되면 괴로웠는데 의사 선생님도 원인을 몰라 한동안 항히스타민제 주사를 맞았더니."

"금방 두드러기가 없어졌죠?.

"네. 주사를 반도 안 놓았는데, 싹 두드러기가 들어가더니 금방 졸음을 참을 수 없게 되었어요. 몇 년 만에 푹 잤고, 아, 이 약이 구해줬다고 생각했어요. 이제 잠을 잘 수 있다고."

아쓰코는 그 주사를 자기 스스로 놓았다. 두드러기와는 상관없이, 원자폭탄으로 받은 심리적 손상을 그 약품의 마취로 지우려고 했다. 가벼운 술에 곤드레만드레 되듯이 기분 좋은 마비를 얻을 수 있었다. 그런 짓을 계속하다가 나중에 어떤 일이 일어날지 아쓰코는 생각하려고도 하지 않았다. 무언가 생각이 날 것 같으면 수면제를 먹고 항히스타민제 주사를 맞았다. 문학 일을 하려면 시원하고 맑은 머리가 필요하지만 맑아진 머리는 무언가를 깊이 생각하려고 했다. 아쓰코는 원자폭탄을 소재로 작품을 쓰기 시작하면서 감정의 고양을 억누르기 위해 항히스타민 주사를 계속 맞았다. 머리도 몸도 혼탁해져 갈팡질팡 피가 번지는 원한의 회고를 거리를 두고 바라볼 수 있었다. 그녀는 약을 쓰는 법을 터득했다. 약 사용법은 악용 말고는 없었다. 눈에 보이기 시작한 시대의 중압감을 견딜 수 있었든, 견딜 수 없었든 살아있을 거라고, 불응하지 말고 견디어 낼 수밖에 없었다. 분노 때문에 잠이 들 수 없는 밤, 아쓰코는 한밤중에 두세 번 일어나 주사를 맞았다. 점점 효과가 없어지는 것을 치명적으로 생각했다. 심장이 두근거리고 가슴을 압박하는 듯한 부작용 때문에 밤낮으로 자리에 누워 일하지 않게 되었다. 식욕을 잃었다. 먹으려고 하면 토했다. 주사를 맞으면 얼마간 식욕이 생겼고 그리고 잠을 잤다.

"하루에 몇 대 정도 놓으셨어요?"

의사는 가볍게 웃는 얼굴로 물었다.

"처음에는 2cc의 반 정도로 잘 수 있었는데, 지금은 하루에 4대 정도 놓습니다. 한꺼번에 하지 않습니다. 조금씩 합니다. 스스로 화가 날 때마다 술을 한 모금씩 마신다는 생각으로 합니다. 담당 선생님이 이렇게 하면 마지막으로 만나는 날이 되고 싶으냐고 하시기에 어쩌면 그럴 마음인 게 아닐까, 그렇게도 생각했어요. 마약이 아니니까 그만둘 수 있다고 생각했지만 언제나 주사 맞을 시간이 되면 머릿속과 몸이 덜덜 떨려 와요."

"어떨 때 그 주사를 더 많이 맞고 싶습니까?"

아쓰코는 말하고 싶지 않았다. 자신이 여환자라는 의식이 있었다. 정치 문제에 관한 말이 목에 걸렸다. 의사는 아마도 여환자에게 그러한 종류의 답변을 들으려고 하지 않을 것이다. 그러나 물음에 대한 응답에 따라 진찰을 받는 이상, 상대방의 사고를 생각하고 대답을 속이기는 쉽지 않다. 아쓰코는 일본의 샌프란시스코의 강화조약에서 일미안전보장조약, 일미행정협정에 이어 파괴활동방지법까지 국가정책의 진전을 지켜보며 이렇게 연쇄적으로 일어나는 것이 전쟁 준비의 상징처럼 생각되었다. 한시라도 깨어있는 것이 싫어서 점차 수면제와 주사액이 늘었다는 것을 의사에게 털어놓았다.

"중립이신가요?"

"음…네."

아쓰코는 애매모호하게 대답했다.

"환각은 없으시죠?"

"없습니다."

"그럼 일주일 정도 주무시게 하겠습니다. 수면제와 그 주사를 그만두시고, 훨씬 편안하실 겁니다."

밤낮 깨지 않고 일주일간 잠을 잘 수가 있는 것이다. 적어도 그 기간은 아무것도 모르고 있을 수 있다. 일주일간이란 기간을 정한 것에 다소 술수가 있었다는 생각이 들기는 했다. 그러나 아쓰코는 일단 상대 의사를 신뢰하고 침대에서 내려와 웃는 얼굴로 머리를 숙였다. 아쓰코는 복도를 나올 때,

"게다가 저는 우리 집 하녀가 무서워서 큰일입니다."

라고 의사에게 말했다.

"부리고 있는 하녀가 무서워요?"

"한밤중에 저 몰래 신사에게 가요."

아이들의 고자질처럼 작은 소리로 말했다. 자살하자고 유혹한 일은 말하지 않았다.

그때도 복도의 어두침침한 곳에 언제나처럼 흙빛 얼굴을 한 다케노가 소형 신문을 눈에 가까이 대고, 선 채로 읽고 있었다. 신흥 종교 신문임이 분명했다.

이층에 올라간 간호사가 천천히 계단을 내려왔다.

"후사다 선생님은 아무 데도 안 계세요. 밤에 입원하는 경우는 좀처럼 없으니까요."

울리는 듯한 맑은 목소리의 나이 어린 간호사가 환자용 운반차를 밀고 왔다. 현관에 놓아둔 짐을 싣고 간호사가 바퀴 소리를 내며 끌고 와서, 문에 다다르자 자물쇠를 열었다. 지금 지나온 복도와 거의 같은 폭의 복도가 직각으로 꺾여 있었다. 쥐 죽은 듯이 조용했고 이상한 점은 없었다. 아쓰코는 운반차를 밀고 가는 간호사와 다케노 옆을 아무 말도 하지 않고 조용히 걸어갔다.

오른쪽에 있는 조리장의 유리창 안에 하얀 주방 모자를 쓴 젊은 남자의 모습이 보였고, 그릇을 씻는 소리가 들렸다. 복도를 왼쪽을 돌았다. 그 복도 저편에서 이상한 모습을 한 청년이 울면서 걸어오는 것이 보였다. 러닝셔츠에 흰색 반바지를 입고 긴 양말과 갈색 구두를 신고 그는 엉엉 울면서 걸어왔다. 머리카락이 검고,

숱이 많았다. 젊은 청년의 뒤에 간격을 두고 간병인 같은 중년 여자가 걸어왔다. 운반차를 밀고 가는 간호사가 그 청년에게 웃으면서 말했다.

"울면서 산책하면 안 되지."

가까이 다가온 간병인은 미간을 있는 대로 찌푸리며

"정말 못 살겠어, 매일매일 저녁밥을 먹으면 이게 시작된다니까."

"파칭코야. 학생인 주제에."

"파칭코에 미치는 경우가 있어요? 중독이에요?"

간호사는 다케노의 말에 대답하지 않았다. 운반차가 좌측에 있는 방 앞에 멈췄다.

입구에는 하얀 커튼이 가려져 바람에 날리고 있었다. 문 앞에 7호실이라고 적혀 있을 뿐 환자 이름도 쓰여 있지 않았다. 그러고 보니 복도 양쪽에 늘어선 병실 어디에도 환자 이름이 쓰여 있지 않은 것을 아쓰코는 알아차렸다.

"이 방이 후사다 선생님의 진찰실이니까요."

다케노에게 도움을 받으며 간호사가 짐을 방으로 옮기고 있었지만, 아쓰코는 편안하게 그 방에 들어갈 수 없었다. 이름은 다른 이름을 쓰고 있었지만 5인실에 들어가 다른 사람들과 얼굴을 마주하는 것이 번거롭게 생각되었다. 주저주저하면서 7호실 하얀 커튼 끝으로 아쓰코는 들어갔다. 넓고 청결한 방에 바람이 불어왔다. 양쪽에 있는 출입구의 한 가운데 있는 벽에 작은 소파가 놓여 있었다. 어찌할 바 몰라 그 소파에 앉은 아쓰코의 눈에 일정한 간격으로 쭉 놓인 다섯 개의 침대가 보였다. 그중에서 세 개가 비어 있었다. 양쪽 벽에 붙어 있는 침대에 환자가 있었다. "세 개가 비어있으니까, 어디든 마음에 드는 곳에 계세요."

간호사는 아쓰코가 침대를 정하기를 기다리며 서 있었다. 양쪽에 벽이 있는 침대의 환자도, 각각의 간병인도, 젊은 아가씨를 문병 온 화려한 여자 방문객들도 새로 들어온 환자가 어느 침대로 정할지를 지켜보고 있었다. 미묘한 감정이 아쓰코의 머릿속을 지나갔다. 오른쪽 벽에 붙어있는 침대의 젊은 환자와 왼쪽 벽 침대에 하얀 붕대를 이마부터 머리까지 두르고 누워 있는 중년의 환자 두 사람 중에 어느 쪽이 나은 사람일까. 조금이라도 나은 사람 쪽에 가까이 있고 싶다. 그러나 아쓰코는 갑자기 세 개 중 한가운데 있는 침대로 결정했다. 그 자리는 넓디넓은 실내 전체의 한 가운데로 사람들이 감시하는 장소에 해당해 가장 주변 상황이 좋지 못했다. 그렇지만 양쪽 끝에 있는 환자에 비하면 공정한 장소이기도 했다. 그리고 지금은 한발이라도 멀리 사람의 그림자로부터 떨어져 있고 싶었다.

"어쩐지 신경이 쓰일 것 같지만, 양쪽 입구에서 바람이 들어오잖아요. 한가운데면 바람에서 멀어지니까 좋을 것 같아."

아쓰코는 간호사와 다케노에게 작은 소리로 말했다.

"추우세요?"

간호사는 눈을 크게 뜨고 물었다.

"네, 언제나요."

잠옷으로 갈아입은 아쓰코는 다케노가 정리한 한가운데 있는 침대에 누웠다. 녹초가 되었다. 시간은 조금밖에 지나지 않았다. 그것도 놀랄 정도로 빨리, 아쓰코의 침대와 머리에 붕대를 감은 환자의 침대가 가까워졌다. 가지고 온 짐을 둘 장소를 묻거나 빗자루나 양동이를 빌리는 다케노와 먼저 있던 사람의 식견으로 하나하나 그것에 응대하는 건너편 환자의 간병인 사이에, 서로 신상이나 나이, 주인들의 병명이나 신상이 빠르게 밝혀졌다. 다케노가 아쓰코의 곁에 앉아,

"저쪽은 미야케三宅씨라고 하는 것 같아요. 댁은 가와코에川越시이고 남편은 자동차 운전사라 하고, 아이들이 세 명이나 있지만 벌써 3개월 가깝게 입원해 있다고 합니다. 정신이상이 아니고 머릿속의 경련으로 전신에 경직이 일어난다고 하네요. 머리에 구멍을 내는 수술을 하셨다고 합니다."

"나에 대해서는 말 안 했죠?"

"아무 말도 안 했습니다. 저쪽 아가씨는 분열증이라고 합니다."

아쓰코는 똑바로 누워있는 얼굴을 아까부터 그 아가씨 침대 쪽을 향해 있었다. 아가씨는 침대에 눕지 않았다. 침대 안쪽에 앉아서 통통한 하얀 맨발을 흔들고, 화려한 복장의 두 부인과 어딘가 한량 같은 비만인 남자, 세 명의 방문객을 상대로 수다를 떨고 있었다.

"일기를 쓰는 것을 제일 못 하겠어. 그렇잖아요, 후사다 선생님, 매일 일기를 쓰고, 그것을 보여 달라고 하시잖아요. 그런데 매일 같은 생활을 하고 있잖아요. 쓰는 것도 같아요. 생각하고 있는 것은 많이 있지만 그것은 글로 쓸 수 없어요. 무리예요.

아가씨는 고추잠자리가 날아다니는 잠옷을 느슨하게 입고, 연분홍색의 다테마키를 매고 있었다. 통통한 복숭아를 닮은 얼굴을 하고 있다. 머리카락은 잘라서 단발을 하고 있는데 가지런하지는 않았다.

"나 말이야, 그 남자 일은 잊었어. 그런데 인턴 선생님이 그 사람에게 편지를 쓰고 싶지 않냐고 하는 거야. 사람을 바보 취급하고 있어. 하하. 내가 일기를 쓰고 있으면 방에 있는 사람들이 놀려대서 죽겠어. 그렇게 쓸게 없으면 그리운 님이여, 라고 쓰라고 말이야. 싫어, 그리운 님 좋아하시네. 미운 님이지. 어쨌든 일기만큼은 빼줬으면 좋겠어요."

아가씨는 잠시도 입을 다물지 않았다. 아쓰코는 미야케라는 환자 쪽을 향했다.

"약혼한 사람에게 배신당한 것이 아닌데, 스스로 그렇게 생각하고 있대요. 질투망상이라고 한대요."

미야케는 그 정도의 목소리밖에 안 나오는 듯, 낮고 쉰 목소리로 아쓰코에게 말했다. 아쓰코는 가벼운 쇼크를 느꼈다.

(그렇지 않은 것을 그렇다고 생각한다. 혹시 내 병도 그런 것일지도 모른다.)

"늘 저렇게 수다를 떨고 있어요?"

"네. 여기에 들어와서 더 힘들었어요. 밤낮으로 말을 해서. 가출해서 마쓰시마 호텔에서 저렇게 싹둑싹둑 자기 머리를 잘랐대요. 아키타秋田에 있는 술집 아가씨래요."

아쓰코는 그 아가씨에 대해 놀라기보다 사람들에게 빨리 알려진 것에 내심 놀랐다.

3

미야케의 간병인이 차를 마시면서 아쓰코와 다케노에게도 차를 가지고 와서 권했다. 야마시나山科라는 간병인은 박하가 든 삼각형 설탕 과자를 아쓰코에게 권하고,

"우리는 보통 간병인이 아니에요. 간호사 면허를 확실하게 가진 간병 간호사예요."

라고 말했다. 분열증 아가씨의 계속되는 수다 소리가 들려와서, 아쓰코는 야마시나의 창백한 얼굴을 보고 물었다.

"분열증은 어떤 병이에요."

"한마디로는 말할 수 없어요."

두 아이가 있는 미망인이라는 야마시나는 정감 없는 차가운 얼굴로 대답했다.

"저희는 받기만 해서 죄송해요. 혼자 있으면 못하니까, 우리 과자도 내주세요."

특이한 포장 그대로 가지고 온 과자를 다케노는 가방에서 꺼내어 그릇에 조금 담아 미야케 침대로 가지고 갔다.

"이렇게 고급 과자를 제가 먹기에는 아까워요."

미망인 간병인은 가라앉은 목소리로 차갑게 말했다. 꽃다발과 함께 민간방송국에서 가지고 온 색색의 고급 과자였다. 아쓰코는 매화 모양 과자를 하나 집었다. 바로 종이 위에 놓았다. 이 과자와 꽃다발을 병문안이라는 명목으로 가지고 왔고, 녹음테이프를 향해 겨우 10분간 이야기를 한 것을 생각해 보니 비참했다. 8월 6일 아침 8시에 원자폭탄 이야기를 하는 것은 딱 질색이라고 그녀는 반복해서 말했다. 방송국으로서는 그날의 그 시간에 '원폭작가'라는 성의 없는 이름으로 불리고 있는 오다 아쓰코小田篤子를 이용하여, 원폭의 기억을 말하게 하는 것이 그럴듯했다.

그렇지만 정확히 그날과 그 시간에, 가장 극에 달한 기억의 고투가 아쓰코의 가슴에서 일어나는 것에 대해서는 아무도 몰랐다. 실제로 8월 6일 당일이 아니었다. 십몇일 전 어떤 시간, 해지는 오후, 집에 가지고 온 기계를 전에 이야기했다. 그런데 그것이 8월 6일 오후 8시에 방송되었다는 현실, 정확히 7년 전에 일어난 일과 미래에 대한 불안한 감각은 날짜와 시간에 대한 다소의 거래에 상관없이, 아쓰코의 마음속에 새겨져 있었다. 이 4, 5년, 아쓰코에게 집중적으로 원자폭탄의 이야기에 대한 의뢰가 있었다. 전국에서 의뢰가 왔다. 매년 7, 8월이 되면 그 의뢰자와 우편물이 쇄도했다. 아쓰코에게는 그것에 응할 의지가 있었다. 그러나 번거로운 장애물, 한 도시가 어떠한 광경을 제공했는가 하는 당일뿐만 아니라, 그 후 인간이 육체적으로 어떤 변화가 일어났는가를 현상적으로 말하는 것을 포함하여 그것을 떨어뜨린 상대에게 비난과 공격을 퍼부어야 했다. 하지만 그것은 허락되지 않았고 짓밟는 힘이 다른 곳에 있었다. 비참함만을 말하는 것만으로는 이미 내키지 않는 조건이 현재 진행 중이었다.

"어떠했는지는 아무리 말로 해도 화젯거리는 끊이지 않아요. 저는 그다음을 말하고 싶어요. 그것을 말할 수 없다면 하지 않겠습니다."

아쓰코는 의뢰자에게 쌀쌀맞게 거절하기 시작했다. 의뢰자는 기분 나빠하며 돌아갔다. 한번 이야기하러 다녀오면, 4, 5일은 못 일어났다. 자신이 이야기한 있을 수 없는 현실에 스스로 타격을 받았다. 아쓰코의 이야기에는 반드시 다량의 인간의 피가 넘쳐흘렀다. 이야기하는 사이에 굴욕감에 휩싸였다. 사람들의 다량의 피와 굴욕감을 피해서는 말할 수 없는 이야기였다.

(이야기하기 싫다)

연단에서 이야기할 때, 그녀는 처음부터 계속해서 물을 마신다. 항히스타민 주사의 특징인데, 갈증이 나는 부작용이 있었다. 청중은 웃었다. 청중은 그녀가 물을 계속 마실 때뿐만 아니라 전신부터 머리카락까지 타서 망령과 같았던 당시 여자의 모습을 아쓰코가 설명해도 웃었다. 그러한 여자들이 열 명이나 스무 명이 아니라 몇십 몇만 명이나 있었고, 결국 부어올라서 죽은 시체가 여기저기 산처럼 쌓인 이야기를 하면 청중은 웃지 않았다. 그녀는 생각했다.

(원폭작가라는 진절머리 나는 이름으로 불리는 내가 이 이야기를 해야 할 이유가 없다)

아쓰코의 고통은 점차 깊어져 갔다. 마음 가는 대로 이것저것 수면제를 먹고 주사를 맞았다. 가슴 두근거림, 초조, 공포, 심장이나 가슴 답답함이 찾아와 밖에 나갈 수조차 없게 되었다.

"저 쉬어도 될까요. 괜찮으시겠어요?"

환자처럼 누런 얼굴을 돌려 콧방울을 실룩이며 다케노가 물었다.

"초코도 기다리고 집도 위험하니까 슬슬 가봐."

강아지 이름을 말하고, 아쓰코는 다케노가 병실을 나갈 것을 재촉했다. 복도에 배웅하러 나가 두 사람은 아무 말 없이 걸었다. 인견으로 만든 흰 원피스를 입은 다케노는 이 건물의 현관에서 신은 슬리퍼 소리를 내면서 걸었다. 두꺼운 나무문이 있는 곳까지 왔다.

"열쇠를 가진 사람이 오기 전에는 여기에서 밖으로 나갈 수 없어요."

아쓰코와 다케노는 문 옆의 벽에 기대어 서 있었다.

"빈집을 부탁해. 무슨 일이 있으면 전화할게."

아쓰코는 다케노를 보지 않고 말했지만, 다케노도 서로 얼굴이 보이지 않을 때를 기다린 듯이

"집은 괜찮아요. 다만 제가 부탁이 있습니다."

"뭔데?"

"집을 지키는 것은 걱정할 것 없지만……"

"신사에 가는 거야?"

"네, 그것만은 꼭 허락해 주셔야 합니다. 아침이나 저녁, 남이 보지 않을 때 다녀와야 효험이 있는데, 언제 누가 봐서 사모님께 고자질할지 모르니 허락을 받고 싶어요. 이것만큼은 허락해 주지 않으시겠어요? 부탁입니다."

다케노는 양손을 모아, 코앞까지 갖다 대며 애원했다. 이상한 성격이라는 것을 전부터 아쓰코는 알고 있었다.

"내가 몇 번 말하지만, 신사에 가는 거 싫어. 그렇지만 사람은 뭐라도 해보지 않으면 모르는 거지. 잠깐 가보는 것은 괜찮아."

"고맙습니다."

파란 에나멜 샌들을 아무렇게나 신은 취사계의 젊은 남자가 와서 문을 열고 복도를 나갔다.

다케노는 그 남자 뒤를 따라 나갔다. 아쓰코는 복도를 되돌아왔다. 눈가에 눈물이 번지는 느낌이 들었다. 언젠가 다케노는 뜻밖의 죽음을 부르는 것은 아닐까 생각했다. 다케노는 이케부쿠로池袋의 직업 안정소에서 온 여자였다. 한번 본 순간 병에 걸려있는 것을 직감하고 아쓰코는 일단 거절했으나, 다케노가 고집을 부리고 움직이지 않았다. 부립府立 제3학교를 나왔다고 한 말은 믿을 수 있었다. 부유한 변호사 집안에서 태어나, 이십여 년 전 사회주의자와 결혼했다. 상대는 사상적으로 타락해 있었다. 이전부터 파국이었고, 타락이 자연스럽게 두 사람을 갈라놓았다. 도쿄의 대공습 때, 본가도 자기명의의 별채도 타버렸다. 다케노는 기총 소사로 쫓기고 있을 때, 양쪽에서 뛰어가던 여자가 총탄에 맞아 쓰러지는 모습을 목격했다. 한 명을 방공호로 끌고 가서 보살폈지만 끝내 죽었다. 그녀는 종전 전후에 영양실조로 신장도 심장도 가슴도 못쓰게 되었다. 무일푼이었다. 속기사, 세탁소, 가정부, 차 뒤 밀기, 하수구 뚫기를 했다. 마흔여섯이 되었다. 아쓰코의 집에 와서 3일째에 백오십 엔을 빌렸다. 그다음 이틀째에 이백 엔을 빌렸다. 약을 살 돈이었다. 한 달이 채 안 돼서 이상하다는 것을 알았다. 아쓰코는 응접실에서 손님과 이야기를 하고 있었다. 봄에 갑자기 하늘이 흐려지더니 번개가 쳤다. 곧이어 천둥소리가 들렸다. 차를 내온 다케노가 옆에 서 있었다.

"아, 우르릉 쾅쾅."

아쓰코는 손님에게 말했다. 그러자,

"봄에 치는 번개입니다."

라고 다케노의 목소리를 아쓰코는 들었다. 아쓰코는 얼굴이 붉어졌다. 손님이 돌아간 후에,

"내가 우르릉 쾅쾅이라고 하는 옆에서, 봄에 치는 번개라고 말하면 어떻게 해."라고 아쓰코는 말했다.

"왜요? 봄에 치는 번개잖아요."

아쓰코가 다른 사람과 이야기하고 있을 때, 다케노는 반드시

옆에서 잘난 척하면서 끼어들었다.

"그건 계절적으로 차이가 있어요." "영국이 일본을 싫어하는 것은 당연합니다, 왜냐하면 시장의 경제 상대잖아요." "인도에서는 인도가 독립한 것은 일본의 패전 덕분이라고 기뻐하는 것 같습니다." "일본은 독립하지 않았다고 말하지만, 지난번 강화조약이 발효되었잖아요."

이만큼 말할 수 있는 다케노가 밤마다 가까운 신사를 찾는 심정을 아쓰코는 어쩐지 섬뜩하게 생각했다.

"신에게 기도해서, 우선 병을 고치려고 했습니다. 저는 안 되는 여자이니까, 제 의지만으로 담배를 끊을 수 없어요. 신을 참배하는 것을 수양의 길이라고 생각하니까, 제발 이것만은 하게 해 주세요."

다케노는 몸을 쥐어짜며 울면서 호소했다. 추악한 행동이라고 느꼈다.

"있잖아, 당신은 남을 위해 눈물을 흘릴 수는 없어."

아쓰코는 위로하듯이 말했다.

"그 신사의 주지가 바로 전에 목을 맸어. 신문에도 작게 나왔는데 생활고 때문이래. 폐병을 앓고 있는 아들이 있대. 신에게 기도해서 구할 수 있었다면 우리에게 이런 현실은 없을 테야. 나는 될 수 있는 한 나 자신만을 위해 눈물을 흘리지 않을 거야. 당신은 자신만을 위해 시종 울고 있는 듯한데, 왜 그 눈물을 다른 것을 위해서는 흘리지 않지?"

"무엇을 위해서 눈물을 흘리는 것입니까?"

"당신은 전쟁을 경험했잖아. 옛날, 사회주의자의 아내이지 않았어? 우리들의 지금 고통이 뭐 때문인지 몰라? 항상 난 말하잖아. 옆에 있는 한 사람 한 사람에게 알리고 싶기 때문이야. 당신과 나는 어떤 운명으로 부려지는 사람과 부리는 사람이지만, 동시대에 같은 나이에 같은 고민을 하는 건 틀림없어. 신에게 기도하지 말고, 평범한 신문 말고 우리 집에 오는 여러 신문을 읽어봐. 자기 이외의 남을 위해 눈물을 흘려야 하는 이유를 알게 될 거야."

아쓰코와 다케노가 자살에 관해 이야기한 것은 그 후 얼마 되지 않아서였다. 주민등록 용지가 왔을 때 농담인지 진담인지 알 수 없게, 아쓰코는 쓴웃음을 지었다.

"나는 일본 주민이 아니어도 괜찮아."

"주민이 되지 않을 수도 있나요?"

"지금 이 집은 팔 거니까, 그때 다리 밑에 조그마한 집을 짓고 적籍을 두지 않고 살 거야."

아쓰코 집은 교외에 있는 무사시노武蔵野에 있었고, 아주 가까운 들판에 센가와千川라는 좁고 긴 강이 흐르고 있었다. 이 강이 흐르는 근처를 아쓰코는 생각하고 있었다.

"다리 밑이 아니라도, 거기에 조그마한 집을 짓고 살자는 거지. 문패도 없는 작은 집. 옆집이 생겨도 왕래하지 않고 방공훈련에도 나가지 않을 거야. 물과 불만 있으면, 마음대로 살아가는 거지. 만사 마음대로 하는 거야.

남자의 거친 말투가 나왔다.

"그런 생활, 부인이나 저처럼 약한 몸으로는 안됩니다."

소리를 내어 다케노는 웃었다. 더러운 잇몸이 보였다. 어둡게 웃는 얼굴이 추악했다.

"우리는 두 살인자의 손을 보면서 살아가는 거야. 게다가 언제 스스로 자기를 죽여버릴지 모르지."

"그 두 사람의 살인자는 양쪽 모두 파렴치한입니다."

"저기, 이번 전쟁에 끌려 들어가면 자살자가 팍 늘 거야. 미친 사람도."

"사모님……"

"그 사모님이라는 말 그만해 줘."

"저기, 사모님, 청산가리를 사두세요. 사놓기가 그렇다면 제가 어떻게든 사 놓겠습니다. 만일을 위해."

"나는 청산가리 같은 거 안 마셔. 그거 마시고 끝이라면 벌써 마셨지."

다케노는 확실히 낙담한 얼굴로 아쓰코를 보았다. 아쓰코는 전쟁의 공기를 기피하는 희생자 여자끼리의 정사情死[39]를 지금 시대의 부작용으로 생각했다. 그러나 자기 자신이 그럴 거라는 것은 생각하지 못했다. 다케노는 자신이 옛날, 사상적으로 책을 읽고 유물

39 원래는 서로 사랑하는 남녀가 함께 자살하는 행위.

사관에 접했던 여자라는 것을 자주 말했다. 그 다케노가 문득 자살하자고 유혹했을 때, 아쓰코는 다케노를 잘못 봤다고 생각했다. 무언가를 추구하는 다케노의 영혼이 측면적으로나마 어떤 것을 잡을 수 있을지 모른다는 그 기대 때문에, 아쓰코는 그 특이하고 고집스런 여자를 놓지 않았다.

4

후사다 의사가 환하게 웃는 얼굴로 불쑥 7호실에 들어갔다. 그는 곧장 아쓰코 침대로 다가갔다.

"기분은 어떠세요? 잠은 잘 옵니까?"

꾸밈없는 친절한 모습이었다. 아쓰코는 누워있는 채로 의사를 쳐다보았다.

"여기에 와서 안심되는지, 기분은 안정되었어요."

마음은 평온한 것 같았다. 그러나 상실감이 넘쳐서, 정숙함과는 다른 무언가의 착각과 유사했다. 7호실에서 이틀 밤을 보냈다. 본격적인 치료는 아직 시작되지 않았다. 병원에 온 날 밤, 9시부터 전등이 꺼졌지만, 창문으로 비치는 빛을 의지하여 아쓰코는 작은 손수건에 싼 것을 가방에서 꺼냈다. 빛은 정원을 사이 두고 있는 3층 건물의 1층 창문에서 흘러나오는 강한 전등 불빛이었다. 손수건 안에는 작은 상자가 쌓여 있었다. 항히스타민제 주사를 준비해온 것이었다. 그것을 맞고 단번에 잠을 자고 싶었지만, 지금까지는 그에 따른 육체적 고통 상태에 빠져 있다. 간호사에게 수면제를 받고, 주사는 맞지 않았다. 4년 만에 끊은 것이다. 잠을 잘 수 없었다. 이상한 피곤함 속에서 머리는 계속 멍했다. 아쓰코는 사전에 이런 예상을 하고 있었다. 입원하고 드디어 침대에 몸을 맡겼을 때, 무엇을 생각할까 하는 것이었다. 아마 그 침대 위에서 드디어 여기까지 왔다고 생각하고, 전쟁으로 인한 운명의 과정에 감회를 불러일으킬 것을 예상하였다. 그 예상은 맞지 않았다. 그와 같은 잘 정돈된 감회의 순서를 거치지 않고, 병에 대한 의혹을 품은 채, 막연하게 의사를 믿고 주위의 누군가를 믿었다. 아쓰코는 멍하게 순종했다. 그렇게 하는 것 외에는 고통에서 해방을 얻을 수 없었기 때문이었다.

"방은 어떠세요? 일단 여기에 계시겠어요?"

의사는 착각하고 있었다. 사람들에게 이름이 알려진 소설가는 누구나 일등실에 입원하거나, 자동차를 가지고 있거나, 넉넉히 돈을 쓰는 것이라는 식으로. 의사는 아쓰코를 삼등실에 다른 사람들과 함께 들어가게 한 것을 송구스럽게 생각하듯이 말했다.

"먼저 전화로도 말씀드렸듯이, 병실이 부족한 것이 저희의 고민거리입니다. 이 대학병원 신경과에 일인실은 딱 두 개밖에 없는 상황입니다. 이등실인 2인실도 네 개밖에 없습니다. 대개 장기간 입원하는 환자가 많아 좀처럼 방이 비지 않아서."

"선생님, 저는 여기가 괜찮아요."

아쓰코는 살짝 웃었다.

"만일 사등실이 있다면, 그것도 괜찮아요."

의사도 웃었다.

"한 사람이 한 병실에 있는 것도 좋지만, 그것이 일등실이나 이등실이 아니더라도 괜찮습니다."

북쪽을 향한 긴 복도식 방에 있는 창문 밖은 안뜰이 있고, 무성하게 자란 초록의 여름풀과 태양 빛으로 가득했다. 맞은편에 있는 3층 건물도 빨간 벽돌 기와였다. 상하로 쭉 이어지는 창문은 푸른 초록 넝쿨이 얽혀져 있었다.

아쓰코가 있는 방의 공기는 아주 조용히 가라앉아 있었다. 의사는 의자에서 일어났다.

"여러 협의를 해서, 치료를 시작할까 하니, 나중에 한번 의국医国으로 와주셨으면 합니다."

같은 병실의 환자와 간병인들이 일부 아쓰코를 주의 깊게 보고 있음을 의사가 알아차린 듯했다. 얼마 지나지 않아 아쓰코는 진찰실 테이블에서 후사다 의사와 마주 앉았다. 말로 하는 간단한 예진이 시작되었다. 아쓰코가 먹은 몇 종류의 수면제 이름을 듣고 나서, 원자폭탄에 휩싸이기 이전의 병력과 그 후의 육체적, 심리적인 변화를 물었다. 시간을 두고

"가족 중에 정신질환인 분은 안 계시죠?"

"없습니다. 사촌 언니 아이 중에 모자라는 아이가 있었어요."

"성격은 감상적이신가요?"

"아니요."

생각하고 나서, 덧붙이듯이

"그 반대예요."

라고 말했다. 그리고 그렇게 말한 순간, 아쓰코는 자신이 감상적인 것에 둘러싸여 있다는 생각이 들었다. 그녀는 다른 말을 했다.

"콧대만 높고 정말 겁쟁이예요."

"그런 사람이 이 병에 잘 걸립니다."

"선생님, 저는 원자폭탄을 맞지 않았어도 이런 병에 걸렸을까요?"

또다시 아쓰코는 병의 원인을 그쪽으로 몰아 가려고 했다.

"원자 물리학자인 다케이 선생님을 가끔 만나 뵈니까요, 한번 물어봤습니다."

아쓰코는 다케이 박사에게 자신은 원자 낙하 당일 집 안에 있었고, 직접 우라늄의 광선을 받지 않았기 때문에 따라서 체내에 그 독소의 영향이 없다고 말했다.

"다케이 선생님은 웃으시더니 집안으로도 들어간다고 말씀하셨어요."

아쓰코는 절망적으로 말했다. 후사다 의사는 원자폭탄과 아쓰코의 병과의 관련에 대해서는 언급하려 하지 않았다.

"글쎄요, 객관적인 조건이 요즘과 같다면 불안신경증 같은 증상은 생기지 않았겠죠."

막연하게 말했다. 자기 병의 실체를 의사는 충분히 알지 못한다는 생각은 병자들에게 공통적으로 드는 것일지도 모른다. 아쓰코는 자신의 상태를 심리적으로 바라보고, 의사는 아쓰코 병의 증상만을 보았다. 의사와 아쓰코는 이제부터 의뢰할 이 분야의 전문 간병인에 대하여 의논했다.

"대학교 쪽까지 산책해도 괜찮을까요?"

진료실을 나올 때 물었다.

"네, 그러세요. 병원에 있는 간호사를 데리고 가세요."

아쓰코는 7호실로 돌아갔다. 소파에 파란 목면으로 만든 옷을 입은 여자가 앉아 있었다. 쇼트커트를 한 머리가 헝클어져 있었다. 도가와 유키戸川由紀였다. 유키는 큰 검은 눈을 크게 뜨고 아쓰코를 봤다. 아쓰코가 옆으로 가자,

"집으로 갔더니 다케노 씨가 여기에 있다고 해서 깜짝 놀랐습니다. 달려왔습니다. 무슨 일이 있었습니까?"

유키는 예전부터 여자 말투를 사용하지 않았다.

"한심한 병이야."

아쓰코는 스스로 그렇게 말했다.

"병문안 온 거야?"

"아니요, 어떤 상태인지 보러 왔어요. 왜냐면 피폭 거리가 거의 같지 않습니까. 그게 원인이라면, 그쪽이 지금 미쳤다면, 저 역시 그렇겠지요. 신경과에 입원했다고 하니까, 이게 무슨 소리인가 해서 달려왔습니다."

말투가 언제나 그랬기 때문에 놀라지 않았다. 같은 방에 있는

사람들에게 주목을 받고 싶지 않았다. 유키에게 산책을 권했다. 두 사람이 방을 나오려 하자, 뒤에서 퍼붓는 듯한 말투로,

"산책하시려면, 선생님의 허락을 받고 해 주세요."

라고 말했다. 분열증의 여자를 돌보고 있는 우에시마 가네코上島カネ子였다. 아쓰코는 후사다 의사에게 산책을 허락받았다고 말했다.

"누군가 책임자를 데리고 가세요."

우에시마 가네코는 눈을 위로 치켜뜨며 말했다. 복도에 나가자 유키는 손가락질을 하면서 물었다.

"지금 저 인간, 저 방의 보스입니까?"

"그런 것 같아. 재미있지. 제일 오래된 사람이 언제나 보스가 되나 봐."

대학교 교내로 나가자, 하얀 길 양옆으로 은행과 플라타너스의 가로수가 늘어 서 있고, 새파란 가지가 울창했다. 황혼의 하늘도 파랬다. 아쓰코와 유키는 아스팔트의 하얀 길을 천천히 걸었다. 뒤에서 진찰실 간호사가 따라오고 있었다. 푸른 가로수 사이 저편에서 젊은 뚱뚱한 경찰이 어슬어슬 걸어오는 모습이 보였다. 천천히 스쳐갈 때, 아쓰코는 구깃구깃하고 꾀죄죄한 경찰 제복을 보았다. 허리춤에 권총이 있었다.

그는 곤봉을 손에 들고 있었다. 대학은 여름방학에 들어가서 학생의 모습은 어디에도 보이지 않았다. 아쓰코의 머릿속에 학생집단과 경찰집단이 서로 뒤엉켜서 혼란스러운 환영이 스쳐 지나

갔다. 아쓰코는 그런 환영에서도 강렬한 자극을 받았다.

계곡과 같은 공원을 내려오니 작은 길이 나왔다. 나무 그림자가 고인 연못을 내려다보고 있었다. 아쓰코는 숨이 차서 연못까지 내려갈 기력이 없었다. 유키와 함께 나무 사이에 있는 벤치에 앉았다. 진료실 간호사는 조금 떨어져서 작은 길에 쪼그리고 앉아, 연못 쪽을 내려다보고 있었다.

벤치는 썩어서 흔들거렸다.

"미쳐버리면 그편이 마음은 편할지도 모르겠지만, 그렇지 않대."

아쓰코가 말했다.

"불안신경증이 그것과 관계가 있는지 없는지, 나조차도 확실하지 않아. 원래 불안한 것은 있었지만. 그것 때문에 여러 가지 약을 너무 사용했어."

"아니, 분명히 그것입니다. 이것도 전쟁의 피해 중 하나입니다."

그것이란 원자폭탄을 말한다.

"생각해 보니, 나도 가끔 미칠 것 같아."

유키는 14, 5년이나 전에, 도쿄 아쓰코의 집에 드나들던 고향 후배였다. 교토의 미션스쿨을 나와, 도쿄와 상하이上海에서 일했다. 원폭투하 나흘 전에 상하이에서 귀성했고, 원폭 근원지 2㎞ 지점에서 피폭 당했다. 머리카락이 빠지고 피를 토했다. 3년 반 만에 병상에서 살아 돌아왔다. 허물 벗은 껍데기 같은 모습이었다. 영어를 잘했지만, 앞에 나가서 하는 일은 할 수 없는 몸이 되었다. PX의 소다수 판매소에서 샌드위치를 만들었다. 아쓰코보다 열 살 어렸고, 초췌했다.

"지금 머리카락이 빠지거나, 피하출혈이 있거나, 핏덩이를 토하지 않으면 의사는 원자폭탄과 연관있는 게 아니라고 생각하는 거지요. 우리만 스스로 괴로워할 뿐입니다."

"그러니까 빌어먹을 일인 거야. 형태가 없는 병은 원자폭탄과 연관 지으려 하지 않아."

"PX는 해산되어서. 지금, 신주쿠의 스트립바에서 하녀로 있습니다."

"그런 곳에 있는 거야. 왜?"

"적어도 미국 가게가 아닌 곳에서 먹고 살고 싶으니까요. 시골에 가서 주둔군 사이에서 일하면 어떻게든 살아가겠지만, 이제 싫습니다."

"그런 곳에서 하녀들은 뭘 하는 거야?"

"큰 집에서 살고 있으니까 바쁩니다. 고양이가 세 마리, 개가 한 마리하고 원숭이 두 마리를 돌보는 것이 제 일입니다. 원숭이를 돌보는 일은 견디기 힘이 듭니다."

유키는 가느다란 허리에 두 손을 얹고, 상반신을 앞으로 숙이며 웃었다. 그리고 천천히 파란 목면 치마를 한 손으로 걷어 올렸다.

"보세요, 거짓말이 아닙니다."

하얀 허벅지에 희미하게 보라빛 반점이 있었다.

"이것이 나왔다가 없어졌다가 하니까요. 어느 의사한테 가 봐도 치료가 곤란하다고 합니다. 방사능 때문에 생긴 백혈병의 시작입니다. 언제 갑자기 죽을지 알 수 없는 일입니다. 스트립바에서는 한밤중인 2시경에 돌아와서 나한테 욕을 퍼붓고 식사를 합니다."

다음날부터 아쓰코는 치료를 시작했다.

의사는 친절한 모습으로,

"지속수면이라고 하지만, 잠에 취한 정도로도 효과가 있으니까요."

라고 말했다. 잠에 취한 정도는 이미 시작되어 있었다. 낮 동안, 숙면으로 침대에서 떨어졌다.

"오다 씨가 떨어졌다!"

미야케가 침대에서 외쳤다. 금방 정신 차리고, 상처 난 팔꿈치에 침을 바르고, 침대로 기어 올라갔는데, 창피함도 이상함도 느끼지 못했다. 다케노가 하루 와서 주변을 돌봤다. 집을 비우는 동안의 생계비를 받으러 온 모양이었다.

"저와 개 사료도 사야 합니다."

아쓰코는 곧 문고본이 나올 예정인 출판사의 이름을 말했다.

"가는 길에 조금이라도 받아서 가, 여기에도 없으니까 받은 돈에서 반은 여기 간병인에게 전달해줘."

기어들어가듯 말하고 잠이 들자, 이날부터 옆에 있을 전문 간병인이 모습을 보였다. 하얀 복장에 풀 먹인 간호원복을 입고, 단정하게 끈을 묶었다. 마흔 전후로 보이고, 유연함을 잃어버린 몸매였다. 아쓰코는 의식이 흐릿한 채로 말했다.

"잘 부탁합니다. 그리고 여자 같은 심술을 부리지 마세요."

옆에서 다케노가 미간을 찌푸리고,

"그런 말씀을 하시면……"

놀란 듯이 나무랐다. 벌써 자제력을 잃어버리기 시작했다.

"지속수면은 어때요?"

전문 간병인 마키야牧屋에게 물었다.

"해삼처럼 돼요."

"그럼 발을 묶어 줘요."

후사다 의사가 방에 들어와 침대 곁으로 온 모습이 아쓰코의 눈에 흐릿하게 비쳤다.

"그럼 지금부터 틀을 끼울 테니까, 히사도메久留씨 침대하고 바꿔주세요."

분열증인 여자 침대와 바꾸는 것이었다.

"이미 사람이 있는 침대를 말이에요? 이걸로 괜찮아요."

졸린 채 후사다 의사에게 말했다.

"아니요, 지속수면을 하시는 분은 모두 벽 가로 침대를 옮겨야 하니까, 상관없습니다."

"발을 묶어두고. 해삼처럼 되잖아요."

"벽 가로 옮기니까요, 그때 그렇게 하지요. 금방 해삼처럼 흐물흐물 되는 것은 아니니까요."

누가 말하는지, 아쓰코는 알지 못했다. 의식이 몽롱해졌다. 그리고 중단되었다. 이후 16일간의 단절된 생활을 아쓰코는 알지 못했다.

5

아쓰코는 어디선가 들려오는 종소리를 들었다. 그냥 천천히 부드럽게 떨리며 울려 퍼졌다. 아름답고 조용한 소리였다. 근처에 절이 있다고 아쓰코는 생각했다. 눈은 뜨지 않았다. 몸도 움직일 수 없었고, 완전히 힘이 빠져있었다. 사원의 종소리는 환상처럼 들려왔다. 종소리에 섞여 기차가 달리는 소리가 들렸다. 그 소리도 조용하고 땅속으로 빠져들 듯이 들려왔다. 아쓰코는 살짝 눈을 떴다. 한쪽은 흐린 회색 벽이 있었다. 나머지 세 방향은 검은 천의 막이 드리워져 있었다. 말하자면 검은 암흑으로 차단된 침대에 누워있는 것이다. 천장에 희미한 불빛이 있었다.

(살아있다)라고 아쓰코는 생각했다. 동시에 (폐인)이라는 말이 하나의 문자의 형태로 흘러갔고, 꿈속과 같이 떠다니는 가운데 아쓰코는 있었다. 시중을 드는 마키야를 부르려고 했지만 이름을 잊어버렸다. 아쓰코는 불렀다.

"간병인"

아무도 대답을 하지 않았다. 다시 불렀다.

"간병인이 아니에요. 간호사입니다."

우에시마 가네코의 뼈 있는 목소리가 들렸다.

“간호사!”

“지금 없어요. 매일 37도로 계속 무더워서, 검은 막 속에 있을 수 없어요.”

37도의 무더위를 아쓰코는 느끼지 못했다. 주위의 모든 것에 무관심하고, 저항하는 것을 잊어버렸다. 아쓰코는 다시 정신없이 숙면에 빠졌다.

사람의 기척이 느껴졌다. 여러 명의 발소리와 어떤 동작들이 희미하게 감지는 되었지만, 눈은 떠지지 않았다.

“순조롭게 온 거 같아요. 이쯤에서 그만합시다.”

후사다 의사의 목소리였다. 몽롱함 속에서 아쓰코는 그 목소리를 작게 들었지만, 그 후로도 자다가 깨고, 깼다 자는 일을 반복했다. 여기서 그만하자는 것은 무엇을 그만하자는 것일까. 수면치료의 지속을 중단하려는 것임을 어렴풋이 깨달았다. 수면에서 깨어나는 것에 아쓰코는 고통을 느꼈다. 취한 잠에서 깨어났을 때, 무엇이 기다리고 있는 것일까. 잔혹한 현실이 기다리고 있음을 알고 있었다. 아쓰코는 필사적으로 깊은 잠에서 깨어나지 않으려고 했다. 늪과 같은 잠에 매달려 있는 것이었다. 불행하게도 환하게 밝아졌다. 암흑이 걷히고, 밝은 대낮에 아쓰코의 침대는 모습을 드러냈다. 사다리 위로 야마시나가 올라갔다. 야마시나가 걷어 낸 검은 천을 마키야가 받아들었다.

“싫어요, 그것을 걷어내지 마세요. 어두운 채 있게 해 주세요.”

아쓰코는 갑자기 들어온 광선이 눈부셔, 양손으로 막으면서 말

했다. 마키야가 한가득 검은 천을 안고

"선생님의 지시입니다. 다른 곳에도 사용해야 하니까요."

라고 말했다.

"선생님을 불러주세요. 나는 아직 자야 해요. 갑자기 걷어버리면 얼굴이 다 보이잖아요."

"지속수면은 이제 끝났으니까."

우에시마 가네코가 분열증 여자 옆에서 말했다.

"얼굴을 보이고 싶지 않으면 개인실에 가는 수밖에 없어요."

아쓰코는 자제력을 잃어버렸다.

"간호사라고 했죠. 간호사가 그렇게 심술궂은 말을 하는 사람이야?"

다시 아쓰코는 잠이 들어버렸다. 키가 큰 여의사가 서 있는 것이 보였다.

"죄송했습니다. 아무 말도 없이 커튼을 걷어내서요. 검은 커튼이 완전히 부족해서요."

장신의 마른 여의사는 웃고 있었다.

"그렇게 한마디 하고 나서 커튼을 걷어냈으면 놀라지 않을 텐데, 갑자기 얼굴에 빛이 들어오니까요."

이런 병실의 환자들이 일반적으로 백치 상태에 빠져 있어서 간병인이 그 틈을 타 횡포를 부리는 것을 아쓰코는 여의사에게 말했다. 그러나 아쓰코보다 한발 앞서서, 옆 침대의 환자가 높은 톤으로 외쳤다.

"정말이지 사람을 바보 취급해."

창백한 얼굴의 눈이 큰 여자가 쭉 아쓰코와 여의사를 보고 있었다. 아쓰코가 잠에 빠져있어 모르는 동안에 그 침대에 와서 누워 있는 여자였다. 붉은빛을 띠는 풍성한 머리카락에 파묻힌 얼굴에 살기가 서려 있었다.

"여기에 오면 모두 미치광이 취급해서 너무 싫어요. 난 미치광이가 아니니까요. 모두 우습게 보지 마."

그녀는 휙 돌아 누었다. 한가운데 있는 분열증의 히사도메나, 간병인 우에시마, 그 옆에 새로 들어온 아쓰코는 알지 못하는 환자와 벽면에 있는 미야케 쪽을 그 젊은 여자는 노려보고 있는 듯했다.

검은 막을 걷어내고 나서도, 아쓰코는 깊은 잠에 빠져 들었다. 언제인가 현실과 잠속의 경계에서 아쓰코는 이상한 말을 들었다.

"24시간 계속 잠을 잤다며? 24시간이면 '25시'가 아니지. 후훗, 그렇다면 갓난아기지."

우에시마의 낯익은 목소리 같았다. 과연 우에시마가 그렇게 말했는지, 그렇게 말했을 것 같다고 생각한 아쓰코의 마음에 다른 말이 그렇게 관념화된 것인지, 결말이 나지 않았다. 그런 말의 환상을 일으키는 원인은 아쓰코와 의사의 문답을 그들이 듣고 있었다는 것을 아쓰코가 상상하고 있었기 때문이다.

지속수면에 들어가, 잠에 취해 자제력을 잃은 초기 단계에 교대로 침대로 온 의사들은 아쓰코를 흔들어 깨워 일종의 유도신문을 시도했다. 어느 의사나 부드럽게 웃으면서 상냥하게 물었다.

"밤에 잠을 주무실 수 없었다고요?"

"네."

"어떻게 여기에 입원하시게 되었습니까?"

"자살하고 싶지 않아서입니다."

그것만이 아니었다.

"자살하실 필요는 없지요. 원자폭탄을 맞으셨죠. 그 기억이 괴로우신 거지요?"

"전후 7년간 고문당하고 있는 것 같아요. 자살할지, 도피할지, 좋은 작품을 쓰면서 살아갈지 세 가지 중 하나라고 전쟁이 끝나고 나서부터 쭉 생각하고 있었어요."

1. 좋은 작품을 쓰기

1. 자살

1. 도피

그렇다면 좋은 작품이란 무엇인가. 자살은 할 수 없다. 어디로 도피해야 하는가. 일본에서 도망가면, 모든 압박에서 벗어나, 그 땅에서 쓰고 싶은 것을 쓰고 싶은 대로 쓸 수 있다고 생각했다. 배나 비행기를 타면 도망갈 수 있다고 생각했다. 그렇지만 그렇게 할 수 없는 다른 절대적인 정신이 둥지를 틀고 있었다. 일본을 떠날 수 없는, 움직일 수 없는 영혼의 존재였다. 아쓰코는 자신의 영혼의 문제를 완전히 의사에게 전달하는 것은 불가능하다고 생각했다. 아쓰코는 잠에 빠져들려고 했다.

"실례지만……"

의사는 미소 지으며 말했다.

"실례지만, 당신은 완전한 것을 희구하는 기질을 가진 분이라고 생각합니다."

실례고 뭐고 없다. 완전을 바라기에 절망과 분노로 고뇌하는 것이다. 무릎을 꿇지 않고 일어서려고 하는 것이다. 병의 원인 중 하나는 거기에서 발생하는 억압감에 의한 것이기도 했다.

"실례지만."

의사는 다시 말했다.

"자신의 능력의 한계를 초월하여, 나아가시려는 듯합니다."

아쓰코는 젊은 의사의 말에 실망했다. 그리고 절반은 의사가 말한 것을 믿었다.

게오르규의 『25시』를 읽은 사람으로 보이지 않는 우에시마 가네코는 환자들의 발밑에 있는 북쪽 창 쪽으로 세탁한 손수건을 널었다. 정원의 잡초가 진한 초록색이 되어 키가 높게 자라있는 것이 보였다. 정원에 있는 세탁물을 너는 건조대 옆에, 하얀 간호복을 입은 간병인들이 쭉 서서 여러 가지 세탁물을 널고 있는 것이 보였다. 한여름의 하늘이 아름다운 쪽빛으로 물들고, 떠 있는 하얀 구름이 움직이지 않았다. 아침인 것 같았다. 아쓰코는 졸리다는 자각 없이 또 잠들었다. 종이 울렸다. 여기는 어디인가 하고 아쓰코는 생각했다. 그렇다, 여기는 홋카이도北海道가 틀림없다고 생각했다. 이 맑디맑은 파란 하늘과 상쾌한 공기는 홋카이도의 어느 시골이 분명하다. 아니, 홋카이도가 아니라 니가타新潟 같다. 니가타의 어느 시골이다. 그러나 그렇다고 해도 왠지 무대 장치와 비슷하다. 특히 아름다운 종소리. 조용히 지나가는 기차 소리. 쪽빛 하늘을 배경으로 한, 정원을 향한 빨간 벽돌 건물. 담쟁이가 얽혀 있는 높고 작은 창문. 정원의 잡초 속에 핀 하얀 꽃. 아쓰코는 이 근처에 있을 것 같은 시골 절의 이름과 기차가 지나가는 역 이름을 누군가에게 물어보고 싶다고 생각했다. 이런 생각은 아쓰코의 머리에 선명하게 떠오른 것은 아니었다. 여러 가지 사물과 소리가 어떤 영상처럼 아쓰코의 눈과 마음에 비치고 있는 것에 지나지 않았다. 그녀는 아까부터 들리는 비행기의 폭음이 신경 쓰였다. 폭음은 높고 빨랐다. (니가타에도 비행장이 생기고 기지가 생겼다) 순간적으로 그런 생각이 들어, 온몸의 뼈가 부서지는 느낌이 들었다. 양손으로 귀를 막고 싶었다.

6

방은 어두컴컴하고 조용했다. 환자들도, 간병인들도 모두 자고 있었다. 언제나 밤늦게까지 비춰 들어오는 3층 건물의 불빛도 꺼져 있었다. 텅 빈 동굴과 같은 밤이었다. 복도의 불빛만이 출입구의 하얀 커튼을 통과하여 입구 쪽에 담황색의 빛이 내려앉았다. 아쓰코는 침대 위에 조용히 잠이 들어 있었다. 그리고 잠들은 채로 슬슬 일어났다. 그림자처럼 다른 아쓰코가 떨어져 나와 반의식 상태에서 무언가 하기 시작했다. 아쓰코는 한 통의 편지를 찾았다. 바로 전에 읽고 머리맡에 둔 편지를 분실한 것이다. 후사다 의사의 편지였다. 편지에는 백혈구 검사를 하고 싶으니까, 혈액을 몇 그램 정도 채취해야 한다는 용건만이 쓰여 있었다. 혈액의 양이 몇 그램인지 아쓰코는 잊어버렸다. 다시 한번 후사다 선생님의 편지를 봐야 했다. 아쓰코는 발뒤꿈치를 들고 침대 주위를 걸었다. 일어나 있는 것을 마키야에게 들키면 귀찮게 된다는 것을 알고 있었다. 마키야는 침대 밑에서 바퀴가 달린 다다미 한 장의 침상을 끌어내어, 침대와 평행하게 옆쪽으로 자고 있었다. 마키야도 망령처럼 하얀 잠옷 차림으로 일어났다. 아까부터 아쓰코를 보고 있었다.

"뭘 찾으세요?"

"편지를 찾고 있어. 본 적 있어요?"

"한밤중이에요. 편지 같은 것 지금 찾지 않아도 되잖아요."

"후사다 선생님의 편지야. 백혈구를 조사해 주신다고 하니, 피를 뽑아야 해."

"바보—"

"불을 켜주지 않겠어?"

"불같은 거 켤 수 없어요. 다른 사람에게 폐를 끼칩니다. 후사다 선생님은 편지 같은 것 주시지 않았습니다. 백혈구의 피는 귀를 잘라서 빼내는 거니까요. 여기에서 하는 것이 아니에요."

아쓰코와 마키야는 소곤소곤 이야기하고 있다.

"그럼 어떻게 해요?"

"쉬세요. 한밤중이니까요."

아쓰코는 침대로 돌아가서 잠시 잠이 들었다. 깊은 잠에 빠졌다. 다시 천천히 이번에도 주의 깊게 일어났다. 그녀는 편지와 엽서 다발을 손에 꽉 쥐고 있었다. 그 편지 다발 안에 아쓰코에게 중요한 편지가 한 통 섞여 있을 것이다. 우편물 다발 속에서 그것을 찾아내야만 한다. 일본의 모 잡지사를 거쳐 인도에서 그녀한테 온 앙케트 편지였다. 인도 정부에서 온 것인지, 민간단체에서 보낸 건지, 확실히 알 수 없었다. 평화를 유지하는 문제에 관하여 답신을 요구했다. 일본 각 방면으로 보냈다고 생각했다. 아쓰코는 한동안 편지를 쓸 수 없는 상황이지만, 그 한 통은 써야겠다고 생각했다. 서둘러 써서 모 잡지사에 전달하지 않으면 항공편으로 전달할 수 없다. 아쓰코는 한 손에 우편물을 꽉 쥐고 있었다. 어두워서 아무것도 보이지 않았다. 복도에서 빛을 비추고 있는 커튼 쪽까지 가면 되는 것이다. 커튼이 드리워진 입구까지 상당히 멀어서 풍경처럼 보였다. 실제로는 여섯, 일곱 발자국의 거리였다. 먼 풍경처럼 보이는 출입구로 가서 커튼 옆에 쪼그리고 앉아, 쥐고 있던 손바닥을 펴 보았다. 아무것도 없었다. 그녀는 구멍이 뚫어질 정도로 자신의 손바닥을 쳐다보았다. 눈을 크게 떴다. 한 통의 편지도 엽서도 없었다.

한낮의 진찰 시간에 의사들이 우르르 들어왔을 때, 아쓰코는 아무 일도 없었던 얼굴로 얌전하게 자고 있었다. 그러자 지금까지 옆에 없었던 마키아가 어디선가 달려와서,

"선생님, 낮에는 이렇게 침착하게 있지만, 밤이 되면 침대에서 내려와 여기저기 다녀서 어떻게 할지 모르겠어요."

간병인이 흥분해서 거친 숨을 내쉬었다. 아쓰코는 가벼운 수치심을 느꼈다. 의식은 늘 몽롱하게 흐렸다. 후사다 의사는 언제나 그런 것처럼 소박하게 웃는 얼굴로 아쓰코를 보았다.

"왜 한밤중에 일어나시는 거예요?"

"선생님은 저에게 편지를 주셨나요?"

"아니요."

"백혈구 수를 검사해야 하니까, 피를 뽑아 두라고."

"아니요. 그런 편지를 드린 적 없습니다. 백혈구는 입원하셨을 때 검사 했잖아요? 6,900이니까, 이상 없습니다."

마키야가 흥분이 가시지 않은 목소리로 말했다.

"복도 전깃불 아래에서, 자기 손을 쥐었다 폈다……"

"그건 말이에요."

아쓰코는 의사와 마키야에게 변명을 했다.

"평소 제게 우편물이 많이 오니까요, 그런 거라고 생각해요. 병원에 오지 않도록 집에 두라고 해서, 그것이 신경이 쓰이는 거예요."

"거기에 떨어져 있는 종이봉투를 한 장 손에 들고, 한참을 보고 있었어요."

마키야는 놓치지 않았다. 의사도 추궁했다.

"편지를 읽으셨습니까?"

"아니요. 항상 집에 여러 가지 앙케트가 와서요, 그 답신을 해야 한다는 생각이 들어서요."

아쓰코는 그 이상 말하지 않았다. 자신의 한밤중의 추태를 창피하게 생각하고, 잠자코 눈을 찡그렸다.

밤이 깊어지면 그녀는 슬슬 일어났다. 기이한 예후였다. 잠에 취한 상태로 어슬렁거렸지만, 분명 목적이 있었다.

"다녀올게요."

마키야의 허락을 구하는 것처럼 말하고, 방을 나가려고 했다. 스스로 다테마에를 다시 맸다.

"어디에 가는 거예요?"

"내과—."

"한밤중이에요"

"그래요?"

"내과에 뭐하러 가게요?"

마키야 간호사의 눈이 어둠 속에서 하얗게 빛나고 자신을 노려보고 있다는 것을 아쓰코는 알고 있었다. 그런데도 마키야의 얼굴도 눈도 낡은 사진처럼 영상으로만 보였다.

"X내과에 위내시경을 부탁했어요. 암이 있는지 없는지 진찰받기로 되어 있어요."

한밤중의 관능적인 방황이 시작되면, 말투까지 낮과는 달라져 있었다. 감시인 마키야를 달래듯이 겸손하고 상냥하게 말했다. 말했던 게 엉터리는 아니었다. 실제로 위내시경은 입원 당시에 부탁했었다. 원자폭탄 후의 생존자가 암과 비슷한 것이 장에 생겨, 이 대학병원에서 수술하기로 되어 있었다. 수술 예정일 전날, X레이로 보니 암 같은 것이 사라졌다는 것이다. 암은 아니지만, 암과 비슷한 것이 내장에 어디라도 발생할 가능성이 있다는 것을 아쓰코는 자주 들었다. 우라늄의 방사선 화상을 입은 피부도 피부암에 될 우려가 있다는 것을 미국 의사도 일본 의사도 암시적으로 말하고 있었다. 그것이 언제 피해자들의 몸에 생길지는 아무도 모른다.

"미쳤어!"

낮은 목소리로 마키야 간병인이 말했다.

"암 같은 건 없어요. 암이라면 지속수면을 16일이나 계속할 수 없으니까요."

"내가 16일이나 잤어요?"

"장대비가 3일이나 내린 거 알아요?"

"몰라요. 눈을 떴을 때, 니가타라고 생각했어요. 비행기 소리에 눈이 떠졌어요."

"빨리 쉬세요. 매일 밤 그렇게 일어나서 걸어 다니면 침대에 묶어놓아요."

"당신은 모를 거예요. 내가 왜 이렇게 되었는지."

"원자폭탄은 내일이나 모레는 떨어지지 않으니까요. 안심하고 주무세요."

지속수면 요법을 중단한다고 해도 바로 약 사용을 그만두는 것은 아니었다.

천천히 계속 줄여나가, 완만하게 중추 신경의 마취를 풀어주는 것이다. 마취에서 깨어나는 도중에 비몽사몽의 취한 듯한 과정을 거치는 것이었다.

낮 동안은 침착하게 아무 일도 일어나지 않았다. 식사하지 않아서 쇠약해져 있었다. 낮에는 일어나서 실내를 걸을 수도 없었다.

여의사가 주사기를 들고 들어왔다. 주사기에는 이미 약이 들어가 있었다. 아쓰코 옆 침대 환자의 곁으로 걸음을 재촉하며 다가왔다. 둥근 의자에 앉아 등을 구부리고 젊은 여자 환자의 팔에 주삿바늘을 찔렀다. 옆으로 누워있는 아쓰코의 눈에 그 광경이 비스듬히 보였다. 주사약은 상당히 천천히 주입되었다. 환자는 눈을 깊이 감고 있었다.

"저기요, 미나미 씨 당신 숨기고 있는 것이 있지요? 말하고 싶은데 참고 있죠?"

여의사는 곧 질문하기 시작했다. 주삿바늘을 꽂은 채, 마취약을 주입하면서 고백을 강요한다. 미나미 지사코南千佐子는 처음에는 저항했다. 쉬이 고백하지 않을 듯이 입을 열지 않았다.

"사실을 말해 주세요. 그렇지 않으면 병을 고쳐주지 않을 테니까요. 저기, 당신의 혹인 아기의 아버지가 누구인지 모르겠어요?"

아쓰코는 여의사의 비스듬히 보이는 등 뒤에서 눈을 동그랗게 떴다. 젊은 여자의 신상때문이 아니었다. 여의사가 환자에게 주입하고 있는 주사가 아모바르비탈[40]이라는 것을 알았기 때문이었다. 그 분말은 아쓰코도 이 병실에 와서 먹었지만, 병적인 예민함으로 떠올린 것은 홋카이도北海道에 있는 경찰서에서 일어난 사건이었다. 시라토리白鳥 사건으로 알려져 있었다. 시라토리라는 경관이 어떤 자에게 사살당하고, 공산당원이 검거되었다. 홋카이도에 있는 경찰서의 유치장에서 묵비권을 행사하는 당원에게 형사는 자백을 강요했다. 형사는 마을의 개업의를 찾아가, 그 당원의 자백을 위해서 아모바르비탈 주사를 의뢰했다. 개업의는 인권 침해라는 이유로 경찰에 굽히지 않았다. 그렇다면 그 마약의 사용 방법을 가르쳐 줄 것을 의뢰했다. 그러나 의사는 같은 이유로 응하지 않았다. 아쓰코는 그 사건을 신문기사에서 읽었을 때, 그것과는 아무 관련이 없음에도 문득 H의 모습을 마음에 그렸다.

지금 눈을 감고 있는 환자가 무언가 말을 하려고 하는 순간, 아쓰코는 다시 느닷없이 H의 환영에 부닥쳤다.

"당신은 최선을 다하고 있고 대부분의 상황은 알고 있어요. 처음부터 모두 얘기해주세요."

"1946년에 귀환했잖아요. 아무 일도 없었어요. 혼자였고, 다리 밑이라도 괜찮으니까 떳떳하게 있고 싶었어요."

미나미 지에코는 나른한 듯이 말하기 시작했다.

40 최면, 진정, 조현병 따위에 사용하는 향정신성 의약품.

"이케부쿠로 역이 잿더미가 되고 나서, 타버린 목재가 산더미처럼 쌓여 있었어요. 밤이 되면 숲속처럼 캄캄했어요."

잠이 올 것 같았다.

"거기서 뭘 했나요?"

"저뿐만이 아니었어요. 여자들이 많이 몰려 있었어요. 정말이지 누더기를 입고."

"그래서."

"아기를 낳았어요. 그게요, 처음에는 시뻘건 아기였어요. 아기는 모두 낳자마자는 빨갛다고 하지만, 시간이 지나도 피처럼 빨갰어요."

"그런데요?"

"그런데, 점점 까매졌어요."

"죽이고 싶어졌어요?"

"죽이고 싶었지만 죽일 수 없었어요. 백인 아기일거라고 생각했는데 보고 있는 사이에 까매져서, 저는 조금 정신이 이상해졌어요. 젖이 나오지 않아서, 흑인 아기는 죽었어요."

"정신이 이상한 것은 일단 나았지요? 그것이 왜 요즘 다시 외국인을 보면 죽이고 싶어졌어요?"

"잊어버리고 있는 줄 알았는데, 아니였어요. 선생님, 왜 저는 이런 병원에 오게 되었죠? 왜 그런 거예요?"

미나미는 천천히 헛소리처럼 말했다.

"당신은 자살 미수입니다. 외국인을 보면 죽이고 싶어져서, 그런 자신이 무서워서, 수면제를 먹고 닛포리에 있는 선로에 누워 있었어요."

"아, 그래요. 백인이건 흑인이건 외국인만 보면 실물보다 훨씬, 훨씬 커 보여서, 칼을 가지고 있으면 찌르고 싶어지는 거예요."

"아기를 낳게 한 게 흑인이죠? 왜 백인도 찌르고 싶어지는 거죠?"

"둘 다 똑같아요."

"당신은 병에 걸렸어요. 빨리 고칩시다."

"외국인이 없는 곳으로 가지 않으면 좋아지지 않을 거예요. 얼굴을 보면 이번에는 정말 죽일지도 몰라요."

그 이상 미나미는 말을 하지 않았다. 잠에 빠져든 것이다. 여의사는 만족한 듯한 표정으로 방을 나갔다. 분열증의 히사도메 옆에 있는 환자가 침대에서 떨어졌다.

"후쿠이福井 씨가 떨어졌어요."

히사도메는 재미있다는 듯이 말했다. 후쿠이의 간병인은 없었다. 자리에서 떨어져도 눈을 뜨지 않는 후쿠이를 야마시나와 우에시마가 안아서 침대에 눕혔다. 후쿠이는 더럽고 너덜너덜해진 잠옷을 아무렇게나 입고 있었다. 가슴을 드러내고 어깨까지 내놓고 있었다. 오른쪽 발끝부터 허벅지까지 깁스를 했고 붕대를 감고 있었다. 아쓰코는 마키야에게 물었다.

"저 사람, 언제 입원한 거예요? 전혀 몰랐어요."

"성형외과에서 이쪽으로 왔어요. 당신이 비가 오는 줄도 모르고 자고 있는 사이에. 저기, 저 높은 창문이 있는 방이 보이죠?"

낮 동안 마키야는 비교적 상냥했다. 북쪽 창 쪽으로 고개를 들어, 3층 건물의 빨간 벽돌의 창문을 쳐다보며 거기가 성형외과의 병실인 것을 가르쳐 주었다. 그녀는 아쓰코의 옆에 앉아, 후쿠이에 대하여 두런두런 이야기했다. 후쿠이는 34살로 기혼녀였다. 남편은 하급관리였는데 해고당했다. 세 명의 아이가 있다. 그리고 후쿠이 기미福井キミ는 신흥종교의 신자였다. 어느 날 후쿠이는 외출했을 때 발목을 삐었다. 곧바로 의사가 아니라, 영교회霊交会에 가서 발목을 보여 주었다. 영교회에서는 신앙에 의한 치료 외에는 치료는 없다고 했다. 후쿠이는 남편의 퇴직금에서 3만 엔을 무단으로 꺼내어 영교회에 헌금했다. 의류, 가재도구를 팔아 돈을 만들어 헌금했다. 이 대학의 성형외과에서 다리 수술을 해야만 했다. 발의 상처가 심했다. 수술한 다리로 침대에서 내려오려고 했다. 영교회에 가기 위해서였다. 다리는 치료했지만 영교회에 대해 쉬지 않고 말하는 바람에 신경과로 오게 된 것이다.

"이런 건 무슨 병이예요?"

"오다 씨와 같이 노이로제가 심해진 거지요."

"어떻게요?"

"무언가 불안해서 견딜 수 없어서, 영교회 같은 사기꾼 종교에 가는 거예요. 지속수면으로 불안감이 사라지면 영교회 따위는 잊어버리게 된대요."

"꽤 오래전부터 여기에 있는 것 같은데, 지금 시작한 거예요?"

“남편이 돈이 없어요. 그 치료를 할지 말지, 매일 와서 고개를 갸우뚱거리며 생각하고 있으니까요.”

생각해 보니, 아쓰코는 몽롱한 눈으로 몇 번인가 후쿠이의 남편을 본 기억이 있었다. 바싹 마른 듯한 몸이 야윈 남자였다. 가는 머리카락이 듬성듬성 나 있었다. 배가 쑥 들어가서 가슴을 숙인 듯한 모습을 하고, 창피한 듯이 사람들을 쳐다보고, 아내 옆에 앉아 있던 적이 있다.

“저기, 부탁할게요. 아이들만이라도 부탁할게요.”

후쿠이는 반복해서 말했다. 남편은 벌떡 일어나 미치광이 히사도메를 향해 말했다.

“진절머리가 나요. 죽은 다음 일까지 걱정을 하고 있으니.”

“괜찮아요, 신경과에서는 죽는 일은 절대로 없대요. 그런데 아이들이 불쌍해요.”

미치광이 히사도메가 항상 말했다. 기억의 그림자를 멍하게 보고 있던 아쓰코는 꾸벅꾸벅 잠에 빠져들었다. 특수한 수면제의 축적이 이런 증상으로 나타난다.

7

아쓰코는 암흑 속에서 담쟁이 넝쿨이 얽힌 높은 창문을 똑똑히 보았다. 창문은 거의 담쟁이 넝쿨로 덮여 있었다. 녹색의 담쟁이 넝쿨이 선명하게 보였다. 저 방의 침대에 가엾은 몇 명의 여자들이 누워 있다. 얼굴 한쪽에 화상을 입은 여자들은 저 높은 창문 안쪽에, '오늘날의 심리'를 병으로까지 내몬 연약한 자신들은 여기 이 낮은 방에. 여자들은 '원폭녀'라는 구경거리 명칭을 짊어져야 했다. 도쿄에 와서 대학병원에서 진찰을 받았고 몇 번의 진찰을 받는 사이에, 그녀들은 스가모巣鴨로 가서 A급 전쟁 범죄자를 향해 원자폭탄으로 거의 전신에 화상을 입은 여자들이(가엾습니다)라고 인사를 하고, 엎드려 울었다는 정보는 코미디다.

아쓰코의 가슴속에는 슬픔이 복받쳐 올라왔다. 영혼을 도려내는 듯한 슬픔이었다. 일본에 원자폭탄이 사용된 것은 정치적으로밖에 볼 수 없지만, 그렇다면 이 슬픈 모습으로 변해 버린 여자들을 어떻게 하면 좋을까. 얼굴과 손, 발의 형상을 원래대로 되돌린다. 의학적인 기적이 일어나 반 정도는 그렇게 될지도 모른다. 그러나 마음의 상처는 원래대로 돌아갈 수 없을 것이다. 아쓰코는 한동안 오열했다. 일어나려고 했다. 몸이 움직이질 않았다. 발버둥을 쳐서 몸을 일으키려고 하면, 손목이 조여왔다. 밧줄이었다. 몸 전체가 마로 만든 밧줄로 묶여 침대에 동여매어 있었다.

"풀어 줘요."

마키야는 잠자코 밧줄을 풀었다."

"누구 허락을 받고 나를 묶어 두었어요?

"—."

"한밤중에 일어나는 것은 병후의 경과 중 하나예요."

의식이 확실히 완전하게 또렷한 것은 아니었다. 마키야는 얌전히 있었다.

“어디 가세요?”

아쓰코는 비틀거리며 복도로 나갔다. 불빛 아래에서 손목을 살펴보았다. 밧줄에 조인 자국에 엷게 피가 번져 있었다.

“붕대를 감을게요.”

“다녀올게요.”

“어디를요?”

“성형외과에요. 원폭 여자들이 입원해 있죠?”

마키야는 아쓰코의 얼굴을 물끄러미 쳐다보았다.

“저 사람들은 이 병원이 아니예요. 처음부터 분원分院 입니다.”

“성형외과잖아요?”

“분원의 성형외과입니다.”

아쓰코는 복도에 있는 청회색의 벽에 기대어 반쯤 잠이 들었다. 잠이 든 눈에서 눈물이 흘렀다. 여자들이 분원에 있으므로 여기에는 없다는 것을 처음부터 알고 있었다. 낮에 3층 창문을 성형외과의 병실이라고 가르쳐 주었지만, 밤의 혼미한 시간이 되자 착각했다. 상경한 아홉 명의 여자 가운데 한 사람을 알고 있었다. 지난해에 고향에 있는 거리에서 그 여자 집을 방문했을 때, 아쓰코는 그 집에 들어가자마자 쓰러져 울었다. 보기 힘들 만큼 기괴한 얼굴이었다. 손발이 화상으로 쭈글쭈글했다. 스무 살 처녀의 이마 부분만이 화상 상처가 없는 깨끗한 피부로 남아 있었다.

“앞머리를 내리고 있었기 때문에.”

열네 살 소녀는 앞머리 밑에 약간의 피부를 남기고, 나머지는 다갈색으로 화상을 입었다.

처녀는 굽은 손가락으로 얼음을 내리고 있었다. 그녀는 자신의 빙수집을 냈다.

"어머니는 내가 이렇게 되고 나서 나를 미워해요. 언니와 동생에게만 애정을 쏟고 있어요."

소녀는 아쓰코가 묵고 있는 집에 매일같이 찾아왔다. 아쓰코는 함께 밥을 먹었다.

소녀의 입술은 입술의 형태가 없어져 잇몸을 드러내고, 아래로 쳐진 채로, 입을 다물 수가 없었다. 음식이 젓가락 사이로 흘러나와 무릎에 떨어졌다. 아쓰코는 토할 것 같았다. 소녀와 식사를 함께 할 때마다 토할 것 같았지만 억지로 먹었다. 소녀가 도쿄에 와서 숙소에 도착했을 때, 아쓰코를 만나고 싶다고 전화가 걸려 왔다. 오게 되면 아쓰코 집에서 묵겠다는 약속을 편지로 했다. 그러나 소녀는 오지 않았다. 여자들을 인솔하는 목사가 아쓰코의 남편을 마르크스주의자라고 말하고, 아쓰코도 위험하니까 가까이하지 말라고 했음을 아쓰코는 나중에 들었다. 아쓰코는 이미 신경에 이상이 생겨 외출할 수 없게 되었다. 여자들의 숙소에도 병원에도 갈 수 없는 상태였다.

"한밤중에 복도에서 울고 있어도 어쩔 수 없어요. 자, 침대로 돌아가요."

마키야가 어깨에 손을 댔다.

"목사 주제에……."

아쓰코는 마키야의 손을 잡았다.

"나는 그 소녀 한 사람을 위해서라도 싸울 거예요. 그런데 얼굴을 쳐다보는 것이 무서워서 갈 수 없었어요. 매일 밤 잠자리에서 몇 시간이고 울었어요."

잠을 방해받은 마키야는 미간을 찌푸리고 화난 표정을 하고 있었다.

"자기 딸도 아닌 사람의 일을 그렇게까지 신경 쓰지 않아도 되지 않아요? 그런 일로 자기 몸까지 망가뜨리다니 당치 않아요."

"—당치않다니요? 당신도 목사군요."

다음 날 밤에도 아쓰코는 한밤중에 일어났다. 환상은 집요했다. 일어나자마자 마키야의 몸을 흔들었다.

"복도에 우리 집 다케노가 소녀 두 사람을 데리고 와 있어요. 좀 데리고 와 줘요."

"그런 사람 아무도 안 왔어요."

"커다란 보자기를 들고 서 있어요. 어두워서 모르는 거예요."

"침대에 묶을 거예요. 밧줄로 묶으면 아파요."

"다케노에게 보여줄 것이 있어요. 신흥종교에 속으면 어떤 일을 당하는지 후쿠이씨를 보여주고 싶어."

"그러니까 복도에 아무도 없어요."

아쓰코는 하얀 커튼 끝에서 복도로 나갔다. 복도에는 온통 안개가 낀 듯 아무것도 보이지 않았다. 아쓰코는 다케노와 두 소녀의 환상은 잊어버렸다. 비틀거리면서 불빛이 켜져 있는 병원 쪽으로 걸어갔다. 커튼을 걷어내고 안으로 들어갔다. 깨끗하고 예쁜 소파와 의자와 테이블이 보였고, 숙직하는 간호사가 졸린 얼굴로 잡지를 보고 있었다.

"어머, ××씨."

간호사는 아쓰코의 본명으로 불렀다가,

"오다 씨."라고 다시 말했다.

"여기에 좀 앉아도 될까요?"

간호사 옆에 있는 소파에 아쓰코가 앉았다.

"네, 그럼요. 밤이 되면 걸어 다니시네요."

"몽유병자 같아요. 나를 침대에 묶어 놓았어요. 봐요, 여기."

손목을 펴서 젊은 간호사에게 보여주었다.

"어머나, 가여워라."

간호사는 아쓰코의 손목을 쥐고, 상냥하게 바라보았다. 어디선가 본 듯한 간호사였다. 처음 입원했을 때, 두세 번 같이 산책한 적이 있는 간호사였다. 그녀는 아쓰코가 쓴 것을 읽고 있었다. 산책할 때 직원 조합에서 투쟁한 경험을 아쓰코에게 얘기했다. 그 기억으로 안심한 순간, 아쓰코가 조용한 목소리로

"여기에 있는 의사들은 전부 바보예요?"

라고 물었다.

"있어요? 없어요?"

"있었는데요, 다른 곳으로 옮겼어요. 모두 생활이 괴로워서 될

대로 되라 예요."

"원폭 여자들 일로 내가 울고 있으니까, 자기 딸도 아닌 사람을 위해서 우는 것은 당치 않다고 하는 거예요. 바보죠."

"어떤 분인지 선생님이 그렇게 말했어요."

"네."

간호사는 엄한 눈빛으로 아쓰코를 봤다. 잠시 동안 아무 말도 하지 않았다. 아쓰코는 소파에 누우려고 했다. 간호사가 손을 받쳐서 눕게 했다. 그녀는 그 손을 아쓰코의 어깨에서 떼지 않았다. 작고 낮은 목소리로 말했다.

"빨리 병을 고쳐요. 좋아져서 평화를 위해서 글을 써 주세요."

"선생님은요, 제게 여러 가지 물어봤을 때, 형무소에 가는 것은 싫다고 하자, 아무 말도 안 하셨어요. 그것으로 됐지 않습니까? 라고는 말하지 않으셨어요."

아쓰코는 반은 무의식 상태로 말하고 있는 것 같았다. 헛소리에 지나지 않았다.

"그럼 제가 말할게요."

간호사는 아쓰코의 귀에 입을 가까이 가져갔다.

"그것으로 됐지 않습니까? 설령 그렇다고 해도, 이번에는 12년이나 18년이나 가는 일은 없을 거예요.

"도피하든지, 뚫고 나가든지 어느 쪽이든 해야죠."

"뚫고 나가는 수밖에는 없겠죠. 세계관의 확신을 정확히 가지고 있으시다면 병은 훨씬 좋아지실 거예요."

발소리가 들렸다. 사람 그림자가 보였다. 아쓰코는 의사의 얼굴을 멍하게 바라보더니, 갑자기 몸을 일으켰다. 웃고 있는 젊은 의학박사를 향해,

"이 방에 들어온 것은 우연이에요. 복도에서 사람이 기다리고 있어서, 마중 나왔다가 여기에 왔어요."

이런 종류의 병자를 의사는 한 사람 한 사람 진심으로 상대하지 않았다. 웃고 있었다.

"선생님, 비타민 주사에는 마약 작용이 있어요?"

"마약이 아닌데요."

"그런데 그 주사는 좋지 않아요."

"저도 그 주사는 좋지 않다고 생각합니다."

"수면제는 어떤 거라도 전부 무서운 건가요?"

"무섭지요. 약이 듣지 않게 되니까요."

의사와의 대화에는 한계가 있었다. 의사는 아쓰코라는 인간과 심리를 보려고 하지 않았다. 고도의 의사일수록 상대방의 병을 추리하는 것에만 주목하고 있었다. 물론 의사들에게 아쓰코는 모습으로는 원자폭탄과는 관계가 없는 환자였다. 아쓰코에게 원자폭탄증의 징후는 없었기 때문이었다.

입구에 있는 커튼 그림자에 누군가 서 있었다. 한 손으로 커튼 자락을 잡고, 아쓰코를 노려보고 있었다. 마키야는 밖에서 말을 걸었다.

"방해가 되니까요, 방으로 돌아가요."

8

후쿠이 기미와 미야케의 침대가 바뀌어 있었다. 보크트씨병[41]으로 뇌 수술을 한 미야케가 분열증 여자 옆에, 한쪽이 벽에 붙은 침대에 후쿠이가 이동해 있었다. 후쿠이의 침대는 검은 막으로 싸여 있었다. 낮에도 그 주위만큼은 음침하고 어두웠다. 회진이 끝난 방에 각각의 병실 간병인이 놀러 왔다.

새로 산 양장 옷감이나 구두를 가지고 온 여자들이 서로 천을 몸에 둘러보거나, 구두를 신고 걸어보기도 했다. 주문해서 만든 구두가 발에 안 맞아서 화가 나 바닥을 차듯이 걷는 여자가 있었다. 그녀들은 열광적으로 의사들의 품평회나 환자를 욕하거나, 양장 옷감이나 구두 이야기를 큰 소리로 말했다. 아쓰코는 그녀들의 행동이나 이야기하는 모습이 조금씩 보였고 들려왔다. 안개가 걷히듯이 조금씩 마취에서 깨어나고 있었다. 오후에 다케노가 왔다.

새까만 막으로 둘러싸인 침대에서 후쿠이가 헛소리처럼 말하기 시작했다.

"시끄러워. 잠을 잘 수 없으니까 그만 얘기하세요."

"지금 낮이에요."

우에시마 가네코가 말했다. 후쿠이의 간병인은 간병인들 사이에 섞여 수다를 떨고 있었다.

---

41 멜라닌세포에 대한 자가 면역 질환, 현재는 보크트-고야나기-하라다 증후군으로 불림.

"잠옷을 딱 두 개만 가지고 와서요. 남편이 뭐든지 필요한 것이 있으면 엽서를 쓰라고 했는데요, 쳇, 집 안에 아무것도 없어요. 엉덩이에 댈 자투리 천도 가져오지 못하니까요."

"시끄러워서 잠을 잘 수가 없어. 입 좀 다물어요."

후쿠이가 힘없는 소리로 말했다.

"지금은 밤이 아니에요. 밤 9시부터는 수다 떨라고 해도 떨 수 없어요."

동료들이 일제히 소리를 내어 웃었다.

"아, 괴로워. 죽여 주세요. 죽여 줘."

"죽여 줄게요. 잠자코 자고 있으면 죽여 줄게요."

후쿠이의 간병인은 그렇게 대답했다. 30년 전에 뼈만 남은 여자였다. 후쿠이는 계속 말했다.

"아이들, 아이들, 아 괴로워. 죽여 주세요. 물 좀 주세요."

"시끄럽네. 정원에 던져 버릴 거예요."

후쿠이의 간병인은 그런 식으로 말하는 것이 유력자인 동료들 마음에 들 것으로 생각하고 거친 목소리로 말했다. 이 여자는 후쿠이가 마취 상태에 들어가기 전에는 아주 정중한 말투로 말하고, 후쿠이의 고향인 벳부別府의 풍경이나 생선이나 고기가 맛있다고 칭찬을 하거나, 후쿠이의 아이들에게 사려 깊은 말을 했다. 간병인은 검은 막 안으로 들어갔다.

"뭐예요, 이 꼴은. 이 행동은 뭐예요? 저기, 남편 분은 좋아하실지 모르겠지만, 나는 더러워요."

"물을 마시게 해 주세요."

"밥을 안 먹으면 물은 안 줘요. 먹을 거야? 자 먹을 거야? 아, 하고 입을 벌려! 안 먹잖아."

숟가락이 바닥에 떨어지는 소리가 챙하고 났다.

"뭐야. 물만 마시고 밥은 혀끝으로 밀어내 버리니까, 근성이 나쁘네. 사기꾼같이."

"—."

"식염 주사를 맞아요. 식염 주사를요. 관으로 인공영양을 넣을 거예요. 인공영양을요."

"물 좀 주세요. 배를 먹여주세요."

흙빛 얼굴을 한 다케노의 눈이 아쓰코의 얼굴을 쳐다보았다.

"저분은 어떤 병을 앓고 있어요?"

후쿠이에 관해 물었다. 아쓰코는 눈을 피했다. 마키야가 대답했다.

"신경증입니다. 영교회에 빠진 것이 시작이에요. 발은 이제 괜찮은데, 그쪽으로 갈 것 같아서 부목을 대고 붕대로 칭칭 감아둔 거예요."

다케노는 문득 생각에 잠겼다. 그리고 말했다.

"영교회에 들어가셨기 때문에 저렇게 된 것이 아니라, 뭔가 원인이 있어서 신경증에 걸렸기 때문에 신앙에 들어가셨겠죠.

"신앙에 빠져서 점점 더 나빠졌어요.

마키야는 아무렇지도 않은 듯이 대답했다. 검은 막 침대에서는 간병인이 말했다.

"정말이지, 성질이 못된 여자예요. 배라면 먹는다는 거네요. 밥은 전혀 먹지 않네요. 3, 4일동안 먹으려고도 하지 않아요."

"—."

"그럼, 관으로 먹여요. 선생님을 불러올 테니까요."

간병인은 검은 막에서 나왔다.

"아, 더워!"

얼굴이 땀범벅이 된 여자는 흰 즈크[42]로 만든 구두를 뒤꿈치로 소리를 내며 걸었다.

"12시에 식염주사, 3시에 인공영양, 5시에 포도당. 너무 바빠서 아유, 싫어 죽겠어."

간병인은 방을 나갔다. 다케노가 마키야에게 말했다.

"환자는 아무것도 모르는 것 같으니까, 좀 친절하게 대할 수 없을까."

마키야도 방을 나갔다.

"무서워졌어요."

다케노가 말했지만, 그것이 후쿠이의 증상이나 간병인에 대한 것인지, 신흥종교에 대한 것인지, 아쓰코는 짐작이 가지 않았다.

"조금 전에 후사다 선생님도 말씀하셨잖아요. 거의 모든 사람

---

42 무명실 따위로 두껍게 짠 직물.

이 정신병 증세라고요. 세 사람 중 둘은 이상하지 않겠어요? 저는 그렇게 생각합니다."

"내가 나가면 당신이 이번에 여기에 들어와. 당신 병도 신경증이야. 정신병까지는 모르겠지만 신경 장애는 누구나 일으키고 있을지도 몰라. 여기에 와서 나아진다면 고치는 게 좋아."

"저는 돈이 없어요."

잇몸을 보이며, 다케노는 큰 소리로 웃었다. 자조적인 웃음이었다.

"내가 좋아지면 글을 써서 내줄게."

"사실은 제가."

잠시 눈을 내리떴지만 아쓰코를 보지 않고, 웃음소리와 함께,

"여기에 와서 하얀 수술복을 입고 있는 선생님의 뒷모습을 보면 가슴이 조여 오는 것 같아서 괴로워요. 그래서 여기에 오는 것이 싫어요."

"여기 병원에서?"

"아니요. 병원은 다르지만요."

간병인을 했을 때 다케노가 처자가 있는 의사에게 돈을 대주었는데, 의사가 학위를 따자 헤어졌다는 이야기를 전에 아쓰코는 들었다.

"미워하는 거야?"

"미워하지는 않아요. 성공하신 것을 기쁘게 생각해요. 사모님한테 여러 번 지적 받았지만, 저는 고리타분한 감정을 가진 여자니

까요."

7호실 담당인 젊은 의사와 간호사가 후쿠이 침대에서 가까운 입구로 들어왔다. 후쿠이의 간병인은 흥분해서 의사에게 말했다.

"이제 목소리를 크게 낼 수 없게 되었고, 침대에서 내려올 수도 없게 되었어요. 부탁입니다. 아무튼, 입에 닿는 음식은 모두 혀로 밀어내니까요."

"후쿠이씨."

의사는 상냥한 어조로 불렀다.

"드시지 않으면 안 됩니다. 인공영양은 괴로우니까, 드셔야 합니다."

"선생님, 살려 주세요."

"살려 드릴게요. 그러니까 드세요."

병원의 간호원과 간병인이 번갈아 가며 후쿠이를 불러서, 입에 뭐라도 넣으려고 하는 모습이었다.

"안 되겠어. 어쩔 수 없지. 넣읍시다."

후쿠이의 목에 관을 통과시키려고 하는 것 같았다. 목에 이상이 생겨 거기에 유동식이 막혀 있는 것 같았다. 후쿠이는 신음하면서 말했다.

"먹을게요, 먹을게요."

"一."

"먹을게요. 괴로워요. 먹을게, 먹는다고. 아버지, 살려 줘."

미야케와 우에시마, 분열증의 여자가 키득키득 웃었다. 의사와 간호사는 응급조치를 끝내고 나갔다. 후쿠이의 간병인의 독기 서린 목소리가 들렸다.

"무슨 아버지야? 아버지는 정이 떨어졌대요. 이게 애를 셋이나 낳은 여자야? 아이들이 웃겠네."

저녁에 다케노는 돌아갔다.

"저 사람은 좀 심하네요."

아쓰코는 조금씩 떠진 눈으로 마키야를 보고, 후쿠이의 간병인에 대해 말했다.

"네, 모두 그렇게 말해요. 후쿠이 씨는 가여워요. 법 없이도 살 사람인데."

"한밤중에도 깨우니까 피곤하겠지만, 난폭한 말을 하네요."

"저 사람도 병이에요. 4, 5개월이나 쉬었어요. 오랜만에 나와서 후쿠이 씨에게 온 거예요."

"어디가 안 좋은가요?"

"신흥종교는 아니지만, 후쿠이 씨와 같은 병이에요. 인슐린 요법인지, 지속수면인지를 한다고 하고, 좀처럼 하지 않네요."

병자가 병자의 간호를 한다는 비밀스러운 사실을 알면서도, 마키야도 동료들도 모르는 척하고 있었다. 밤늦게 후쿠이 남편이 방에 모습을 보였다. 그는 회색빛 피곤한 얼굴을 하고 아내가 있는 검은 막 안으로는 들어가지 않았다. 벽에 기댄 소파에 앉아, 사람 좋아 보이는 웃음을 띠고 누구에게 라고도 할 것 없이 작은 소리로 이야기했다.

"열세 살 인 여자아이가 학교를 그만두고 부엌살림을 하고 있는데, 일흔일곱 되는 조모도 더위로 누워 있고, 엉망진창입니다."

아쓰코는 벌써 9월인 것을 알아차렸다. 가끔 아직 깊은 잠에 취한 상태에 빠졌지만, 방안을 똑바로 걸었다. 침대를 내려와 후쿠이의 남편 옆으로 갔다. 그녀는 갑자기 작은 소리로 그에게 말을 걸었다.

"조선 휴전회담은 어떻게 되었어요?"

"그대로예요."

"그대로예요?"

"네, 하나도 진척이 안 됐어요."

후쿠이의 남편은 허탈하게 웃는 얼굴로 말했다. 아쓰코는 실망했다. 자신이 긴 마취에서 깨어났을 때 조선전쟁이 끝나고 국제연합군이 철수하는 것으로, 그녀는 단순히 꿈꾼 것이다. 그 기대로 일부러 깊고 긴 잠에 빠져 있었던 느낌이 든 것이다.

(잠에 취하는 것으로 살 수 없다. 나 혼자서 얼마만큼 길게 잠 속으로 도망가도, 아무것도 좋아지지 않는다)

몇 번이나 생각했던 그것을 아쓰코는 또 멍하게 생각했다. 9시가 되자 1분도 안 돼서 우에시마가 전등을 껐다. 후쿠이의 남편은 한 번도 아내 곁에 가지 않고, 어두침침해진 방에서 남몰래 모습을 감췄다.

9

불안정하기는 했지만 겨우 각성기에 들어간 아쓰코의 눈에 실내의 여러 물건이 조금 선명하게 보이기 시작했다. 사람 목소리도 선명하게 들렸다.

아침나절에 히사도메의 인슐린 요법이 행해졌다. 그 전에 우에시마 가네코가 히사도메의 모습을 가리려고 길이가 긴 하얀 커튼을 침대 양옆으로 쳤다. 간호사가 와서 주사를 놓고 갔다. 시간이 흘렀다. 하얀 커튼 안에서 히사도메의 코 고는 소리가 들렸고, 코 고는 소리는 쩌렁쩌렁 높아져 울려 퍼졌다. 코골이가 최고조에 달하자, 시계를 보고 있던 우에시마가 "몽롱—."이라고 말하고, 자신의 말을 확인이라도 하려는 듯한 몸동작으로, 순간 긴장하고 방을 뛰어 가는 것이다. 간호사가 와서 몽롱한 상태를 확인한다. 뚱뚱한 젊은 히사도메의 몸이 운반차에 실렸다. 언제나 서로 동료의 손을 빌릴 필요가 있는 간병인들이 운반차에 모여, 우에시마를 선두로 운반차를 입구 쪽으로 밀고 갔다. 아쓰코는 똑바로 누운 자세로 슬쩍 운반차에 실린 히사도메의 얼굴을 봤다. 하얗고 통통한 젊은 얼굴이다. 눈은 뜨고 있었다. 하얀 눈을 치켜뜬 채 움직이지 않았다. 전기의 충격은 금방 끝나서 히사도메의 운반차는 돌아왔다. 침대에 내리자 인사불성인 채, "무서워—."라고 중얼거렸다.

"무서워? 매일이 무서우면 어쩔 수 없어."

우에시마가 말했다. 측정한 시간이 다가오자, 우에시마는 간호사를 데리러 갔다. 주사를 맞고 히사도메가 눈을 뜨기 시작했다.

"싫어, 싫어, 무서워."

히사도메가 그렇게 말했더니, 가벼운 웃음소리를 냈다. 침대 주변에 간병인들이 모여 있었다. 우에시마가 묻기 시작했다.

"자, 눈을 뜨고 이 사람 누구?"

"몰라요."

"모르면 안 돼. 누구?"

"인간."

"인간인가? 동물인가? 그럼 이 사람은 누구."

"인간."

간병인들은 웃었다. 히사도메의 우는 소리가 들렸다.

"오늘은 우는 거야? 안돼요. 뭐가 슬퍼요?"

"슬프지 않아요."

"자, 먹어요. 양갱이에요. 슬픈 일 같은 거 없어요. 매일 눈을 뜨면 양갱이 기다리고 있어요."

양갱을 먹는 것도 마법의 과정이었다. 당분이 보충되면 하얀 커튼이 다시 쳐졌다. 몇 명의 손이 전신의 땀을 닦아내고, 모든 옷을 갈아입혔다. 아쓰코는 히사도메를 쳐다보았다. 크림색 홑겹 옷에 보라색 붓꽃이 떠 있었다. 히사도메는 주변 사람에게,

"죄송합니다. 시끄러웠죠."

라고 말했다. 생글생글 웃으면서 긴소매를 잡아맸다. 서두르는 모습이었다. 땀범벅이 된 기모노를 세탁하러 가는 우에시마를

도와주는 것이다. 그것도 치료의 한 부분이라고 하지만 식사를 나르거나, 설거지를 하거나, 바닥청소를 하는 히사도메를 보고 있으면, 아쓰코는 생명의 가련함에 부딪치는 느낌이었다. 분열증이라는 병명이 이전에는 조기 치매라고 불렸음을 아쓰코는 여기에 와서 알았다.

"난 그런 치료 싫어."

히사도메와 우에시마가 방에서 나가자, 미나미 지에코가 미소를 지은 눈으로 아쓰코를 보고 말했다.

"친절한 간호를 받으며 좋아지고 싶어요. 나 같은 병은 간호만으로도 좋아진대요. 오다 씨도 반드시 그래요. 선생님이 그렇게 말씀하셨어요."

"목숨을 아끼는 것만으로도 코미디야. 현대에서는."

아쓰코는 혼잣말로 말했다.

"나는 내가 죽는 것보다도 사람을 죽일 것 같아서, 그것이 무서워요. 당신은 죽이고 싶지 않아? 원자폭탄을 사용한 놈들을."

"—."

"난 아기가 점점 까매졌을 때, 머리가 이상해졌어요. 그때는 X 병원에 있었어요. 거기에는 증상이 심한 사람들이 많이 있었어요. 외국 병사에게 전염된 나쁜 병으로 완전히 미친 사람이 있었어요. 그 사람은 정말 아름다운 사람이어서, 더 비참하게 보였어요. 뭐든지 마음에 내키지 않는 일이 있으면, 장소에 상관없이 오줌을 싸거나 똥을 싸는 거예요. 그 사람을 보면 난 어떻게든 일본인 이외의 사람을 죽이고 싶어서 죽이고 싶어서."

—그날 오후의 진찰은 N 강사였다. 후사다 의사와 인턴들이 함께 있었다. N 강사는 웃으면서 아쓰코의 침대로 왔다. 아쓰코는 일어나려고 했다.

"그대로 있으세요."

N 강사는 의자에 앉았다. 온화하니 불그스레한 얼굴이었다. 눈은 날카로웠다.

"이제 걸으십니까?"

"네, 걷고 있는데요, 기력이 없어서 자꾸 흐느적거려요."

아쓰코는 살짝 웃었다. 자신의 얼굴에 표정이 드러남을 알아차렸다.

"조금씩 무언가를 써 보시는 것은 어떻습니까? 개인실이 한 곳 비어 있으니까, 그곳을 사용해도 괜찮습니다."

"감사합니다. 그런데 아직 신문에 있는 글씨를 읽을 수 없고, 엽서를 쓸 수도 없어서."

말한 대로였지만, 뭔가 할 수 있다고 해도 개인적인 특혜로 개인실을 사용할 마음이 없었다.

"그럼, 여기서 여러 가지 것을 보시면 되지요. 사카야 야스기치酒屋安吉 군이 여기 개인실에 있었습니다만."

아쓰코도 그 소식을 알고 있는 소설가였다.

"나중에 아차, 싶었다고 합니다. 큰 방에서 여러 가지를 봐 뒀어야 했다고 하더랍니다."

아쓰코는 잠자코 있었다. 뭔가 불쾌한 감정이 마음속에 있었다. 강사는 웃음기가 사라진 얼굴로 물었다.

"지금 당신에게 가장 신경이 쓰이는 일은 무엇입니까."

"네?"

아쓰코는 바로 대답할 수 없었다. 잠시 생각에 잠기고 나서, 어색한 것을 의식하고,

"사회적 불안이라고 생각해요."

애매하게 힘없이 대답했다. 그녀는 갑자기 다소 심리적인 연극을 의사를 상대로 하는 것이었다. 사회적 불안이 전부가 아니었다. 거기에서 빠져나올 길이 보이지 않고, 자신이 속한 국가에 대한 불신, 세계에 대한 불신, 인간에 대한 불신, 사회에 대한 불신. 자신의 육체와 정신이 부딪치는 접촉체에 대한 불신이 머릿속을 우울하게 했다. 이 불신은 자기 자신에 대한 불신을 뒷받침하는 것이었다. 자신에 대한 확고함이 자신감이 되어 피와 살을 관통한다면, 불신하면서도 그 불신으로 인한 것에 저항하며 살아가야 할 필요성을 느껴야 했다. 불신을 그대로 방치하려는 것은 병이 치료되지 않았기 때문이라고 아쓰코는 생각했다. 그녀는 의사에게 거기까지 이야기하는 것이 어렵다는 것을 알고 있었다. 후사다 의사가 추궁하듯이 물었다.

"현재, 개인적인 압박이 있습니까? 예를 들면 블랙리스트에 올라가 있다든가."

"블랙리스트는 모르겠지만, 압박은 있어요. 저는 언젠가는 글

을 쓰지 못하게 될 거라고 합니다."

"말씀하시고 싶지 않으면 말씀하지 않으셔도 됩니다."

후사다 의사는 다른 사람에게 들리지 않도록 목소리를 낮추었지만, 다그치듯이 물었다.

"홋카이도 대학의 X 강사는 남편분이세요?"

아쓰코와 성姓이 같은 홋카이도 대학 강사가 시라토리 사건의 용의자로, 삿뽀로에 있는 형무소에 있었다. 후사다 의사가 신문기사를 통해 알고 있다고 생각했다. 아쓰코는 그 사람이 자신의 남편이 아니라고 말했다. N 강사를 보고,

"새벽에 뭔가 갈리는 듯이 들리는 비행기의 금속성 소리가 너무 싫어요."

"그건 누구라도 싫습니다."

"제가 사는 곳은 무사시노에 있는 서민들이 많이 사는 곳이에요. 밭과 산림이나 숲이 있어서 원래부터 조용한 곳인데, 지금은 그랜드 하이츠가 있어요. 보안대 캠프가 있어요. 아침에 빰빠라 빰빠 나팔을 불며 행진해요. 큰 트럭이나 여러 무거워 보이는 차가 밤에도 지나다녀요. 제집은 도로변보다 좀 높은 곳인데, 아침부터 밤중까지 끊임없이 흔들려요."

의사들은 듣고 있는지, 안 듣고 있는지, 알 수 없었다. 아직 어딘가 안정을 잊어버린 듯한 상태로, 안전한 자제력이 돌아오지 않은 아쓰코는 일단 봇물이 터진 듯 말을 적당히 멈출 수가 없었다.

"어느 날 밤, 집 아래에 있는 길을 무사시노의 안쪽으로 산책을

하는데, 건너편에 용궁성[43]같이 불이 환히 밝혀진 건물이 보였어요. 그랜드 하이츠인거예요. 옛날에는 백성들이 콧노래를 부르며 슬슬 걸어 다니던 곳이었어요. 우리 집 유리창은 날카롭게 흔들리는 소리를 내요. 큰 차가 지나가서 땅이 심하게 흔들리면 집이 폭삭 주저앉지는 않을까 하는 생각이 들어요. 저는 이사갑니다. 그러지 않으면 집에 돌아가서 다시 병에 걸릴 것 같아요."

"그 외에 아직 신경이 쓰이는 것이 있습니까?"

아쓰코는 생각했다.

"지속수면으로 쇼크를 강하게 느낀 것이에요."

"그것은 당신의 저항이 강했기 때문입니다."

"심한 충격을 받은 느낌이에요. 잠에서 깰 때 나쁜 기억이 나중에 마음에 상처로 남는 것 같아요."

"환상을 말씀하시는 건가요?"

"한밤중에 일어나 돌아다닌 것은 환상 탓인가요?"

아쓰코는 기분이 점차 차분해지는 것을 느꼈다. N 강사는 웃는 얼굴을 했다.

"좋지 않나요? 프랑스에 어떤 시인은 병에 걸리지도 않았는데, 환상을 경험하려 일부러 입원했다고 하잖아요."

아쓰코는 마음속에 뭐라고 말할 수 없는 화가 치밀어 올랐다.

---

43 전설에서 바닷속에 있다는 용왕의 궁전.

아쓰코는 이상한 경험을 추구한 것은 아니었다. 이상한 것이 아닌 평온한 삶을 원하는 것이다. N 강사와 후사다 의사, 인턴들은 7호실을 나와 옆방으로 들어갔다. 검은 막 안에서는 후쿠이가 힘없는 목소리로 말했다.

"살려 주세요. 선생님. 아이들을, 미치오, 스스무......."

아쓰코는 멍하니 근심에 잠겼다. 코 근처에 이상한 냄새가 스쳐 지나갔다. 소녀 시절 학교 근처의 공장에서 나는 마분지 냄새였다. 또 이런 냄새가 라고 생각했다. 현재는 거기에는 없는 냄새, 이미 체험한 여러 가지 냄새가 가끔 기분 나쁘게 코끝을 스쳐 지나간다. 최근의 환취는 시체가 부패한 냄새였다. 여름날 대량의 인간 살상으로 경험한 냄새였다. 즐거운 냄새의 환취는 없었다. 몇십 년이나 잊고 있던 마분지 냄새, 오줌 냄새, 썩어가는 햄 냄새, 가스 냄새 등이 이상한 감각이 되어 교대로 나타났다. 아쓰코는 미간을 찌푸리고 마분지 냄새가 사라지기를 기다렸다. 냄새는 옅어졌다. 발 앞에 있는 입구로 후사다 의사가 들어왔다. 가끔 그는 멋대로 아쓰코를 보러 왔기 때문에 신경 쓰이지 않았다. 언제나처럼 의사는 웃는 얼굴을 하고 있었다.

"지금 기분은 어떠세요."

"또 이상한 냄새가 났어요."

"이번에는 어떤 냄새입니까."

"마분지 냄새예요."

"그런 이상 증상도 점점 사라지니까, 신경 쓰지 마세요."

"네. 그런데 아직 선생님이 들어오시는 것을 보고 있으면, 실제 사람이 아니라 사진같이 보일 때가 있어요."

후사다 의사는 담배에 불을 붙였다. 그리고 그 외국산 담배 한 개비를 아쓰코에게 건넸다.

"아직 그렇군요."

의사는 갑자기 한숨을 쉬었다. 아쓰코의 증상에 대한 것이 아니라, 무언가를 생각하고 입을 우물거리는 것 같았다.

"사실은요."

라고 그는 간격을 두고 말했다.

"오늘 아침 일찍 무사시노에 있는 자택 근처의 경찰서에서 이쪽으로 전화가 걸려왔습니다."

"무슨 일이에요?"

"댁에 있는 다케노라는 하녀가."

"무슨 일인가요?"

"그것이 실패는 했지만, 목을 맸다고 합니다. 근처에 신사에서요."

"—바보군요. 그 사람도 정상이 아니에요. 모두 이상해요."

아쓰코는 토해내듯이 말했다.

"네, 바보예요. 이웃 사람과 또 한 사람 댁에 여자분이 있었나 봅니다. 그 사람들이 처치를 했다고 합니다. 당신이 가실 필요는 없을 것 같지만, 가만히 있을 수는 없는 일이니까요."

아쓰코가 없는 집에는 스트립바에서 일하는 도가와 유키가 얼마 전부터 묵고 있었을 것이다.

"다케노는 살아있는 거지요?"

"네, 네, 살아있습니다. 실패로 끝났다고 합니다."

죽지 않았나 하고 아쓰코는 생각했다. 후사다 의사는 아쓰코의 반응을 보면서 말하는 것 같았다. 온몸을 스며드는 분노와 슬픔이 무겁게 아쓰코의 가슴에 번졌다.

다음 날 저녁 식사 후, 아쓰코는 보행 연습을 위한 산책을 하려고 복도를 걷고 있었다. 가끔 마키야의 어깨를 잡았다. 복도에는 목을 시종 신경질적으로 움직이고 있는 젊은 남자가 걷고 있었다. 후쿠스케福助[44] 인형처럼 머리에 온통 붕대를 두른 난쟁이와 닮은 소년도 산책하고 있었다. 어딘가 병실에서 침대에서 누군가 떨어지는 소리가 났다.

"산책하세요?"

뒤에서 노래하듯이 말했다. 뒤돌아보니 매일 밤 복도를 방황하고 있었을 때, 의국에서 숙직하던 간호사였다.

"밖으로 나가요. 오늘 밤은 보름달이에요."

"괜찮을까요? 선생님께 물어보지 않아도."

"후사다 선생님께서 말씀하셔서 전하러 온 거예요."

마키야의 표정이 일그러졌다.

44 복을 가져온다는 인형의 하나.

"그럼 저는 들어가도 되나요?"

"네, 제가 갈게요. 모시고 가겠습니다."

외부와 차단된 문의 열쇠를 간호사는 찰칵 강한 소리를 내며 열었다. 현관에는 금갈색 눈을 한 검은 개가 서 있었다. 빨간 건물 밖에 나오자, 낮 동안의 더위가 가신 저녁 무렵의 바람이 시원하게 불었다. 아쓰코는 멀리까지는 걸을 수 없었다. 부속병원 구내로 대학을 벗어난 하얀 길 나무 밑에 벤치가 있었다. 아쓰코는 간호사와 나란히 앉았다. 문득 냄새가 났다. 훈제한 청어 냄새였다. 그때 정면에 보이는 맑은 하늘에 조용조용히 떠오르는 것이 보였다. 냄새를 잊어버렸다. 간호사가 크고 맑은 목소리로 말했다.

"저기 보세요. 보름달이에요. 아주 큰 황금색."

"아름다운 밤이네요."

아쓰코도 간호사도 달을 보고 있었다.

"우리 다케노는 살아있을까요? 몰라요?"

"살아있어요. 분명히."

달밤 덕분에 산책 시간을 연장한 환자와 간병인들이 아쓰코 앞을 몇 명이나 지나갔다.

1952년 9월 중순이었다.

| 저자가 「시체의 거리」 독자에게 |

시체의 거리 서序

나는 1945년 8월부터 11월에 걸친 생사의 종이 한 장 사이에서, 언제 죽음으로 끌려갈지 모르는 순간에 살아남아 「시체의 거리」를 썼다.

일본의 무조건 항복에 의해 전쟁이 종결된 8월 15일 이후 20일이 지나고, 갑자기 8월 6일 당시에 살아남은 사람들에게 원자폭탄증이라는 경악에 찬 병적인 현상이 나타나기 시작했고, 사람들의 시체가 켜켜이 쌓여 갔다.

나는 「시체의 거리」를 쓰는 데 급급했다. 사람들의 뒤를 이어 나도 죽어야만 한다면 쓰는 작업을 서둘러야 했다.

당일, 가진 것의 전부를 히로시마의 큰 화염으로 잃어버린 나는 시골에 가서도 펜과 원고용지는 고사하고 종이 한 장, 연필 한 자루도 없었다. 당시는 그런 것들을 파는 가게가 한 군데도 없었다. 임시 거처나 마을의 지인에게 장지문에서 벗겨낸, 누렇게 그을린 창호지나 휴지, 두세 자루의 연필을 받아서 죽음의 그림자를 업은 채, 써 두는 작업에 대한 책임을 다하고 죽고 싶다고 생각했다.

그때 나는 「시체의 거리」를 소설 작품으로 구성할 시간이 없었다. 그날의 히로시마 시가지의 현실을 육체와 정신으로 직접 체험한 많은 사람에게 이야기를 듣고 여러 가지를 조사한 후, 좋은 소설적 구성 하에 일목요연하고 짜임새 있게 완성할 시간도 마음의 여유도 없었다.

나는 쓰기 쉬운 형태와 체력으로 죽을 때까지 집필을 끝내지 않으면 안 된다고, 오로지 그것에 매달렸다.

지금 새롭게 출판하게 되어 숙독을 해보니, 내 체험은 1945년 8월 6일 히로시마 전체로 전개된 이상하고 비참한 일이 현실 규모의 크기와 심각함에 비해 협소하고 얕다는 것을 지금 더욱 절감하지 않을 수 없었다.

내 글은 전 시내로 넓게 전개되지는 않았다. 내가 살고 있던 어머니의 집에서 빠져나와 3일간을 노숙한 강펄과 시골로 도망가는 도중의 광경이라는 극히 부분적인 체험밖에 쓰지 않았다.

나는 독자에게 내가 본 강펄과 거쳐간 광경보다도 더욱더 비참하고 가혹한 피해가 전 시가지를 덮쳤다는 사실을 알려주고 싶었다.

독자는 내 글을 부족하다고 생각할 것이다. 나 자신도 5년이 지난 요즘 다시 읽어 보니 마음에 차지 않아, 많은 안타까움을 느끼고 있다. 그리고 내가 쓰지 못했던 당시 히로시마의 모습을 눈에 떠올려, 내 혼 자체가 불꽃 속에서 바짝 쫄아들 정도의 육체적, 정신적인 고통을 기억할 수밖에 없다.

나는 이 5년간 「시체의 거리」를 객관적으로 정리하고, 건전한 심신으로 되돌아와서 하나의 문학작품으로 집필하는 것만을 생각하며 지냈다.

그러나 누가 뭐라고 해도 히로시마의 원자폭탄 투하에 의한 시체의 거리야말로 소설로 쓰기 힘든 소재일 것이다. 그것을 쓰기 위해 필요한 새로운 묘사나 표현법은 쉽게 한 사람의 기성 작가 속에서 발견되지 않는다. 나는 지옥을 본 적도 없고, 불교가 말하는 그것을 인정하지 않는다. 사람들은 과장의 말을 잃어버려, 자주 지옥이라고 하고, 지옥도라고 했다. 지옥이라는 완성품의 존재를 인정할 수 없는 이름으로 그 자체의 무서움이 표현될 수 있다면 간단할 것이다. 우선 새로운 묘사의 말을 창조하지 않고서는 도저히 진실을 묘사할 수 없다.

소설을 쓰는 자가 갖고 있는 문자의 기성개념으로는 묘사하는 것이 불가능한, 그 경악과 공포, 오싹할 정도의 참상, 조난 시체의 양과 원자폭탄증의 섬뜩한 모습 등, 펜으로 사람에게 전달하는 것은 곤란하다고 생각했다.

나는 인구가 40만인 도시가 전화戰火로 인해 그것도 한순간에 멸망하는 모습을 처음 보았다. 그 전화가 원자폭탄이라는 놀랄 만한 미지의 수수께끼를 포함한 물질 때문이라는 사실도 그때 처음 알았다. 하루아침에 몇천, 몇만, 몇십만의 인간이 죽고, 발 디딜 틈도 없는 들판에 버려진 시체 속을 밟지 않으려고 조심조심 울면서 걸어 다닌 것도 처음이었다. 원자폭탄증의 참상도 인간의 육체를 살아있는 채로 무너뜨리는 강력하고 굉장한 것으로, 처음 보는 것이었다. 그때 모든 것이 태어나서 처음 봐야 하는 것이었고, 그것을 보지 않으면 안 되는 것 자체가 비참했다.

예를 들면 오테마치大手町의 폭격 중심지에서 남쪽으로 똑바로 2리 떨어져 있는 해상의 가나와지마金輪島에 있던 아가씨가 방사능의 섬광이 일어난 순간, 한쪽 유방이 도려내졌다는 이야기를 들었다. 이것을 작품 속에 쓰려고 해도 쉽게 쓸 수 없었다.

더 가까운 거리에 있던 사람이 죽음에서 벗어났고, 바다 건너편에 있는 세토나이카이瀬戸内海의 작은 섬에 여자정신대女子挺身隊로 일하러 간 젊은 여성이 폭풍에 의한 유리 파편으로 유방이 잘려나가, 둥근 유방 모양의 핏덩어리가 가슴 사이에 삐져나와 있었고, 그 흔적이 파인 검은 동굴처럼 보였다는 사실은 우라늄 폭탄의 성격을 알지 못한 사람에게는 거짓말로 여겨졌을 것이다.

그러나 이런 이유로 더욱 나는 써야만 했다. 히로시마의 불행이 역사적인 의미를 피할 수 없다고 생각했을 때, 소설일지라도 허구나 태만은 용서할 수 없다. 원형을 함부로 파괴하지 않고, 진실의 배경을 보존하는 소설로 변화되어야 할 것이다. 그리고 써야 한다는 것만이 움직일 수 없는 사실이라고 생각한다.

「시체의 거리」는 개인적인 이유가 아닌 불행한 사정으로 전후戦後에도 출판할 수 없었다.

히로시마시에서 북쪽으로 십리나 들어간 산속 마을에서, 처음에 썼듯이 시시각각 죽음을 생각하면서 「시체의 거리」의 집필을 끝냈을 때, 태풍과 호우의 피해로 한 달간이나 듣지 못했던 라디오가 어느 날 문득 들려왔다. 그때 원자폭탄에 관한 것은 과학적인 기사 이외는 발표할 수 없다는 아나운서의 목소리가 희미하게 들렸다.

발표할 수 없는 것도 패전국의 작가가 짊어져야 하는 운명 중 하나였다. 「시체의 거리」는 1948년 11월에 한 번 출판되었다. 그러나 내가 중요하다고 생각한 꽤 많은 매수가 자발적으로 삭제되었다. 그림자가 희미한 얼빠진 것이 되었다.

그 이후 그대로 방치되어 오늘에 이르렀다.

그 전후前後의 5년이란 세월이 작가로서 회복을 바라는 나로서는 불행하고 운명적인 게다가 기이한 5년이었다. 전쟁으로 약 10년을 공백으로 살아온 자에게 설상가상의 피해가 더해졌다.

그것은 지금도 여운을 남기고 있다. 나는 그 사이에 다른 작품을 쓰려고 했다. 원자폭탄과는 관계없는 다른 작품을 쓰려고 했다. 그러자 내 머릿속에 낙인찍힌 고향 히로시마의 환상이 다른 작품의 이미지를 쫓아버리는 것이었다. 원자폭탄과 조우한 히로시마의 작품화가 어려우면 어려울수록 내 눈과 마음에 관찰되어, 사람들에게 들은 히로시마의 파멸과 인간의 파멸의 현실이 가장 구체적인 작품의 환영이 되어, 다른 작품에 대한 의욕을 좌절시켰다.

그럼에도 불구하고 1945년 여름의 히로시마를 쓰려고 하면, 자연스럽게 긁어 모인 기억의 축적과 단편이 나를 괴롭혔다.

쓰기 위해 떠올려 내야만 하는 그것을 응시하면, 나는 기분이

나빠지고 구토 증세를 일으켜, 신경적으로 복부가 갑자기 아파왔다. 예를 들면 당시 신문이 보도한 한 개의 삽화가 내 마음에 또렷이 되살아났다. 8월 6일 한순간에 고아가 된 아이들이 시외 구사쓰草津의 고아수용소에 들어갔는데, 그중 소년 세명이 승려가 되었다는 이야기였다. 소년은 11살이 두 명, 13살이 한 명이었다. 세 명의 아이들은 부모의 영령과 다른 전쟁 희생자의 영령을 위해 승려가 되어 일생를 바치고 싶다고 말하고, 히로시마 별원 승려와 함께 교토京都의 절로 갔다.

그 절에서 그들은 삭발을 하고, 승복을 걸친 것이다. 일의 옳고 그름을 떠나서 이 아이들의 장래가 과연 승려로 끝나는 것인지 아닌지 의심스럽지만, 나는 이 신문 기사를 떠올리면서 가슴 속에 흐르는 한없는 눈물을 금할 수 없었다. 나는 작가이기 전에 먼저 그 어린 소년들을 안고 울고 싶어졌고, 순수하게 그것을 할 수 있는 작가이고 싶었다. 나는 통곡하고 몸도 마음도 무너져 내리는 것 같았다. 그 소년들의 애처로운 심정을 견딜 수 없었고, 그 외 여러 가지 슬픔에 부딪쳐, 나는 펜을 내던져 버렸다.

나는 작가가 객관적으로 글을 써야 한다는 것에 의문을 품은 날도 있었다.

나는 시체의 거리와 뒤엉켜 아무것도 할 수 없었다.

나에게는 더 긴 시간을 들이는 것 이외에는 길이 없다. 이는 당연한 일이다.

이와 같은 생각에 고뇌하는 나에게 적어도 이번 이 책의 출판은 구원이었다. 세기의 아니, 일본인이 체험한 최대의 비극, 원자폭탄에 수난을 당하고 쓰러진 사람들과 살아남아 상심하는 히로시마 사람들을 생각하는, 견딜 수 없는 생각에 대한 구원이다.

언젠가 나는 불완전한 내 수기를 보상할 소설 작품을 반드시 쓰고 싶다.

1950년 5월 6일

저자 오타 요코

(1950년 5월 도가쇼보冬芽書房판)

| 작가 소개 |

■ 오타 요코

오타 요코(大田洋子, 1903.11.20.-1963.12.10.)는 1903년 11월 20일, 히로시마広島 현 야마가타山県 군 하라무라原村에서 아버지 후쿠다 다키지로福田滝次郎, 어머니 도미トミ의 장녀 하쓰코初子로 태어난다. 1910년 부모의 이혼으로 친척 오타 고스케大田幸助와 가메カメ의 양녀로 입적하게 된다.

오타 요코는 오노미치尾道, 오사카大阪 등에서 여급女給과 댄서를 하면서 작가를 지망하게 된다. 어머니의 자기중심적인 섹슈얼리티로 말미암은 잦은 결혼과 이혼, 그리고 자녀들의 방치는 요코를 속박하는 어두운 그림자였지만 요코 자신도 어머니의 전철을 그대로 밟고 있었다. 세 번의 결혼과 이혼, 그리고 자녀들을 제대로 돌보지 않은 섹슈얼리티와 젠더의 혼돈이 요코의 문학의 원동력이라고 할 수 있다.

1929년 『여인예술女人芸術』에 단편소설 「성모가 있는 황혼聖母

のゐる黄昏」이 실리면서, 『여인예술』을 창간한 하세가와 시구레長谷川時雨의 권유로 상경하여 작품을 발표한다. 『여인예술』의 뒤를 이어 발간한 『가가야쿠輝ク』에도 이름을 올리며 여성 작가로서 활동하게 된다. 시구레가 주축이 된 가가야쿠회가 중일전쟁을 계기로 전쟁협력적인 〈문학보국〉 활동에 적극 가담하게 되는데, 오타 요코도 예외 없이 뛰어든다.

1939년 중앙공론사의 지식 계급 총동원 현상공모에 『해녀海女』라는 작품으로 1등 당선작이 되고, 곧이어 1940년 『아사히신문朝日新聞』 1만엔 현상소설 응모에 1등으로 당선되면서, 저명작가의 반열에 오른다.

1945년 8월 6일 소개疎開지였던 히로시마의 여동생 집에서 피폭 당하게 된다. 피폭의 경험은 오타로 하여금 전쟁 비판으로 돌아서게 한다. 히로시마의 참상을 본 작가의 책임을 다하기 위해, 원폭 기록문학 「시체의 거리屍の街」 「인간 누더기人間襤褸」(1951년 여류문학자상) 「반인간半人間」(1953년 평화문화상)을 발표한다. 「시체의 거리」는 하라 다미키原民喜의 「여름꽃夏の花」, 도게 산키치峠三吉의 『원폭시집原爆詩集』과 함께 초기 원폭문학의 기념비적인 작품으로 평가된다.

| 작품 소개 |

본 오타 요코의 작품「시체의 거리」「겨울」「반인간」은 원폭의 범죄성을 집요하게 추구한 원폭문학이다.「시체의 거리」는 1945년 8월 6일, 인구 사십만 명의 도시 히로시마가 한순간에 파멸되고, 원폭 피해로 십수만 명의 시체가 켜켜이 쌓인 거리로 변한 참상과 공포를 기록하고 있다. 이뿐만 아니라 GHQ의 검열 공포도 작가를 더욱 위축시켰다. 우여곡절 속에 1948년 일부 삭제된「시체의 거리」가 출판된다. 오타의 원폭문학은 인간의 눈과 작가의 눈, 두 개의 눈으로 본 원폭의 범죄성을 고발하는 한편, 죽음의 두려움과 전쟁에 대한 분노가 고스란히 스며들어 있다.「겨울」은 멸망한 도시 히로시마를 용기 내어 다시 찾는 주인공 지에의 이야기이다. 그리고「반인간」은 원폭증의 공포로 신경불안증에 시달리는 반인간적인 상태의 원폭작가 오다 아쓰코小田篤子의 이야기이다.

최근 원폭(=핵)은 아시아·태평양전쟁과 원폭 투하 사건, 지금도 계속되는 원폭피해 2, 3세들, 그리고 일본의 전쟁책임이라는 전쟁과 제국, 식민지의 논의를 넘어, 3·11 동일본대지진, 북한의 '핵개발', 한국의 원전 문제 등으로, 우리의 과거가 아닌 현재, 미래 인류의 삶을 위협하고 있다. 이러한 상황은 과거의 원폭피해자를 넘어 우리 누구나 미래의 잠재적 원폭피해자가 될 수 있다는 점에서, '원폭' '원폭문학'이 갖는 의미는 적지 않다. 이러한 시점은 여성 작가 오타 요코의 원폭문학이 갖는 의미에 대해 살펴보는 계기를 제공하였다.

세키 지에코関千枝子는 당시 "원폭피해자는 여성이 많았다."고 지적했다. 그 이유로 남성들이 전쟁에 나간 뒤라 총후(후방) 일본에 여성들이 많았다는 점과 근로동원으로 여성들이 모여 있었던 점[45] 등을 들고 있다. 원폭 당시 아들과 딸의 죽음 앞에서 아들을 더 애도하는 분위기가 형성되어 있었고, 개인적, 사회적으로 살아남은 여성에 대한 질책과 자책이 공존했다. 당시 여자정신대원으로 군수공장에 동원된 소녀들은 고등여학생 13, 14세였다. 남성들은 전장에 징병되어 일본에는 여성들과 전장에 나갈 수 없었던 남성들, 그리고 학생, 어린아이만 남아 있었던 것이다. 노동력인 남성의 부재를 이들이 메우는 사태가 벌어졌다. 더 나아가 학도동원이라는 제도를 통해 남학생은 전장으로, 여학생들은 군수공장으로 동원되어 전쟁을 지탱하는 도구로 전락했다.

이러한 히로시마의 피폭자들은 즉사하거나 화상을 입은 중상자로 1, 2시간 고통을 견디다 죽거나 하는 것이 일반적이었고, 살

---

45 関千枝子(1996)『女がヒロシマを語る』インパクト出版会 pp.204-206

아남은 원폭체험자들도 불행과 고통, 그리고 트라우마를 겪으며, '원폭은 즉사가 가장 좋다'는 말이 떠돌 정도였다.

원폭문학은 크게 패전 후 쓰인 피폭 작가의 작품과 비피폭 작가의 작품으로 구분할 수 있다. 오타 요코大田洋子의 「시체의 거리屍と街」(1948), 하라 다미키原民喜의 「여름 꽃夏の花」(1947)은 피폭 작가의 작품으로, 이러한 작가의 작품은 지속성을 띠고 작품화된다.

> 8월 6일 당시에 살아남은 사람들에게 원자폭탄증이라는 경악에 찬 병적인 현상이 나타나기 시작했고, 사람들의 시체가 켜켜이 쌓여 갔다. 나는 「시체의 거리」를 쓰는 데 급급했다. 사람들의 뒤를 이어 나도 죽어야만 한다면 쓰는 작업을 서둘러야 했다. (중략) 소설을 쓰는 자가 갖고 있는 문자의 기성개념으로는 묘사하는 것이 불가능한, 그 경악과 공포, 오싹할 정도의 참상, 조난 시체의 양과 원자폭탄증의 섬뜩한 모습 등, 펜으로 사람에게 전달하는 것은 곤란하다고 생각했다.[46]

오타 요코는 이 광경을 글로 전하는 것에 대한 어려움을 토로하고 있다. 이러한 참상을 쓸 만한 새로운 묘사, 표현법을 발견하

---

46 大田洋子(1983)「屍の街 序」『日本の原爆文学2 太田洋子』ほるぷ出版 pp.12-13.

지 못했다면서 사람들은 지옥, 지옥도를 말했다고 전한다. 하라 다미키도 「여름 꽃」에서 자신이 살아있는 의미를 깨닫고 '이 일을 글로 남기지 않으면 안 된다고 마음속으로 되뇌었다'[47]고 고백한다. 1975년 아쿠타가와상을 수상한 하야시 교코林京子 또한 '피폭되지 않았다면 쓰지 않았을 것이다'라고 할 만큼, 원폭체험이 문학의 원형을 이루고 있다고 할 수 있다. 이들에 의한 원폭작품은 그 참상을 전하는 개인적인 체험을 기록하는 기록문학으로, 피폭자=피해자라는 공식을 성립시키고 있다. "나의 불완전한 수기로서 규정하고 작가로서 객관적인 묘사가 되지 않는다"[48]는 오타 요코의 고백처럼, 당하지 않은 사람들은 모른다고 하는 원폭체험을 절대화하는 결과도 초래하기도 한다.

이후 1972년 원폭과 문학회는 『원폭과 문학』을, 1973년 나가오카 히로요시長岡弘芳는 『원폭문학사原爆文学史』를 각각 출간한다. 『일본아동문학』 1974년 8월호는 '원폭아동문학' 특집을 마련하기도 한다. 이렇게 볼 때, 1970년대는 문학 안에서 '원폭문학'이 급부상하는 시대라고 할 수 있다.

나가오카는 『원폭문학사』에서 '원폭이 초래한 모든 악과 이에 대한 인간 존중을 추구하는 문학'[49]으로 원폭문학을 규정한다.

---

47 原民喜(2011) 「夏の花」 『ヒロシマ・ナガサキ』 集英社 p.19.

48 大田洋子 앞의 책 p.15.

49 長岡弘芳(1973) 『原爆文学史』 風媒社 p.155.

원폭소설은 더욱더 그것이 인간의 존엄을 왜소화하지 않는 한, 어떤 것이든, 배경에 있는 사자死者의 존재부터라도 쓰여야 한다.

(『原爆文学史』 p.157)

일본이라는 국가, 미국이라는 국가를 원폭투하, 그 후의 책임회피, 더욱이 계속되는 참혹한 책임방기라는 관점에서, 죽임당하고 내팽개쳐진 인민人民의 입장 정면에서 추궁한 작품도 우리들은 아직 갖고 있지 않다. (중략) 정면에서 원폭투하의 책임을 미국에 다그치는 보편적인 인류의식에서 출발한 일본인의 작품을 나는 이 눈으로 읽고 싶다. 히로시마, 나가사키 삼십 수만 사자의 영, 이십여 년 후의 현재 더욱이 이십구만 팔천여 명의 생존 피폭자 모두가 일본 국가의 책임을 추궁하는 작품을 나는 읽고 싶다.

(『原爆文学史』 pp.160-161)

나가오카는 원폭문학에 있어서 '인간 존중'이라는 키워드를 강조한다. 더 나아가 원폭문학의 '빈약함'을 지적한다. 작품이 앞으로 더욱 분출해야 하고 지금 그 수가 너무 적다는 것이다. 그뿐만 아니라 모국과 일본에서 버려진 조선인 피폭자들과 일본인 피폭자의 고뇌와 정면으로 마주한 작품, 태내 피폭아를 주제로 한 인간의 혼을 추구하는 작품, 어느 하나도 가지고 있지 않은 현 상황을 질타하고 있다. 더 나아가 원폭문학이 정면에서 미국과 일본의 책임을 추궁해야 한다고 말한다. 이는 원폭문학이 지금까지 피해자의 문학으로 읽혀왔다면 이제는 가해자를 드러내야 한다는 적극적 의미로 해석할 수 있다.[50]

오타 요코의 원폭문학은 좀 전에 언급했듯이, 일찍이 미국에 의한 원폭의 범죄성을 규탄한 최초의 작품이라고 할 수 있다. 그뿐만 아니라, 원폭투하로 미국과 승패가 결정되었음에도 불구하여 전쟁을 계속한 일본, 그리고 아비규환의 상황에서도 길든 고양이마냥 자주성을 잃어버린 일본 국민에 대한 비판의 날도 함께 세우고 있음을 확인할 수 있다.

---

50 본 작품 소개는 다음과 같은 번역자의 논문을 참조하여 작성하였다. (오성숙 「1945년 8월 원폭, 원폭문학의 기억과 망각-젠더, 정치, 소외라는 관점을 중심으로-」『비교일본학』 제41집 한양대학교 일본학국제비교연구소 2017.2, pp.149-168).

| 작가 연보 |

1903년

11월 20일, 히로시마広島 현 야마가타山県 군 하라무라原村 출생. 아버지 후쿠다 다키지로福田瀧次郎, 어머니 도미トミ의 장녀로 태어났다. 본명은 하쓰코初子.

1910년

4월 진조尋常소학교 입학. 12월, 부모의 이혼으로 친척 오타 고스케大田幸助와 가메カメ의 양녀로 입적한다.

1918년

사에키佐伯군 구시마玖島 진조고등소학교 고등과 졸업 후, 히로시마시 신토쿠進徳실과고등여학교 본과에 입학, 1920년 졸업한다. 같은 해 4월 히로시마시 신토쿠 여학교 연구과에 입학, 이듬해 졸업한다.

1922년

아키安芸군 기리쿠시切串보습학교 재봉교사,

1924년

히로시마현청에서 타이피스트로 근무.

1929년

문단적 처녀작인 〈성모가 있는 황혼聖母のある黄昏〉을 『여인예술女人芸術』에 발표.

10월 오사카 여인예술기부 결성.

1930년

『여인예술』 주재자인 하세가와 시구레長谷川時雨의 권유로 상경.

1937년

자전소설 〈방랑의 물가流離の岸〉 집필(1939년 고야마쇼텐小山書店 간행).

이후 1957년 닛카쓰日活에서 영화화.

1940년

「벚꽃의 나라桜の国」가 『아사히신문朝日新聞』 현상공모 1등 당선.

이후 1941년 쇼치쿠松竹에서 영화화.

1945년

히로시마시 하쿠시마白島의 여동생 나카가와 가즈에中川一枝 집으로 소개疏開. 8월 6일 원자폭탄 피해를 입는다. 3일간 노숙한 뒤, 사에키군 구시마의 지인 집에 머무른다. 11월 피폭의 참상을 알리는 르포르타주 「시체의 거리屍の街」 탈고. 주오코론샤中央公論社에 보냈으나 GHQ의 검열로 인해 발행되지 못했으며, 1948년 일부 삭제 후 출판되었다.

1951년

「인간 누더기人間襤褸」로 제4회 여류문학자상,

1953년

「반인간半人間」으로, 1954년 평화문화상 수상.

1963년

12월 10일 후쿠시마현 이나와시로마치猪苗代町에서 취재여행 중 사망했다.

1982년

『오타 요코집大田洋子集』 전4권(산이치쇼보三一書房) 출판. 이후 2001년 일본도서센터 복간.

| 역자 소개 |

오성숙吳聖淑

일본 쓰쿠바대학筑波大学 박사.

한국외국어대학교 일본연구소 학술연구교수.

쓰쿠바대학 박사학위 논문 『문학, 문화, 미디어가 생성한 〈매연사건〉 표상』은 문학, 문화, 미디어라는 범주에서, 공시적, 통시적인 연구방법을 중심으로 문학 장르의 형성, 문화의 형성, 담론의 형성 과정을 살펴보는 작업을 진행했다. 현재에도 그러한 흐름을 이어, 중일전쟁기와 아시아 · 태평양전쟁기의 제국과 식민지를 중심으로 '〈핵(원폭)〉을 둘러싼 문학, 담론 그리고 정치성', '전쟁과 여성', '문학과 전쟁책임'에 관심을 갖고 연구하고 있다. 주요 논문으로는 「8월 15일 패전과 여성, 여성문학자」(『한일군사문화연구』 제22집, 2016.10), 「요시야 노부코 문학의 전쟁책임-'전쟁미망인'을 둘러싼 담론을 중심으로-」(『일본연구』 제71호, 2017.3), 「1945년 8월 원폭, 원폭문학의 기억과 망각-젠더, 정치, 소외라는 관점을 중심으로-」(『비교일본학』 제41집, 2017.12), 「제국주의와 성－일본인 위안부의 표상-」(『일본언어문화』 제42집, 2018.4), 「일본여성문학자의 〈문예위문〉과 전쟁책임」(『일어일문학연구』 제105집, 2018.5), 「일본 근대여성문학 연구의 성과와 비전」(『일본연구』 제78호, 2018.12) 등을 비롯하여, 공저 『일본근현대문학과 전쟁』(제이앤씨, 2016), 공역 『전쟁과 검열』(맑은생각, 2017)과 『일본 명단편선2 재난을 만나다』(지식을만드는지식, 2017) 등이 있다.

일본 근현대 여성문학 선집 16

오타 요코 大田洋子

초판 1쇄 발행일 2019년 3월 31일

지은이 오타 요코
옮긴이 오성숙
펴낸이 박영희
편집 박은지
디자인 박희경
표지디자인 원채현
마케팅 김유미
인쇄·제본 태광인쇄
펴낸곳 도서출판 어문학사
서울특별시 도봉구 해등로 357 나너울카운티 1층
대표전화: 02-998-0094/편집부1: 02-998-2267, 편집부2: 02-998-2269
홈페이지: www.amhbook.com
트위터: @with_amhbook
페이스북: https://www.facebook.com/amhbook
블로그: 네이버 http://blog.naver.com/amhbook
다음 http://blog.daum.net/amhbook
e-mail: am@amhbook.com
등록: 2004년 7월 26일 제2009-2호

ISBN 978-89-6184-919-7 04830
ISBN 978-89-6184-903-6(세트)
정가 16,000원

이 도서의 국립중앙도서관 출판예정도서목록(CIP)은 서지정보유통지원시스템 홈페이지(http://seoji.nl.go.kr)와 국가자료공동목록시스템(http://www.nl.go.kr/kolisnet)에서 이용하실 수 있습니다.
(CIP제어번호: CIP2019014819)

※잘못 만들어진 책은 교환해 드립니다.